A E
& I

La novia de la paz

Autores Españoles e Iberoamericanos

Esta novela obtuvo el Premio Azorín de Novela 2025, concedido por el siguiente jurado: Reyes Calderón, Juan Eslava Galán, Luz Gabás, Esperanza Sempere, Celso Serrano, Juan de Dios Navarro, Belén López Celada y Amparo Koninckx Frasquet, secretaria general de la Diputación Provincial, que actuó como secretaria sin voto.

La Diputación Provincial de Alicante y Editorial Planeta convocan y organizan el Premio Azorín de Novela. Editorial Planeta edita y comercializa la obra ganadora.

Rosario Raro

La novia de la paz

Premio Azorín de Novela 2025

Planeta

Diagonal, 662-664, 08034 Barcelona (España)
www.editorialplaneta.es
www.planetadelibros.com

Diseño de la colección: Compañía
Imagen del interior: © Henry Walter Barnett / Wikimedia

Primera edición: abril de 2025
Depósito legal: B. 4.418-2025
ISBN: 978-84-08-30429-6
Composición: Realización Planeta
Impresión y encuadernación: Unigraf, S. L.
Printed in Spain - Impreso en España

PEFC Certificado
Este libro procede de bosques gestionados de forma sostenible
PEFC
PEFC/14-38-00305
www.pefc.es

A quienes, como Emily Hobhouse,
quieren parar la guerra: cualquier guerra

Cuida tus pensamientos porque se convertirán en tus palabras.
Cuida tus palabras porque se convertirán en tus actos.
Cuida tus actos porque se convertirán en tus hábitos.
Cuida tus hábitos porque se convertirán en tu destino.

Lao-Tse

Reparte con los demás lo que tienes, no acumules riquezas, no te enorgullezcas, no robes, no hagas sufrir, no mates, no hagas a los demás lo que no te gustaría que te hicieran. Todo esto se dijo no hace cincuenta años, sino hace dieciocho siglos.

Lev Tolstói

No hay camino para la paz, la paz es el camino.

Mahatma Gandhi

EMILY HOBHOUSE

—

Londres, febrero de 1901

Por clamar contra las campañas del Imperio británico en África desde la única prensa que se atreve a imprimir mis palabras, la de *The Manchester Guardian*, me han amenazado con rasgarme con una navaja mi himen de «solterona histérica». Tal cual. Como si aún formara parte de mi anatomía esa membrana que, para algunos, equivale a la cinta que en las inauguraciones se corta con unas tijeras.

Según mis detractores, he hecho algo imperdonable: vilipendiar desde mi columna al mismísimo lord Kitchener, Horatio Herbert Kitchener, comandante en jefe de las tropas de mi país o, lo que para mí es lo mismo, un militar cincuentón que se había amancebado con su recientemente fallecida sobrina impúber. ¿El himen de esta tierna criatura no les importaba? No quiero ni imaginarme cómo serían sus asaltos sobre ella.

Kitchener es un hombre brutal, un sanguinario, el brazo armado de otra bestia: Cecil Rhodes, quien fue primer ministro de la colonia del Cabo de Buena Esperanza hasta hace cinco años. Lo llaman Napoleón por su afán expansionista. Ambos ambicionan lo mismo: los diamantes.

Quienes me difaman dicen también que Rhodes es mi obsesión, pero ¡cómo no va a serlo alguien que deja a su paso un reguero de miles de cadáveres y afirma, además, que si tuviera la posibilidad de colonizar otros planetas también lo haría para someterlos a la Corona! ¡Por Dios santo! Rhodes, el hombre más rico del mundo, el gran magnate minero, el prohombre, considerado uno de los hacedores de la grandeza británica, es un depredador de la peor especie, un asesino de pueblos enteros. Hasta dónde llegarán sus ínfulas de grandeza, su megalomanía, que ha fundado un país que se llama como él: Rhodesia. Y está preso de un delirio: construir una línea de ferrocarril que atraviese África de norte a sur. Nada menos que desde el Nilo hasta el Orange, desde El Cairo hasta Ciudad del Cabo. Casi seis mil millas de vía. Un trazado infernal para quienes son obligados a trabajar como esclavos en esta obra.

Ellos dos, Kitchener y Rhodes, Rhodes y Kitchener, son una de las mayores desgracias que padecemos.

Ahora voy a parar de escribir sobre estos indeseables que cometen tales atrocidades en África y dejaré aparcada de momento la descripción de la sangría colonialista para ocuparme de ese otro suceso al que se ha llamado el Baile de los Anfibios: el gran tema del que se habla en Londres. La dichosa fiesta es la comidilla en todos los distritos, desde Whitehall hasta Spitalfields. Un suceso con muchas implicaciones sociales y de poder. Salvando la abismal distancia con el concepto del imperialismo en sí, está claro que también refleja la explotación de los unos por los otros, siempre lo mismo y siempre por parte de los mismos...

SHAYNA ORLIENS

Lourenço Marques, Mozambique, marzo de 1901

La primera vez que leí el nombre de Emily Hobhouse, hace unos meses en Londres, fue al pie de una de sus columnas de *The Manchester Guardian.* Hablaba ella, como todos en la capital, del Baile de los Anfibios, esa velada clandestina en la que estuvo mi marido, hasta entonces considerado uno de los más insignes varones de la sociedad británica. Si no fuera por lo amargo que me resulta todo esto que me cambió la vida y me socavó el ánimo, me reiría del nombre que le dieron a esa fiesta. El ingenio popular no tiene límites.

Emily Hobhouse escribía que quienes asistieron habían sucumbido a la lujuria de la misma manera que otros no pueden dominar su avidez por el oro. Comentaba algunas cuestiones sobre las colonias africanas y sobre esa maldita guerra al otro lado de donde estoy. Señalaba que era una muestra más del clasismo que articula nuestra sociedad. Fue así como descubrí a quien algunos llaman «agitadora social» y otros, cosas mucho peores. Su escritura es muy distinta a la de quienes publican en la prensa sensacionalista con pormenores tan escabrosos que llegan a provocarme náuseas.

Ese primer artículo que leí de la señorita Hobhouse se titulaba «Clasismo». En él arremetía contra aquellos a los que la sociedad considera próceres: hombres de aparentes virtudes públicas que ocultan depravados vicios privados. Hablaba de quienes, a merced de sus pulsiones, pervierten con su dinero a muchachos jóvenes y, sobre todo, pobres.

No me sorprendió que su columna de unos días después se titulara «Amenazada de muerte». En ella enumeraba los «recados» (así se refería a los mensajes que le enviaban con la pretensión de intimidarla), pero continuaba burlándose del *establishment,* atacaba a los más poderosos, a quienes citaba por sus nombres completos. ¡Son los mismos cerdos orondos que han enviado a mi hermano Darrell a combatir en la guerra de los bóeres en África del Sur!

Emily Hobhouse también repasaba, una tras otra, las contiendas acaecidas durante el periodo llamado Pax Britannica. Señalaba la ironía que suponía hablar de paz mientras se combatía contra América, contra China, en la campaña de Crimea, en la guerra anglo-zulú y en la que se había librado contra los bóeres antes, durante cuatro meses, desde diciembre de 1880 hasta marzo de 1881.

Sobre la situación actual en el sur de África decía que el expansionismo insaciable y sin freno de nuestro país tiene su causa en el complejo de inferioridad que supone habitar en unas islas tan minúsculas comparadas con el resto del ancho mundo. Desde luego, es una teoría que invita a la reflexión.

La señorita Hobhouse es muy valiente. Como suele decirse: no deja títere con cabeza; saca los trapos sucios de aquellos a los que otros tanto admiran. Parece que quienes más la leen son los que no están de acuerdo con ella. Para mí, descubrir sus palabras, su fuerza, ha resultado un balón de oxígeno, porque lo sucedido con Fiz, mi marido, tras el Baile de los Anfibios, me resulta no solo tortuoso, sino también delirante.

Algunos gacetilleros se limitan a divagar; escriben con

florituras que el ocio es la fuente de los peores males. Solo salvan los espectáculos que constituyen la mayor parte del entretenimiento de la clase alta: la ópera, las celebraciones en grandes mansiones y poco más.

Como siempre que sucede algo que atrae la atención, se ha aprovechado este *incidente* para adoctrinar; ensalzan las virtudes del trabajo como medio para crear seres humanos sanos, fuertes y plenos del vigor necesario que les evite caer en «repugnantes tentaciones». Pero no matizan que el trabajo, al menos en nuestra sociedad, siempre ha sido un asunto de las clases inferiores.

Allá, en Londres, esas lecturas me quitaban la poca salud que me quedaba, pero no podía dejar de buscar información. Estaba desolada, mi realidad había sufrido un terremoto, se había venido abajo como si se tratara del decorado de una obra de teatro. La locura me acechaba, sentía que en cualquier momento me caería encima desde unos árboles como en una emboscada: para agarrarme la cabeza y no soltarme jamás. Solo aliviaban mi decaimiento las incendiarias columnas de Emily Hobhouse.

Esa mujer parece no temerle a nada ni a nadie, solo ella habla claro, de forma directa, sin adornos ni alardes de estilo, y con algo más que tiene bastante mérito dadas las circunstancias: con humor. Ojalá pudiera transmitirme su forma de estar en el mundo.

KARAMCHAND

Colonia británica de Natal, sur de África, ocho años antes

Un comerciante indio de Porbandar, una ciudad costera de la India, afincado desde hacía unos años en el sur de África y llamado Dada Abdulla, envió a su joven abogado, recién llegado de Londres y también indio, a una misión a Pretoria, la capital del Transvaal.

Este joven letrado, de nombre Karamchand, viajaba en un compartimento de primera clase, vestido de forma muy elegante con un traje de tres piezas, corbata de lazo y, clavada en ella, un alfiler con perla. Inmerso en la lectura de un libro de Tolstói, no advirtió el gesto contrariado de un pasajero pelirrojo que lo observaba con desagrado desde el pasillo. Ese hombre se fue y volvió un par de minutos después con el revisor, quien se dirigió a Karamchand a gritos:

—¿Qué haces en ese asiento, culí? —De esta manera, muy despectiva, se referían en algunas colonias a los asiáticos—. Por vuestro trabajo tenéis derecho a transporte, pero en tercera. ¡Fuera de aquí! ¡Rápido!

—Señor, tengo un pasaje de primera clase —respondió Karamchand en inglés, con una dicción impecable, mucha calma y buenos modales. Mientras, sacó el billete de tren de las páginas de su libro y se lo mostró. Después añadió que era abogado.

—¡No hay abogados de piel oscura aquí! —exclamó el pelirrojo—. A saber de dónde has sacado esa ropa. ¿A quién se la has robado?

Karamchand ignoró estas palabras y respondió con la misma tranquilidad:

—Voy a Pretoria para la firma de un contrato comercial entre dos compañías. Si lo considera necesario, también puedo mostrarle esos documentos, señor —le dijo al interventor.

—¡Saca inmediatamente tu oscuro y flaco culo de aquí! —le respondió el empleado de la compañía del ferrocarril—. No quiero quejas de más pasajeros. O te vas a tercera o te bajas en la siguiente estación. No hay más que hablar, cafre.

Esta palabra, al igual que «culí», tenía un significado muy peyorativo. Era la forma en que se referían los conquistadores británicos a los miembros de las naciones bantúes de la región oriental; equivalía a llamar a alguien «salvaje».

—Soy indio, señor, natural de Porbandar, como el señor Dada Abdulla, la persona para la que trabajo y que responde por mí —dijo Karamchand.

—Ese que dices tampoco está en el lugar que le corresponde por su naturaleza —le contestó el revisor.

El tren acababa de detenerse en Pietermaritzburgo, la capital de Natal. Aún quedaba mucho para llegar a Pretoria.

—¡Acompáñame! —le gritó el empleado del tren como si no lo tuviera al lado. El viajero pelirrojo esperaba en la plataforma entre los dos vagones—. Al vagón de tercera.

Karamchand negó con la cabeza y, entonces, los dos hombres lo lanzaron con mucha fuerza contra el andén. Se coordinaron de tal forma que a él no le quedó ninguna duda de que ya habrían hecho lo mismo antes, aunque por separado.

Después arrojaron su maleta, que se abrió al golpear contra el suelo, y, en último lugar, el libro de Tolstói.

SHAYNA ORLIENS

—

Lourenço Marques, Mozambique, marzo de 1901

Respecto al proceso judicial que siguió a aquel suceso tan escabroso, el Baile de los Anfibios, ahora sé que hubo algo decisivo: entre los compañeros de correrías de mi marido estaban el palafrenero mayor del príncipe de Gales y un lord que ostentaba el ducado de Beaufort. Eso fue lo que impidió que muchos nombres de los asistentes se hicieran públicos, a excepción de los enumerados por la señorita Hobhouse. Como sucede siempre, también en este asunto los jueces se ensañaron con los de una extracción social más baja, por considerarlos proclives a delinquir de nuevo. A los demás los borraron de la causa, como por arte de magia. Y no solo eso: los más acaudalados llegaron a denunciar por difamación a los periodistas que se hicieron eco de la velada. En el documento judicial que trajo Fiz a casa se decía que rumores infundados habían puesto en entredicho su honor y, por ese motivo, exigía una indemnización para reparar el enorme daño moral que se le había ocasionado.

En cuanto se entregaron los pertinentes y bien dirigidos sobornos a las autoridades, y se amenazó a los responsables de la investigación con hacer públicas ciertas cuestiones poco presentables de sus vidas íntimas, las tornas cambiaron. Los acusados recibieron, en desagravio, bastantes libras de oro. Enseguida los periódicos enmudecieron, como si aquel suceso que había ocupado páginas y páginas días antes nunca hubiera ocurrido. La única voz que se mantuvo firme fue la de Emily Hobhouse. Alternaba en sus columnas este turbio asunto de los provectos varones y los jóvenes, casi niños, con su azote al imperialismo en general y a Cecil Rhodes en particular.

Un día, creo que aún no habían pasado tres semanas del escándalo, Fiz desapareció. Dejó de asomarse a la habitación en la que yo yacía casi muerta a consecuencia del disgusto; tampoco lo oía hablar con los sirvientes, sus pasos ya no resonaban en el salón, y la puerta de la entrada ni se abría ni se cerraba. No me sentía así porque hubiera pasado del enamoramiento a la decepción, sino por la sorpresa y el asco, por lo que suponía para mí quedarme en aquella situación. Me embargaba la rabia, un desencanto profundo. Cuando pregunté por él a nuestros empleados, me dijeron que el señor se había marchado con una maleta. Solo eso. No sabían adónde había ido; lo vieron partir tan decidido que no osaron preguntárselo.

Aunque al principio pensé que sería un alivio para mí, pronto se convirtió en una consecuencia inesperada y terrible: me acusaron de su asesinato tan solo porque nadie conocía su paradero. Era algo desquiciante, absurdo. De nuevo las tornas habían cambiado. La orden de detención contra mí era inminente. Por eso hui, tenía que quitarme de en medio, al menos hasta que todo se aclarara. Junto con el miedo a la horca me movía la nostalgia de mí misma, el deseo de volver a ser quien había sido. Eso fue también lo que me arrancó de Inglaterra y me llevó a acercarme lo máximo posible a Darrell, mi amado hermano, el hombre más maravilloso que he conocido. Él es mi hogar, mi verdadero hogar.

Así fue como, sin siquiera comunicárselo a mi padre, llegué a Lourenço Marques, la gran ciudad de los territorios portugueses en el sur de África. Aparecer aquí fue como volver a nacer, las primeras impresiones que tuve de este lugar fueron inmejorables debido a la naturaleza, que enseguida me abrazó: su aire cálido, húmedo y frutal. Todo era nuevo, y eso era exactamente lo que necesitaba. Bajo las palmeras, paseé cerca de los manglares que acolchaban el litoral con sus raíces borrando el límite entre el mar y la tierra.

En la ciudad se alzaban los edificios coloniales de colores claros como si se tratara de un espejismo que reprodujera algunas de las calles de Lisboa que yo había visto, durante la travesía, en los grabados de mi libro de gramática portuguesa. Las siluetas de los árboles proyectadas sobre las mansiones creaban sombras chinescas sobre los detalles perfilados de sus estucos y azulejos.

Las vestimentas de los transeúntes formaban un río de telas muy diversas: lino claro alternado con túnicas coloridas. Me rodeaba un murmullo constante, hipnótico. Nada más desembarcar, oí a lo lejos unos tambores y enseguida mis latidos se acompasaron con esa música ancestral. Seguramente la primera. No era un mal lugar para empezar de nuevo, para reconstruirme desde mis ruinas, y, sobre todo, para ponerme a salvo de Scotland Yard.

FIZ REYER

A la altura del golfo de Adén, océano Índico, marzo de 1901

No sé qué día es. En altamar, todos los días son iguales. Tengo tantas horas para reflexionar que no dejo de repasar mis infamias y desmanes. No me detuvieron en un burdel, como han escrito algunos periodistas. A diferencia de esos morbosos, a los que tanto les hubiera gustado asistir a nuestra velada, yo lo puedo contar de primera mano porque estuve allí.

Los organizadores alquilaron una casa para celebrar la fiesta. A mí me pareció una idea magnífica, pensé que, con esto, conseguiríamos despistar a la Policía, que siempre está al acecho, como cancerberos de las «guaridas», así llaman ellos a los lugares donde nos reunimos los que gustamos de cierta compañía íntima.

Para ese baile se elaboró incluso un programa de actos, escrito a mano y copiado tantas veces como participantes nos juntamos, porque llevarlo a una imprenta era impensable. Ese programa anunciaba que, a las doce en punto de la noche, se rifaría un apuesto joven para el goce exclusivo de la persona agraciada con el número que el efebo llevara escondido en su ropa interior.

Conforme pasan los días recuerdo más detalles, como si los rescatara de la bruma de los primeros momentos. Parece que a los policías los llevó hasta allí la larga fila de carruajes brillantes y ostentosos; otros dicen que alguien nos denunció: tal vez fue el amante del joven que sortearon, probablemente no pudo soportar que su favorito acabara como trofeo en aquella velada. El chico se había vanagloriado ante su amante de ser el elegido para que lo subastaran al mejor postor; a pesar de que su enamorado le propuso pagarle mucho más para que no aceptara, venció su vanidad y al otro lo cegaron los celos. ¿Estuvo esto en el origen de todo? A saber. A ciencia cierta no sé qué nos delató ni cómo se precipitaron los acontecimientos, aunque a estas alturas es lo de menos.

Hay muchos que olvidan sus modales cuando buscan el placer en la compañía de un soldado, un marino..., de un hombre de cualquier estrato social. He visto a algunos que sienten una verdadera adoración por la energía proletaria, la que con sus músculos pone en marcha nuestras factorías. No es este mi caso. Yo acudí acompañado a aquella fiesta, y además por alguien con quien ya había compartido muchas horas. Siempre he preferido relacionarme con quienes son más parecidos a mí. Siempre he tomado mis precauciones, por eso suelo intimar con hombres casados. De esta forma, a lo largo de los años, me he garantizado la discreción sobre mis encuentros. Este modo mío de desenvolverme al menos me evitó estar expuesto a un chantaje que pudiera comprometerme, y costarme además una fortuna.

Pero la noche de la fiesta cometí una imprudencia, la mayor de todas. Asumo que me dejé llevar, pensé que como era una mascarada sería difícil adivinar quién era quién, que nuestro anonimato estaría garantizado. No siempre es posible dominar al caballo desbocado en el que a veces nos convierten nuestros instintos. Y esto no tiene nada que ver con la educación, no tiene nada que ver con nada, es la victoria de la naturaleza descontrolada sobre la voluntad; nuestra otra parte se impone y no atiende a ninguna razón, y menos a las razones humanas, tan débiles siempre.

SHAYNA ORLIENS

—

Lourenço Marques, Mozambique, abril de 1901

Bauticé mi casa en Lourenço Marques como El Limbo Inconsciente. Se me ocurrió en cuanto vi la fachada de estilo colonial de la mansión, semioculta por la fronda, bajo las palmeras. Lo que más me gustó de ella fue que, en lugar de exhibirse, parecía esconderse. No sé cómo es posible que, mediante la arquitectura, una construcción tenga la ligereza, la levedad de esta residencia, a pesar de sus tres plantas, de la torre central con el reloj y de los arcos con columnas que bordean las galerías.

Había buganvillas, rosales, olía a eucalipto, a limón y a jazmín. Todas las plantas trepaban hasta entremezclarse sobre las paredes. La entrada parecía guardar durante todo el día la memoria del sol, y la terracota bajo mis pies también me reconfortaba. Era fácil sentirse bien allí: renacida. Mi intención, además de contactar antes que nada con mi hermano Darrell, fue tratar de relajarme, liberarme de cualquier nueva preocupación y reflexionar sobre lo pasado con el afán de resolverlo cuanto antes, o, mejor aún, dejar que las horas me mecieran hasta que la Policía en Londres se olvidara de mí. Algo bastante improbable, a no ser que el expediente sobre la desaparición de Fiz se perdiera en algún despacho polvoriento o se olvidara, intencionadamente, sobre un armario, fuera de la vista de todos.

«No hay peor ciego que el que no quiere ver». En esa frase se resume todo lo que me recrimino. Es inconcebible que, antes de aquel escándalo del Baile de los Anfibios, no hubiera percibido nada. Absolutamente nada.

Todo esto ha dejado su marca en mí. Ahora parezco una enferma de tuberculosis, con la piel tan blanca y estirada. Llevo semanas sin peinarme, el cabello se me ha oscurecido, ya no es tan rubio, sino que ha adquirido un tono ceniciento. Me llega casi hasta la cintura, ha crecido de una forma desproporcionada, como dicen que sucede en la tumba. Quizá se deba a que en algunos momentos he estado más muerta que viva. Además, he perdido bastante peso, y por eso mis ojos, mis pómulos, mis labios y los tendones de todo mi cuerpo resaltan en exceso. Aunque solo asomaran de mi ropa los nervios del cuello y de las muñecas, sé que cualquier persona vería que he estado a punto de romperme. Me veo arrasada, envejecida. En vez de veinticinco años, aparento de repente muchos más. Las uñas se me han quebrado, la piel se me ha llenado de escamas, los ojos han perdido su brillo, su viveza...

Las decepciones y los disgustos nos envejecen mucho más que los años, porque no forman parte del proceso natural de desgaste, sino que nos estragan, nos transforman hasta la mirada.

Pero ya he dicho basta. He decidido presentarles batalla a mis emociones. Al desconcierto por los hechos que Fiz no se atrevió a negar cuando aún seguíamos juntos, le sucedieron primero la tristeza y la rabia, que al principio me postraron en cama. Después vino el rencor, que agitaba mis pensamientos de forma incesante. Además, no soportaba su presencia; no encontraba lógica alguna a que me ofreciera su ayuda, era como encontrarme en un quirófano con el cirujano que antes me hubiera apuñalado. Conocer los sucesos en los que se vio envuelto hizo que lo rechazara de forma inmediata; comencé a sentir repulsión: lo veía como a un insecto. Había decidido unir mi vida a la suya y aquel había sido el resultado: que nuestros ríos respectivos acabaran en una desembocadura cenagosa.

Cuando el escándalo se convirtió en un asunto público, mi dolor se multiplicó.

Entiendo que debo comenzar a olvidar. Para eso estoy aquí, lo sé, pero cuanto más lo pienso, más atroz me parece lo que me hizo Fiz. Le di mi confianza y me traicionó sin la menor compasión. Ahora también sé que la angustia que desencadena una infamia como esta puede ser mortal, al menos para quienes somos así, como yo, fáciles de lastimar. A su lado solo aspiraba a obtener una cierta protección, a llevar una vida tranquila, sin sobresaltos ni tragedias.

EMILY HOBHOUSE

Londres, abril de 1901

Recuerdo con exactitud cuándo tuve la primera referencia sobre lo que sucedía en Sudáfrica: fue una mañana del verano de 1899 leyendo las noticias con mi tío. Así supimos que sir Alfred Milner, gobernador de la colonia del Cabo y alto comisionado británico en la región, en un telegrama a Joseph Chamberlain, secretario de Estado para las Colonias del Reino Unido, había dicho que la guerra era inevitable. La prensa reproducía el texto de aquella comunicación.

Mi tío se mostró muy preocupado por lo que llamó «la nube oscura», pero no podía expresarlo en público, ya que prestaba sus servicios en el Comité Judicial del Consejo Privado del Gobierno, y esto le impedía realizar cualquier manifestación política.

—Allá las tensiones vienen de lejos.

Mientras hablaba miré el mapa que ilustraba la noticia. Él me señaló las dos zonas en litigio, las repúblicas bóeres del Transvaal y el Estado Libre de Orange.

—Ya en 1877 hubo una primera guerra por su independencia.

Tío Arthur me habló también del oro de Witwatersrand, un tramo de treinta y cinco millas de roca dura. Los *uitlanders*, extranjeros en su mayoría súbditos británicos, exigían a los bóeres el derecho a voto tras cinco años de residencia y su participación en las minas. El conflicto estaba servido. Y más aún con Cecil Rhodes, quien deseaba controlar todas las explotaciones y añadía aún más combustible a la hoguera.

—Él quería que los *uitlanders* se levantaran en armas. Y así sucedió, pero los bóeres los derrotaron sin demasiado esfuerzo. Aun así, Rhodes no iba a renunciar a apropiarse de lo que, literalmente, es la joya del Imperio.

Antes de que terminara el verano de ese 1899, el 8 de septiembre, Inglaterra envió diez mil soldados a Natal. Chamberlain pensaba que las fuerzas bóeres no eran más que un «tigre de papel». Y a finales de ese mismo mes envió otros cuarenta y siete mil soldados para invadir el Transvaal.

He recorrido Inglaterra, Gales y Escocia de punta a punta, de arriba abajo y de este a oeste. A Irlanda todavía no he ido, pero es mi intención poner también al corriente a los irlandeses de la masacre que se está cometiendo contra el pueblo bóer, los descendientes de los colonos holandeses que emigraron al sur de África, que procedían de Netherlands o las Tierras Bajas. Ellos son las nuevas víctimas de nuestro salvaje Imperio británico. Hay algo muy novedoso: es la primera vez que, lejos del continente europeo, se enfrentan blancos contra blancos.

Tampoco les gusta que yo diga esto, pero no me importa. Sé bien que si se llenan los salones para escucharme es porque me he convertido en una atracción de feria, todos quieren decir que han visto a la señorita Hobhouse clamar con rabia contra el Ejército de Su Majestad. Veintiséis ciudades, veintiséis charlas en dos meses... A veces temo que alguien del público me dispare, estoy muy expuesta a ello. A diferencia de lo que me sucede con las hortalizas que me lanzan o con esa amenazante navaja que me rasgará el himen, a la bala que podría acabar conmigo no la veré venir.

«¡Traidora!», me han gritado también esta noche en la ciudad portuaria de Plymouth, en el suroeste de Inglaterra. He tenido que oír que me he vendido al enemigo, que me mueven repugnantes intereses, que quiero hundir la moral de nuestras tropas, que mi deseo es que los territorios de Orange y del Transvaal permanezcan en manos de los granjeros holandeses, y con ellos, los diamantes y el oro; que quiero arruinar a nuestra nación, todo eso me han dicho entre otras lindezas que me niego a reproducir.

«¡Traidora!». La primera vez que lo oí fue a más de trescientas millas de aquí, en Southport. A ese calificativo lo acompañaron varios improperios más y unos cuantos calabacines. Para que no me dieran en la cabeza, tuve que estar más pendiente de esquivarlos que de mis palabras. En Bristol fue aún peor: me lanzaron piedras, palos y hasta algunas sillas. Un objeto que me pareció una fruta madura me dio en el pecho y tuve que retirarme. Menos mal que no era una piedra. Desde detrás de las cortinas oí a los asistentes vociferar enfurecidos mientras se marchaban: «¿Para qué viene?». «¿Qué esperaba?». ¿Y ellos? ¿Por qué estaban allí? Seguro que porque mi intervención fue lo más interesante desde hacía años en sus aburridas vidas de corderos obedientes. A la vista está, dado que aquella noche lluviosa había en el salón ochocientas personas. Tuve que escapar por un pasillo lateral.

Del mismo modo que los asistentes a mi conferencia me volvieron la espalda, lo hicieron muchos de los que yo creía mis amigos. La mayoría negaron conocerme; otros se dedicaron a vilipendiarme en la prensa. Me dolió que hubiera varios a los que conocía desde la infancia. En Saint Ive, mi pueblo, se avergonzaban de que yo hubiera nacido allí. Era todo muy doloroso, pero no iba a detenerme: continuaría adelante, fuera al precio que fuese. Me desgañitaría hasta que consiguiera que les estallaran los tímpanos, hasta colarme en sus pesadillas. Quería ser su mal sueño continuo, la voz de la conciencia de quienes nada saben y son meras marionetas manejadas por los poderosos. Es tan triste ver que, en su miseria, sin detenerse a razonar lo más mínimo, se mueven al compás que les marcan. Ir contra la opinión general acarrea esto: que muchos me consideren su enemiga.

¡No me van a callar! Voy a seguir denunciando lo que sucede en África. ¡No van a poder conmigo! ¡Es tan grave lo que están perpetrando en el Transvaal! La distancia beneficia a nuestros políticos. A Londres solo llega lo que quieren que se cuente a propósito de las campañas del Imperio. Pero detrás de todo no hay más que el ansia por atraer riqueza a nuestra isla al precio que sea.

Desde que me llamaron por primera vez «solterona histérica», ahora lo repiten todos. Ese es mi nuevo mote. ¡Como si el estado civil y el estado mental de alguien pudieran constituir motivo de escarnio! Me consta que mis artículos se leen con mucha avidez incluso en Pretoria. ¿En el África austral también será famoso mi, por otra parte inexistente, himen? ¿Mi himen atravesado por una navaja? ¡Son tantos los que desean empuñarla para ultrajarme! Esa es la mejor señal de que cuento la verdad. ¿Por qué a las mujeres siempre se nos amenaza o se nos insulta con aquello que tiene que ver con nuestra condición? No les responderé en los mismos términos. El pastor Hobhouse me educó mejor que sus padres a ellos.

Consigno todo esto en mi diario —llamar a este cuaderno «memorias» me parece demasiado presuntuoso— porque necesito plasmar mi testimonio, mi verdad, aunque sé que muchos, cuando ya no esté, lo llamarán simplemente «la versión de Emily Hobhouse». Y no sé si añadirán «espuria»: «Su espuria versión de los hechos». En cualquier caso, tengo derecho a mi defensa, a que mi nombre no se mancille con tanta calumnia que le cae encima.

SHAYNA ORLIENS

Lourenço Marques, Mozambique, abril de 1901

Está de más decir que, tras el escándalo, tanto mi marido como yo nos habíamos convertido en unos apestados sociales. Nadie me dijo de forma directa que no deseaba tratar conmigo, pero lo percibí enseguida, antes de encerrarme en casa: todos querían perderme de vista. Por eso, en busca de la sanación de mi espíritu, estoy en este destierro, sola, pero lejos de los agentes de Scotland Yard. No quiero que me conviertan en el chivo expiatorio, que cualquier referencia se reduzca a mi nombre, que comiencen a llamarlo «el caso Shayna Orliens». Solo faltaría eso.

A pesar de las pocas semanas que han pasado desde que llegué, me siento bastante recuperada de la herida que creí incurable. Aún tengo secuelas: no quiero confiar en nadie, al menos no como confié en Fiz. Creo que es una reacción muy natural cuando te traiciona la persona que tienes más cerca.

No sé si estas palabras mías tendrán el poder de un sortilegio, de una invocación, pero si así fuera, no estaría nada mal que sirvieran para que, de una vez, mi marido se detuviera a reflexionar sobre el mucho dolor que ha emanado de su conducta. Además, sigo sin recibir una explicación por su parte, y necesito saber por qué lo hizo para poder avanzar y dejar de rememorar siempre lo mismo y en el mismo orden. Cada día abro los ojos con la sensación de que todo ha sido un mal sueño; después viene la estupefacción, comienzo a tomar conciencia de lo sucedido, maldigo el momento en que decidimos casarnos y las circunstancias que nos empujaron a ello. Y después, vuelta a empezar: aparecen los porqués. ¿Por qué lo hizo? ¿Por qué no me lo dijo? Todas las preguntas que me hago comienzan igual; lo demás, las otras circunstancias, no me interesan.

Mentiría si dijera que no le deseo ningún mal a Fiz. Necesito cierta equidad para seguir adelante, que ocurra algo que me permita convencerme de que existe alguna forma de armonía en el universo. Si termino en la cárcel, me volveré loca; prefiero la muerte, descansar por fin.

Ahora escribo, escribo y escribo. Esta es mi actividad principal. No olvido las enseñanzas de Emily Hobhouse: ella persigue convertir sus palabras en acción. En eso radica la importancia de sus colaboraciones en la prensa, en clamar contra las injusticias para revelarlas. Sus columnas son su instrumento para conseguirlo. Tengo que encontrar periódicos en inglés aquí en Lourenço Marques. Echo de menos hablar en mi lengua; bueno, sería más acertado decir que echo de menos hablar en general. Ver las palabras sobre el papel es lo que más paz me proporciona, a pesar de la amargura que encierran. Y, sobre todo, le escribo cartas a mi adorado hermano Darrell, pero sin contarle, de momento, nada de esto.

KARAMCHAND

—

Pietermaritzburgo, colonia británica de Natal en el sur de África, ocho años antes

Sonó un pitido y el tren reemprendió la marcha. Los pasajeros que seguían viaje lo observaron desde las ventanillas. En la estación de Pietermaritzburgo, ninguno de los que descendieron del convoy se acercó a Karamchand, tirado en el suelo como si se tratara de un bulto. Miró a su alrededor: las molduras ornamentales sostenían el amplio techo de la plataforma. El olor de la madera recién barnizada se juntaba con el de la grasa de las locomotoras y el del carbón, dejando en el aire una estela de humo denso y picante. Las vías desprendían al calentarse un vaho metálico que se mezclaba con el de las plantas.

Pasaron cerca de él varios empleados de la estación; vestidos con uniformes de tela oscura y botones dorados, se movían con diligencia para atender las necesidades de los pasajeros y organizar el equipaje que se acumulaba junto a los bancos de madera a la espera de ser cargado. Tampoco lo miraron.

Karamchand se puso en pie, parecía que no compartía el mismo espacio con los demás, se estiró como si acabara de levantarse de un mullido colchón, elevó el rostro y se sacudió la ropa. Enseguida fue quedándose solo. A lo lejos se oía el llanto de un bebé. El joven abogado se acuclilló para pensar qué hacer, pero se incorporó de inmediato, con la misma dignidad que antes. Sintió frío, y se dio cuenta de que su abrigo se había quedado en el portaequipajes del tren. Miró las vías, las venas de metal de aquel sistema circulatorio que se ramificaba hasta desaparecer en el horizonte. Decidió salir en busca de un hotel donde pasar la noche.

En la avenida más cercana a la estación, leyó en un indicador los nombres de los que se anunciaban a los viajeros: Queen Victoria, Hamilton, Golden Horse, Redlands... Entró en el primero que encontró. Antes de subir las escaleras, una mujer le hizo un gesto con la mano para que se detuviera y, después, se pinzó la nariz con dos dedos.

Karamchand interpretó que le indicaba algún problema con los desagües y así se lo dijo.

—No son las cañerías, eres tú, despeja mi puerta.

Él se olió los brazos y percibió el aroma agradable del perfume que se había rociado aquella mañana después de vestirse.

Continuó por la misma acera. Un cochero, después de salpicarlo de barro, se detuvo a su lado y le gritó que caminara por la calzada.

—No manches con tus sucios pies lo que está reservado a los blancos —le dijo.

Karamchand no se bajó. Un hombre lo golpeó con el hombro al cruzarse con él y casi lo hizo caer, pero él siguió hasta que leyó el nombre de otro hotel: Hamilton. Cuando se detuvo ante su fachada, la joven negra que limpiaba arrodillada las baldosas del vestíbulo le hizo un gesto de negación con el dedo índice de la mano derecha. Después de saludarla, y, a pesar de su advertencia, Karamchand se acercó a la recepción e hizo sonar el timbre.

—El hotel está completo —le dijo un empleado del que no supo adivinar la nacionalidad.

El abogado miró alrededor. No se oía nada y las mesas de la cafetería estaban vacías.

—¿Está seguro? —insistió.

—Muy seguro. Márchate.

Aquella noche durmió en un parque hasta que dos policías lo despertaron a puntapiés cuando apenas habían pasado tres horas desde que se dejó caer sobre la hierba. Se acercó a una fuente para asearse, en la medida de lo posible, y seguir su viaje como fuera.

SHAYNA ORLIENS

Lourenço Marques, Mozambique, abril de 1901

—*O escultor é muito estranho, mas muito atraente. Como ele fala inglês...*

«El escultor es muy extraño, pero muy atractivo. Como habla inglés...». Estas fueron las palabras que oí que le decía Andiara, una de las empleadas que siempre habían trabajado en la casa que alquilé en Lourenço Marques, a la sirvienta de mi vecina. Como se referían a alguien que se expresaba en mi lengua, quise saber enseguida de quién se trataba.

—*O escultor* —repitió—. *Está de volta.*

Andiara señaló una construcción en el otro extremo del jardín y añadió que mi vecino había llamado a la puerta para presentarse, pero que, como yo aún dormía, pidió que no me molestaran.

La posibilidad de cruzar aquel terreno y tener a alguien con quien conversar en mi idioma, tan cerca, pero que no perteneciera a mi mundo anterior, me pareció algo portentoso. En cuanto me dejaron sola me paré frente al espejo: me retoqué el peinado y me ajusté el vestido hasta que vi que tenía una apariencia más que aceptable. Después me pregunté para qué me arreglaba. En el pasado lo había hecho para las demás personas, sobre todo para

Fiz; había intentado mostrarme siempre atractiva ante él, no delatar mi tramoya, mis trucos de belleza, y nunca le desperté el más mínimo interés... carnal, por llamarlo de alguna manera.

Entonces me llegó la respuesta. Muy desde dentro: lo estaba haciendo por mí. Era lo que me merecía, era por mí por quien debía cuidar mi aspecto hasta que fuera un reflejo de mi buena salud. Aunque era cierto que, con el paso de los días y ya lejos de Londres, me iba recuperando un poco, aún necesitaba mitigar con algo de maquillaje el tono pálido y enfermizo de mi piel. Junto con mi delgadez y mis ojos, llamaba demasiado la atención.

La conversación de Andiara con la otra criada era lo único que sabía sobre ese hombre que habitaba aquella casa de enfrente medio en ruinas. Movida por la curiosidad, decidí arriesgarme y dejar de lado por una vez la desconfianza de todo y de todos que regía mi vida desde hacía varios meses. Además, tenía que ser cortés con quien, más que mi vecino, era también un inquilino de otra de las dependencias de aquella propiedad, alguien con quien estaba allí, por tanto, en igualdad de condiciones, aunque mi mansión fuera mucho más lujosa.

Me levanté el vestido para no arrastrarlo sobre la hierba del jardín. En una pared lateral había un reloj de piedra. En el tiempo vivo, el real, eran ya las cuatro de la tarde. Me acerqué a la ventana y me agaché bajo las ramas de un jacarandá para mirar el interior de aquel edificio destartalado. Oí los golpes de un martillo sobre un cincel contra lo que fuera que estuviera esculpiendo. El ruido de las herramientas era tan fuerte que impedía oír nada más, ni a los pájaros.

En cuanto me asomé, tras tocar la fachada que parecía temblar por efecto del repiqueteo continuo, vi dos estatuas iguales, pero de distinto material, y entre ellas a su artífice: el hombre que trabajaba la piedra era como sus dos modelos en yeso y mármol, pero en movimiento y vestido con una camisa blanca bastante suelta y un pantalón del mismo color. Ambas prendas no disimulaban sus formas, sino que le marcaban cada prominencia de sus piernas separadas y de sus brazos en tensión por aquel trabajo. Tenía los hombros rectos y anchos, y el cuello bien proporcionado; el pelo, entre rubio y rojizo, era tan rizado que le redondeaba la cabeza de forma que parecía que llevara sobre ella una corona de laurel. Alrededor de las dos estatuas había bastantes dibujos diseminados por el suelo.

No me atreví a interrumpirlo y me alejé. Volví a mi casa envuelta por la sensación que su belleza me había dejado: una mezcla de asombro y de sobrecogimiento.

Me senté en la mecedora a esperar que cesara el ruido. Ya volvería él, tal vez, cuando terminara su trabajo. Intenté continuar con mi lectura del libro sobre magia y religión de James George Frazer, *La rama dorada,* pero no conseguía apartar de mi mente la visión del escultor.

Entonces Andiara llamó a la puerta y me entregó un sobre.

Cuando vi que, por fin, se trataba de la respuesta de mi hermano a mis cartas escritas desde allí, los ojos se me llenaron de lágrimas. Estaba vivo, al menos en el momento en que había redactado esas líneas en su cuartel, que se hallaba a menos de seiscientas millas. La leí con el corazón sobresaltado.

Estimada hermana:

Espero que al recibo de la presente te halles muy bien de salud.

Antes que nada, tengo que decirte que me ha sorprendido mucho saber que estabas en Lourenço Marques. No acierto aún a imaginar qué te ha traído hasta aquí porque no me das demasiados detalles de tu situación. Sí, estamos más cerca. Eso es verdad, pero también lo es que estás más cerca de la guerra, y eso nunca es bueno.

Iré a visitarte en cuanto me concedan un permiso. Creo que esa circunstancia no tardará mucho en llegar por lo que voy a contarte a continuación: me van a conceder la Cruz Victoria. Nada más y nada menos que la máxima condecoración de nuestro Ejército. La acción por la que me distinguen sucedió en el combate de Modder River cuando me encontraba aislado con mi sección. Treinta hombres esperaban agazapados en un barranco a unas seis millas al norte de Dordrecht, confiábamos en que la noche nos librara de los centenares de bóeres que nos acechaban. Apenas llevábamos diez minutos allí cuando oí entre los disparos el ruido de un bulto que caía al río desde lo alto. Fui hasta ese lugar y me encontré con que el conde de Gleichen se había precipitado al agua a consecuencia de la herida sufrida en una pierna. Estaba a punto de ahogarse y se aferró a mí a la vez que me advertía de que no sabía nadar. Es un hombre muy corpulento, por eso aún no sé cómo conseguí arrastrarlo hasta la orilla. En cuanto lo dejé sobre la tierra me dijo: «Muchacho, acabas de alcanzar la gloria».

El conde de Gleichen es pariente de la reina. Eso es lo que creo que más ha influido para que me concedan esta condecoración. Ha sido un golpe de suerte. No sentí que arriesgara mi vida en ningún momento. Ahora los otros oficiales me tienen en alta estima y por ese motivo permanezco en la retaguardia. Me reservan, tal vez por su propio interés, querrán que llegado el caso los socorra también a ellos. Sin embargo, pienso que lo único que hice fue salvar a un hombre. ¿Quién no lo hubiera hecho?

Hermana, quiero que sepas, para tu tranquilidad, que, al contrario de lo que me dices en tu carta, yo no sucumbiré a las infecciones que a tantos se han llevado por delante. Te prometo que volveré de este infierno para continuar a tu lado como cuando éramos niños. Han muerto demasiados ya de los nuestros aquí, en este extremo del mundo. Los bóeres están envalentonados porque nos ganaron la guerra anterior, pero ahora es otra cosa. Solo unos insensatos se enfrentarían en estas condiciones a un imperio. Qué falta de previsión y de táctica. Una cosa es la valentía y otra la temeridad. Aun así, a pesar de que son pocos, no podemos contenerlos por el momento. Tienen muy buena puntería, saben disparar muy bien, incluso mientras cabalgan.

Hemos construido ya más de cuatro mil millas de empalizadas de piedra y alambre de espino, de los que colgamos latas y campanas para que el ruido nos advierta enseguida de su presencia. Los tenemos rodeados, por tanto, que se rindan es cuestión de días o, como mucho, de semanas. Ya verás. Como te digo, en breve estaré contigo, te lo prometo.

¡Cómo añoro nuestras veladas junto a nuestro padre! ¿Cómo está? ¿Qué sabes de él? No me das noticias suyas en tu carta. Dile lo mucho que lo quiere su hijo cuando le escribas. Yo también lo haré en breve.

Ahora, de momento, sin nada más que comunicarte, se despide de ti, afectuosamente,

tu hermano DARRELL

Besé aquellas dos cuartillas tocadas por sus manos. Su caligrafía había modificado la tersura del papel, lo había arrugado, abultado en unas zonas y hendido en otras; me puse esas hojas sobre la nariz como si se tratara de un pañuelo, esperaba recobrar el aroma de Darrell, pero solo olía a guerra.

EMILY HOBHOUSE

—

Londres, abril de 1901

Mi hermano Leonard estudió en Oxford y pronto se convirtió en un *fellow*. ¡Un *fellow* nada menos! Los *fellows* son los miembros del Merton College, uno de los más antiguos de la universidad. ¿Y yo? Pues mientras tanto, hasta los treinta y cinco años, me dediqué a algo tan común para cualquier otra mujer como cuidar en cuerpo y alma de mi padre, Reginald Hobhouse, archidiácono de Bodmin. No lo hice con sumo gusto, como sería de esperar en alguien de mi condición.

Quince años estuve cuidándolo en la rectoría, con la ayuda al principio de mi hermana Maud. Mi madre había fallecido una década antes de que él enfermara. Durante este periodo de dedicación filial, leí tanto que hice mío el sufrimiento de cualquier ser humano. Además, tomé conciencia del desajuste que producen en el mundo las injusticias. Empecé por el Sermón de la Montaña (Mateo 5, 7), continué con el ensayo de Kant *Sobre la paz perpetua* y el *Tratado sobre la tolerancia* de Voltaire. Durante las largas conversaciones con mi padre, entre los muros centenarios de la iglesia de Bodmin y los jardines que la rodeaban, el tiempo parecía detenerse impregnado por su espíritu conservador y sus aburridos sermones de los domingos. En ese ambiente casi monástico me forjé.

Solo aliviaba mi inmenso aburrimiento Old Rodge, uno de los curas de la parroquia, con el que jugaba al bádminton y hablaba durante horas sobre mi necesidad de dedicarme a la labor humanitaria para gritar contra la opresión y la miseria de quienes eran sometidos por la continua acción de la violencia.

En 1895, hace ahora seis años, murió mi querido padre, tan reverenciado en nuestra comunidad. Solo entonces quedé libre (todo lo libre que puede quedar una mujer) y decidí cambiar de continente: ¡comenzar a vivir a los treinta y cinco años! Me fui nada menos que a Minnesota, la Tierra de los Cien Mil Lagos, uno de los estados del gran país que Cecil Rhodes quiere invadir porque dice que la raza inglesa tiene el derecho divino de gobernar el mundo. ¡Y también el poder del diablo para destruirlo!

Sé que era algo inaudito para alguien de mi clase cruzar sola el mundo y, además, a mi edad. Se suponía que mi vida tenía que limitarse a cantar en el coro, ensayar algunos días de la semana con el piano de la parroquia y servir en los comités de bienestar de mi comunidad.

Me consta que desde el primer momento levanté suspicacias, murmuraciones, malas miradas y comentarios aviesos porque me había atrevido a seguir una trayectoria vital distinta a la que ya me había sido trazada.

Voy a contar con más detalle cómo fue ese viraje de timón: cuando se subastaron las propiedades de mi padre, obtuve una buena suma de dinero, más de cinco mil trescientas libras. Con esa cantidad dentro de una bolsa que guardaba entre mi ropa y una sola maleta, abandoné mi pueblo con la promesa de no volver jamás.

Me enrolé en un viaje asistencial, pensé que era una buena oportunidad para mí, que entonces solo tenía dos cosas claras: quería ver mundo y ayudar a la gente. América me pareció un buen destino porque allí habían emigrado quienes después fueron llamados Cousin Jacks, los mineros ingleses del estaño, cobre y arcilla de caolín que tanto apoyo social necesitaban.

En junio de 1895 ya me hallaba en un buque que se dirigía a Nueva York. Tengo mucho que escribir sobre esa ciudad desde la que después fui a Chicago, antes de llegar en agosto a mi destino en Virginia, Minnesota. Encontré alojamiento en una pensión de Maple Street. Afortunadamente viajaba con mi propia ropa de cama. Con eso lo digo todo. Bueno, también tengo que añadir que mi primer impulso fue salir huyendo.

SHAYNA ORLIENS

—

Lourenço Marques, Mozambique, abril de 1901

La extensión de la carta de mi hermano Darrell, aunque fuera para contarme lo de la medalla, me pareció un regalo, porque me hubiera conformado con bastante menos; con una sola palabra de su puño y letra me bastaba como prueba de que seguía con vida. Desde que se fue, vivía aterrorizada; temía que, en vez de sus cartas, llegara un telegrama del Ejército en el que nos comunicaran a mi padre y a mí lo que cada familiar de cada soldado más teme leer.

Durante mi convalecencia tras lo sucedido con Fiz, la espera de una carta suya fue mi ancla, lo que me convenció de que valía la pena seguir respirando. Esto, junto con las aceradas columnas de la señorita Hobhouse, se convirtió en el salvavidas que consiguió sacarme de mi doloroso ensimismamiento.

Le respondí a Darrell enseguida. Así esperaba acelerar nuestra correspondencia. Calculé que desde la bahía a tierra adentro, hasta Bloemfontein exactamente, que era la ciudad donde se hallaba destinado, no tendría que tardar en llegar más de dos semanas, a juzgar por la fecha de la suya. Intercalé una hoja de papel carbón entre otras dos en blanco como las veces anteriores, porque quería conservar cualquier cosa que tuviera que ver con mi hermano.

Fui breve, como si el hecho de que el sobre pesara menos ayudara a que le llegase antes.

Mi muy querido Darrell:

Eres un héroe y eso pronto lo sabrán en todo el mundo. Te felicito. Me gustaría compartir contigo otras novedades, pero me veo obligada a informarte, muy a mi pesar, de que Fiz nos ha dejado. Ha sido horrible. Su ausencia me arrastró a un estado de *surmenage* del que creí que no saldría, pero ya estoy de regreso en el mundo de los vivos. El doctor Evans me había recomendado cambiar de aires, que, al menos por una buena temporada, me alejara de todo lo que me recordara a él. Sabes desde siempre que no soy tan fuerte como tú, pero quiero pensar que ya estoy a salvo. Espero restablecerme por completo, volver a ser la que era antes de casarme con Fiz. Para mí esto que ha sucedido también ha sido una guerra.

En mis cartas anteriores lo omití porque no tenía la certeza de que las recibieras, ahora ya sé que sí, que he dado contigo en medio de ese maremágnum en el que te hallas.

No dejes de enviarme noticias tuyas siempre que tengas ocasión, por favor. Leerte es la mayor alegría que mi alma puede recibir. En estos momentos te necesito más que nunca; por eso estoy aquí. Ojalá podamos vernos cuanto antes. Ya me dirás la fecha en la que comienza tu permiso, que espero que sea de muchos días y que, mientras tanto, termine la guerra y nunca más te tengas que marchar de mi lado.

Te envía un gran abrazo tu hermana que tanto te quiere,

SHAYNA

P. D. Darrell, necesito que escondas esta carta, al igual que las anteriores mías. También que no informes a nadie, ni siquiera a tus compañeros más cercanos, de lo sucedido con Fiz, ni de mi partida de Londres y mi estancia aquí. No hables de este tema con ellos ni con nadie, por favor. Más adelante te explicaré los motivos.

Mantente sano y recibe todo mi cariño.

La releí varias veces, pero sin modificar nada. Era exactamente lo que quería decirle; aun así, solo dejé de revisarla cuando llamaron a la puerta. Al abrir, encontré a dos niños que se presentaron como los hijos de Andiara. Me entregaron un par de bandejas y una botella de vino en una bolsa de tela que llevaba el mayor de ellos. Fui a buscar unas monedas y, en cuanto se las di, me lo agradecieron y salieron corriendo.

Dejé las viandas sobre la mesa de la cocina. Mientras bebía un vaso de agua, advertí que ya no se oía el ruido del cincel contra la piedra en el taller del escultor y pensé de nuevo en lo que me supondría hablar con alguien que no fuera Andiara, con quien solo podía comunicarme con medias palabras y muchas señas.

Entonces llamaron a la puerta y se me pasó por la cabeza que pudiera tratarse de mi vecino o que serían de nuevo los hijos de Andiara, que habrían olvidado darme algo, pero el personaje que hallé ante el umbral me desconcertó. No podía apartar la mirada de las distintas piezas que componían su estrafalario atuendo. Vestía de una forma muy teatral, con unas calzas atadas con cintas a las rodillas, zapatos acabados en punta y una casaca bordada. Tenía los ojos oscuros, y las cejas y el bigote muy poblados.

—Señora, permita que me presente. Soy Candil, el buhonero. Para servirle. – Me sorprendió que se hiciera entender tan bien en inglés. Él pareció notarlo y enseguida se prestó a decir—: Hablo tan bien su lengua porque fui durante un tiempo el criado de un vendedor ambulante de biblias que procedía de Norfolk. —Se refería al condado del este de Inglaterra—. ¿Qué se le ofrece?

—Es usted quien ha llamado a mi puerta —le dije con una media sonrisa porque no pude disimular que sus ademanes me habían hecho cierta gracia.

—Es verdad.

—¿Qué me puede vender? —le pregunté como si ambos actuáramos en una comedia.

—De todo —me dijo él en voz muy baja—. Pida, pida. Y no solo enseres. También... información.

—¿Es un espía?

—No me atrevería a calificarme de tal, pero algo sé. Haga la prueba.

Aunque me había entretenido durante unos minutos, me dispuse a despedirme de él.

—En este momento no tengo sobre qué o sobre quién inquirir —mentí—. Pero descuide, cuando necesite de sus servicios, lo mandaré a buscar.

Flexionó una rodilla a la vez que, con su sombrero, dibujaba un medio arco.

—Pues presentado quedo. Aquí me tendrá.

Me resultó curiosa aquella aparición, pero no le di mayor importancia. Alguien pintoresco y nada más, pensé. Un charlatán que se hacía el interesante para intrigar y, con ese motivo, colocarme, con las más variadas excusas, la chamarilería que transportaba.

FIZ REYER

Golfo de Bengala, océano Índico, abril de 1901

Continúo en altamar y lo único que sé es que necesito escribir estas líneas para ordenar todo lo que agita mi conciencia. De nuevo me antepongo: considero primero mi necesidad antes que el dolor de cualquier otra persona, incluso de Shayna. Siempre he sido así. No tengo perdón. Siento una congoja enorme. Sé que no es lo que ella merecía, pero es tan difícil hablar (siquiera con la persona con quien más confianza se tiene) cuando la espada de Damocles pende sobre la cabeza de uno. Y no me refiero a una improbable denuncia por su parte, sino al hecho, tan cierto, de que las paredes oyen, y más en una casa con tanta servidumbre como la nuestra. Aún diría más: no solo las paredes, hasta las calles y los bosques oyen. Todos los lugares están llenos de oídos conectados con lenguas que llegan a otros oídos.

Le dije a mi esposa muchas veces que siempre había esperado a alguien como ella: tan sabia, tan atenta, tan abnegada, tan austera, tan sensata, tan juiciosa en todo... Cuando lo que debí decirle fue que, por mero desinterés, nunca había reparado en ninguna mujer. Pero, aun así, elogié su belleza, mientras pensaba en los muslos musculosos, las espaldas anchas, las mandíbulas marcadas, la fuerza de algunos hombres con los que ya entonces me había encontrado. Lo que siento es más que una sed y un ardor juntos; es la sensación de que el desenfreno me arrebata, que me priva de razón, que nada puede mitigar mi ansia, que necesito entregarme a otro varón que se encargue de manejarme, ya que entonces no soy dueño de mí.

Nunca me perdonaré haber arrastrado a Shayna a un matrimonio desgraciado. Me dejé llevar. No detuve los preparativos de la boda cuando todavía estaba a tiempo, pero continuar soltero a mi edad habría levantado suspicacias. Aunque también es costumbre, entre los de nuestra condición, decir que no se casan porque les gustan tanto las mujeres que no saben por cuál decidirse. Para mantener esa impostura, son muchos los que se comportan en su vida cotidiana como el italiano Casanova, pero solo en público.

Podría haberme casado con alguna muchacha a la que solo le importara mi fortuna, que no echara de menos que entre nosotros no hubiese apenas trato carnal. Pero cuando nuestro compromiso nupcial se selló, sentí a Shayna entregada a mí por completo. Esa certeza me martirizaba. Estaba dispuesto a complacerla en casi todo. Y ese casi, lo que faltaba ya desde nuestro inicio, fue también nuestro final.

Casi. Esa palabra es la que mejor resume nuestra historia: le he dado casi todo mi amor, la he querido casi del todo, pongo a su disposición casi todo mi dinero... Pero en ese casi, en lo que no le he entregado, está lo más importante de mi vida: lo otro, lo irrenunciable, lo que yo soy.

No voy a culpar al destino de que nos uniera, no voy a buscar pretextos fuera de mí. No hablaré de la sociedad ni de las leyes, ni del innegable peligro que corría si mi conducta se conocía, ni de la intolerancia y la hipocresía de tantos.

Ahora solo hablo de nosotros. Y entre nosotros, se podría haber resuelto de otra forma, lo sé: con la verdad. Aunque solo fuera para ella, la única persona a la que debía sinceridad y sosiego, como mínimo la misma sinceridad y sosiego que Shayna me ha aportado durante estos años.

No me resultó muy difícil subir a este barco con documentación falsa, igual de fácil que conseguirla. Solo se fijaron en mi apariencia, en el valor de mi ropa y de los objetos que portaba. Así que, al menos por ese lado, estoy a salvo. Pero siento que hayan sucedido tantas cosas.

Respecto a mi patrimonio, también lo dejé casi todo bien atado. De los últimos trámites se encargará Findlay, mi abogado. Le he dicho que abandono el país una buena temporada. Nada más. Cuanto menos sepa, mejor.

Shayna nunca me perdonará. No soy digno de ello. A partir de ahora solo quiero transitar por esta vida de la mejor forma posible con lo que Dios me ha dado, sin arrastrar conmigo a nadie nunca más. Necesito que ella sea feliz; lo necesito egoístamente. Solo así me sentiré un poco menos culpable.

SHAYNA ORLIENS

—

Lourenço Marques, Mozambique, abril de 1901

Cuando pretendí volver a mi butaca, vi que el escultor ascendía por la leve colina que arrancaba a la entrada de su taller y llegaba hasta mi puerta. Comencé a andar en círculos y me aclaré la garganta. No quería titubear cuando le hablara. Abrí antes de que hiciera sonar la campanilla y, como si fuera yo la que me hubiera presentado ante él y no me hallara en mi casa, le dije:

—Soy Shayna Orliens, de Londres, aunque nací en Bristol.

Sonrió y me observó con detenimiento antes de hablar, como si quisiera apreciar primero mis rasgos. Cuando me tendió la mano derecha, sentí su tacto oleoso y caliente.

—¡Shayna! —repitió mi nombre con mucho énfasis. Solo eso.

De pronto me descubrí nerviosa. Sin saber muy bien por qué, le dije:

—He venido a Lourenço Marques para estar cerca de mi hermano Darrell. La mujer que trabaja en la casa me ha dicho que usted también vivía aquí, ahí enfrente. Me han traído mucha comida. Yo apenas la pruebo desde... Tal vez usted esté hambriento después de pasar todo el día...

—Sí, con mis esculturas.

Enseguida advertí que era escocés.

Además de aquellas escasas palabras, había pronunciado mi nombre de una forma que me pareció única. Para invitarlo a hablar, le pregunté por su trabajo.

—Primero modelo la arcilla y después comienzo a desbastar el mármol. Hago marcas con el compás e intento aplicar toda mi fuerza sobre un punto, pero de forma que no se rompa la piedra. Se parece a lo que nos sucede a las personas: algunos acontecimientos de nuestras vidas nos golpean hasta esculpir nuestro carácter, pero otros nos rompen.

Sentí el impacto de aquellas palabras, el dolor físico que me produjeron. Fue como la respuesta no solicitada de un oráculo. Lo invité a pasar y continuamos la conversación en el vestíbulo.

—¿Tiene muchas obras? —le pregunté por decir algo. Me sentía extraña.

—Pocas, no llevo mucho tiempo aquí. Están al fondo de mi taller, almacenadas.

—¿Y no las vende?

—Sí, algunas he vendido. Me dedico a la escultura funeraria —me aclaró enseguida—, piezas pequeñas: ángeles, relojes de arena con alas, copas, guirnaldas de laureles..., cosas así. Tengo unas pocas en el cementerio de Saint Francis Xavier. Ese es mi museo al aire libre, la exposición permanente de mi arte, que de momento solo consta de cuatro piezas. También me encargan exvotos. Se trata de agradecimientos que dejan los fieles en las iglesias.

Me costaba seguirlo, como si hubiera perdido práctica en escuchar a otros hablar de corrido después de tantos días casi en silencio. Su acento y los giros que empleaba aumentaban mi aturdimiento; de algunas de sus palabras solo podía suponer el significado. Su forma de afirmar y de negar, por ejemplo, era muy distinta a la de mis conocidos.

Todo esto me hacía sentir que el idioma nos acercaba y también marcaba una distancia entre nosotros. Así caí en la cuenta de que, hasta aquel momento, solo había hablado con personas de Bristol y de Londres; los límites de mi mundo anterior eran muy estrechos y, a pesar de eso, hubo en ese territorio tan reducido muchas zonas desconocidas para mí, tal como reveló el escándalo de mi marido.

—¿Es usted creyente? —le pregunté por lo que había dicho sobre los exvotos y porque quería quitarme a Fiz de la cabeza. Era consciente de que aquella conversación tan trascendental no era muy apropiada, al menos allí y con alguien a quien acababa de conocer, pero nada en mi vida respondía ya a la lógica.

—Sí, invoco a Dios con mucha frecuencia, tal vez porque lo necesito, pero también creo en la naturaleza, en el tiempo, en nuestra capacidad para regenerarnos, en todo menos en el hombre; siempre he pensado que la intromisión del ser humano empeora cualquier circunstancia.

—Por ese mismo motivo usted tendría que dejar sus piedras a la intemperie para que las esculpieran el viento y el agua con su erosión —me atreví a decirle.

Rio y después me respondió:

—Eso sí que sería seguir exactamente mi filosofía, pero... yo lo hago para transformar el dolor, el sufrimiento, en arte, y eso, en sí mismo, ya tiene una función reparadora. Al menos para mí.

—¿Y cómo firma sus esculturas? —Quería que me dijera su nombre.

—Como Irving Calder.

Se creó un silencio incómodo y, para romperlo, le dije:

—Me han traído comida, pero es demasiada para mí sola. Se estropeará si no...

—Muchas gracias, *obrigado* —me respondió con una sonrisa—. Si no le molesta, me gustaría ir a cambiarme de ropa para estar algo más presentable. Vuelvo con usted en unos minutos.

Me desconcertó su respuesta porque lo único que pretendía era entregarle una parte de aquellos alimentos. Tras unos segundos, afirmé con la cabeza. No me quedaba otra opción. Me dije que, ya que las cosas iban a darse así, aprovecharía para verlo ascender por la colina. Siempre he considerado que a una persona se la conoce por la manera en que se acerca a un lugar, que de esta forma se sabe si se trata de alguien temeroso, decidido, con recelos o dispuesto a cualquier experiencia. Con mi marido nunca pude describir su trayectoria de aproximación porque nunca lo vi llegar.

EMILY HOBHOUSE

—

Londres, abril de 1901

Una semana después de mi llegada a América en 1895, me instalé en las colinas de hierro de Mesabi. Conocía muy bien a los mineros. La mina de cobre más grande y próspera del mundo, South Caradon, está situada justo al lado de la parroquia en la que oficiaba mi querido padre, así que allí podía sentirme como en casa. Poco a poco reuní algunos muebles para mudarme a una cabaña que resultó que estaba infestada de bichos. No pasé allí entera ni la primera noche, sino que me volví a la pensión.

Para satisfacer a los trabajadores de un total de doce minas, solo en aquel poblado de Virginia había cuarenta y dos salones y cuatro casas de las llamadas de mala reputación. Yo decidí añadir nuevas distracciones a las cotidianas. Para eso, abrí una biblioteca y comencé una campaña contra el alcoholismo, porque los mineros, en su escaso tiempo libre, bebían y jugaban, jugaban y bebían. Amén de lo otro.

Los domingos me acercaba a sus campamentos para llevarles pasteles recién horneados y té. Comenzaron a apreciarme mucho; en poco tiempo, antes de lo que esperaba, fui capaz de ganarme su confianza. Me mostraban su afecto con los regalos que me dejaban en la puerta de mi ya desinfectada cabaña: algún conejo, mucha leña y bastante verdura.

No obstante, mi presencia no fue del agrado de las principales autoridades eclesiásticas. Les molestaba cualquier cosa que hiciera, incluso que visitara a las prostitutas encarceladas. Querían que cerrara la biblioteca. El índice de alcoholismo había descendido desde que aparecí allí con mis charlas y mi buena voluntad, pero esto a los ministros de las distintas iglesias les dio igual.

Contra todo pronóstico, durante mi estancia conocí por fin el amor... y la ruina. ¡Todo a la vez! Ambas cosas se debieron a la aparición en mi vida de John Carr Jackson, un comerciante británico que trabajaba en la gestión de plantaciones en México. Cuando lo vi por primera vez, temblé. Tengo que añadir que no es fácil que algo o alguien me haga temblar. Pero se trataba de John Carr Jackson, y John Carr Jackson era, por encima de todo, un espíritu indómito, como algunos de los protagonistas de los libros de aventuras que cada noche le leía a mi querido padre en voz alta junto a la chimenea. Lo llamaban Caro, y era un hombre de carácter, de mucho carácter, de demasiado carácter.

Lo había visto alguna vez en la pensión, cuando nos presentaron me dijo que había llegado allí en 1893 y que sabía mucho de aquel lugar y de sus gentes, que podía contar con él para todo lo que precisara. Recuerdo que estas fueron sus primeras palabras y que enfatizó mucho ese «todo».

Había comenzado como dependiente, pero al poco tiempo ya poseía su propio almacén, al que llamó Jackson & Co. Vendía desde tabaco hasta equipos agrícolas. Congeniamos enseguida porque estaba muy interesado en la política. Me dijo que tenía grandes amigos en el Congreso de Estados Unidos que lo habían apoyado cuando fue elegido alcalde de Virginia.

En su presencia no me reconocía a mí misma: lo miraba como si quisiera engullirlo. Desde la primera vez pensé en él como si, además de tratarse de una persona, fuera un alimento. Puede que esto suene extraño, pero esa fue mi reacción. Después pude observar que no era la única allí en verlo y sentirlo de esta manera.

Me gustaban las colas de pez que se le formaban en los ojos achinados cuando reía; su cabello largo atado solo en parte, a la manera asiática; su forma de vestir bastante estrafalaria; sus más de doscientas sesenta libras de peso y, sobre todo, su humor: era incapaz de dejar de bromear y sabía muy bien cómo manejarme. Además, tenía una forma muy especial de llamarme «señorita Hobhouse», como si también mi nombre le hiciera gracia.

Iba a escribir que «no pude resistirme» a él, pero en ningún momento lo pretendí. Es más, me corría bastante prisa recuperar el tiempo perdido en la rectoría.

Puedo decir que llegó un momento en el que nos convertimos en las dos personas más famosas de la zona minera: el alcalde Jackson y la señorita Hobhouse. La gente seguía dirigiéndose a él por su cargo, aunque ya había dejado de ser la primera autoridad. Paseábamos en su carreta; entraba en mi cabaña a la hora que quería, y me gustaba no tener que darle cuentas a nadie. No llevé en América la vida esperable de una puritana, pero allí ¿qué más daba? No me conocían. A John y a mí nadie nos iba a pedir nuestros papeles de matrimonio.

Al principio se quedaba a dormir conmigo de vez en cuando, y después, todas las noches. Desoí al Señor, ensordecida por la pasión, pero, en mi descargo, diré que era la primera vez que vivía algo así. En algunas de las novelas que había leído a escondidas de mi padre, describían los encuentros como los nuestros con términos como «tórridos»; hablaban de «furor», de «incandescencia» incluso. De puertas adentro de nuestra alcoba, éramos otros.

Sentía el vértigo de la libertad y lo que esta supone: el enorme margen que deja para equivocarse de forma contumaz, ilimitada.

Le escribí a mi tía, que desde mi orfandad era mi madre espiritual, para contarle que me había prometido en secreto con el señor Jackson. Caro me había declarado su amor a la luz de una vela, arrodillado y en camisón. Hasta fabulé con la idea de darle muchos hijos, a pesar de mi edad. En la misma carta, también me encargué de dejarle muy claro a lady Hobhouse que Caro, mi Caro, tenía muchos más ingresos de los necesarios para su felicidad y que, por tanto, no era ningún cazafortunas. De esta forma, la tranquilicé respecto a las cinco mil y pico libras que guardaba a buen recaudo. Eso sí, no pude evitar describírselo como el hombre más apuesto que había visto nunca.

Pocas semanas después, como una muestra más de que nada es definitivo en la vida, las cosas cambiaron debido a que se inició un conflicto entre los propietarios de las minas. Sobra decir que, como siempre, fue por los precios del mineral. Comenzaron las dificultades para John, igual que para el resto de los comerciantes. Las ventas cayeron en picado porque los trabajadores de las explotaciones cada vez contaban con menos dinero para gastar, pero esto no fue lo peor, sino que, como a muchos se les había fiado, no pudieron hacer frente a sus deudas y esto hundió a los tenderos.

Entonces Caro me propuso que compráramos una granja en México. Era una locura, pero yo era capaz de todo con tal de seguir a su lado. Tendría que viajar cuanto antes al país vecino para encargarme de los trámites, mientras él liquidaba sus asuntos en Virginia.

Se me partió el corazón al tener que separarme de él, aunque fuera provisionalmente, y abandonar para siempre a aquellas gentes que tanto cariño me habían dado. Sin que lo supiera, organizaron mi despedida en la estación y, cuando llegué al andén, comenzó a sonar una orquesta que bajaba a mi encuentro por la calle principal. Los niños me regalaron flores y las mujeres comida, para que no pasara hambre durante el viaje. John me besó ante todos, y el volumen de los aplausos se superpuso al de la música.

SHAYNA ORLIENS

Lourenço Marques, Mozambique, abril de 1901

En cuanto nos sentamos a la mesa para cenar, le hablé a Irving, el escultor, de mi hermano Darrell y de las ganas que tenía de que volviera de la guerra.

Él me contestó enseguida:

—No me gustan las guerras, ¿sabe? Y, es más, estoy convencido de que quienes las promueven y las defienden lo hacen porque es lo que más conviene a sus intereses. Son la prueba de que el hombre no es un lobo para el hombre, sino algo bastante peor: un ser simplemente codicioso.

Pensé en mi hermano y sentí dolor. Bebí un sorbo de vino. Por cada trozo de pastel de bacalao con patatas que tomaba yo, Irving se llevaba tres porciones a la boca. El postre ya estaba en la mesa, era un dulce hecho con frutas escarchadas, avellanas, pasas, nueces y almendras.

Desde lo que me había sucedido con Fiz, era la primera vez que tenía una sensación diferente: por una parte, consideraba una imprudencia haberle abierto las puertas de mi casa a un desconocido, y por otra, no sabía si porque lo había visto desnudo a través de sus estatuas, no me sorprendía que me mostrara también de forma tan impúdica sus sentimientos. A su imagen con la ropa de aquella noche, que no estaba segura de que le hubiera pertenecido desde siempre, superponía en mi mente y de manera inevitable la contundencia de los volúmenes de la escultura con cada músculo perfilado. Solo podría saber si la imitación la había llevado a cabo con absoluta fidelidad si, junto a la figura modelada en arcilla y a la talla de mármol, una vez terminadas, se colocaba él sin ninguna prenda. Este pensamiento me alteró y volví a beber como si quisiera disolverlo mientras Irving me hablaba del vino de Colares, el más antiguo de Europa porque sus vides se salvaron de la filoxera gracias a que estaban plantadas en arena y en ese medio el insecto que acaba con ellas no es capaz de sobrevivir. Pensé que tal vez podría interpretarlo como una alegoría.

No dejaba de observar cómo el cabello le circundaba la cabeza, ni era capaz de quitar los ojos de sus antebrazos anchos que le surgían de la camisa arremangada. La barba cobriza apenas le despuntaba. Con la luz, los ojos todavía se le volvían más claros. Que fuera británico, pero no inglés, que lo entendiera con cierto esfuerzo, imaginar además cómo sería su vida antes de entonces, sus costumbres..., todo esto hacía que la atracción que Irving ejercía sobre mí se multiplicara en un momento en que no esperaba que me sucediera algo así. Estaba desconcertada.

—¿Qué la ha traído hasta aquí? —me preguntó, y mis fantasías, que tanto bien me hacían porque me borraban de la mente, aunque fuera por unos instantes, lo sucedido con Fiz, se detuvieron.

—Lourenço Marques. Solo eso. Quería conocer este lugar —me apresuré a responderle.

—El poder de las fabulaciones.

—Algo así... —Como única razón para establecerme en la región de Mozambique sonaba bastante inverosímil. Si yo fuera una mujer aventurera, como aquellas que hacían el Grand Tour por Europa visitando Francia, Italia y Grecia, el centro del continente, Rusia incluso, tal vez sonara más creíble. Por eso decidí reconducir la conversación de inmediato—: Usted, ¿cuánto tiempo lleva aquí?

—Aún no llega a un año.

—¿A quién le paga el alquiler? —Tal como esperaba, lo desconcerté. Quería distraerlo de lo anterior, porque no podía contarle en nuestra primera velada que estaba ante una sospechosa de asesinato.

—Pues imagino que a la misma persona que usted. La casa y el taller forman parte de una única heredad. ¿Tiene algún problema?

—No, no, no es eso. —Entonces no supe si era mejor callar o mentirle.

Volví a caer en mi espiral de pensamiento: tenía la sensación de que se me había escatimado una parte de mi existencia, lo que de verdad ocurría mientras yo vivía un espejismo, y a consecuencia de este, quienes conocían la otra vida de mi marido me consideraban una ignorante. Que apareciera pronto, vivo o muerto, sería lo único que me exculparía. Ya no sentía nada por él, era mi forma de protegerme después de lo mucho que había padecido. Entonces solo pensaba en lo que más me convenía, como había hecho Fiz durante todos los años anteriores.

Por el gesto de Irving, advertí que se había dado cuenta de que algo, o de que más bien bastantes cosas, no encajaban en mi historia inventada de viajera curiosa.

—Me gusta madrugar para estar bien preparado cuando llegan las primeras luces del alba y comenzar el día con mis ejercicios gimnásticos. Es mi método para aguantar tantas horas de trabajo con la piedra —me dijo mientras me tomaba las manos por encima de la mesa—. Bienvenida, espero que su estancia aquí nos permita pasar muchos ratos como este. Gracias por la cena.

Me ofrecí a darle un farol, pero me dijo que no lo necesitaba porque era capaz de regresar con los ojos vendados, ya que así lo había hecho otras noches. No entendí si se refería a que lo había hecho a oscuras o tal cual lo expresaba.

Cuando volví al salón, tuve la sensación de que la casa, después de su presencia, era más acogedora.

Entré en mi dormitorio. La cama estaba atestada de almohadas y cojines, y era tan alta que me costaba subir. Me dormí con la vista puesta en los flecos del baldaquino, las ondas y el resto de los relieves recortados.

Cuando al día siguiente bajé al salón, Andiara ya estaba allí. Había accedido por la puerta lateral que la hiedra cubría casi por completo. No entendía por qué tenía que darle dos vueltas a la llave de la entrada principal cuando era tan fácil entrar por ese otro lugar y aparecer junto a un reloj de péndulo que tenía la caja del tamaño de un ataúd.

Mientras la miraba trabajar, sin que aún hubiera advertido mi presencia, pensé en que tendría que aventurarme tarde o temprano a ir más allá del jardín. Tal vez debía reconocerme una cierta tendencia al encierro, una forma de enclaustramiento que partía de mí y que nada tenía que ver con lo que sucedía en el exterior. Me sirvió el desayuno:

—*Bom dia* —le dije.

—*Café e travesseiros* —me anunció.

Sobre el mantel había un número atrasado del *Diário de Notícias.* Le pregunté con un gesto por el periódico y me respondió que me lo había llevado para que me distrajera. Lo ojeé mientras mordisqueaba una de aquellas pastas de almendra, canela, yema y azúcar.

—La señora estaba muy hambrienta anoche —me dijo en su idioma. Y después agregó—: Tanto que comió con dos cuchillos y con dos tenedores y bebió de dos copas a la vez.

Para su sorpresa, entendí todas aquellas palabras. Enseguida se disculpó:

—Perdone, usted ha llegado sola hasta aquí y nada se sabe de su vida. Además, los ricos pueden permitirse ciertas cosas que a nosotros ni se nos pasarían por la cabeza.

Pensé en contarle que aquella velada la había pasado con Candil, el buhonero, para divertirme con su reacción, pero me limité a sonreírle.

Con el paso de los días mi vocabulario aumentaba, pero tenía muchas vacilaciones con palabras que me parecían muy similares y no sabía si las había entendido bien. De cualquier forma, mis avances eran más que adecuados para el tiempo que le había dedicado al estudio del portugués durante la travesía en barco. Era como si aquel idioma, más que aprenderlo, despertara dentro de mí.

En cuanto a media tarde Andiara se marchó, bajé al taller de Irving.

KARAMCHAND

Colonia británica de Natal, sur de África, ocho años antes

Le quemaban las costillas por los golpes propinados por los guardias en el andén de la estación de Pietermaritzburgo y los puntapiés de los policías en el banco del parque. Sintió el frío del agua de la fuente en el rostro y los antebrazos cuando la dejó caer sobre ellos. Fue un alivio solo momentáneo; el dolor le resonaba dentro, latía y se multiplicaba.

La luz escasa mostraba solo los contornos de la ciudad de Pietermaritzburgo. De Pretoria aún lo separaban más de trescientas millas en dirección norte. Karamchand quería llegar como fuera a la firma del contrato, tenía que estar allí y no iba a permitir que aquella situación imprevista lo derrotara, pero el tiempo corría en su contra. Comenzó a caminar, al principio se tambaleaba, posaba el pie en el suelo y, aunque lo hiciera con suavidad, notaba cómo retumbaba su cabeza.

A Dada Abdulla le debía resolver con éxito aquella gestión. El comerciante de Porbandar se había ganado a pulso el notable prestigio que tenía en Sudáfrica. Algo dificilísimo para un indio. Dada lo había acogido como a un hijo y, a la vez, le mostraba un gran respeto. No se trataba solo de una mera transacción comercial, sino que llegar a tiempo, obrar bien, simbolizaba para ambos mantener una imagen de integridad que atañía a la consideración de su pueblo.

Karamchand regresó a la estación dispuesto a subirse en un vagón de tercera clase que lo llevara hasta su destino, cualquier cosa con tal de cumplir con su compromiso. Tuvo que esquivar varias carretillas que casi lo derribaron. No era nada allí, si acaso un fantasma. Lo aturdió el ruido. Los chirridos de las ruedas sobre los carriles tapaban a intervalos los gritos en varios idiomas. Los trabajadores del ferrocarril se movían de un lado a otro de tal forma que parecía que emergían copias exactas de cada uno. Karamchand sabía que aquel viaje maltrataría sus ropas aún más, hasta convertirlas en jirones. Al llegar a Pretoria tendría que comprar otro traje y cambiarse. No sería de tanta calidad como el que llevaba, confeccionado a medida por un sastre de Londres, pero no tenía otro remedio.

Se dirigió a la taquilla, donde un hombre corpulento y de expresión adusta lo atendió con desprecio. Sin dejarse intimidar, Karamchand le pidió con firmeza un billete para Pretoria. El empleado lo miró de arriba abajo y le entregó un pasaje de tercera; le dijo que no debía pagar, que aquel era un privilegio que le concedía su Gobierno. Después rio.

Karamchand reprimió su indignación y aceptó el billete.

Durante el largo trayecto de casi ocho horas intentó dormir de pie, pero se lo impidió el alboroto continuo de la muchedumbre de pasajeros. Viajaban tan cerca unos de otros que se hacía difícil respirar. Ni siquiera alcanzaba a apoyar la espalda en la pared, ¡con lo que esto le habría atenuado el dolor!

El cansancio lo apelmazó. No podía mantener abiertos los ojos y varias veces estuvo a punto de caerse contra algún pasajero.

Suspiró cuando, a través de la ventanilla, leyó por fin el rótulo de la estación de Pretoria. Descendió del vagón en cuanto se lo permitieron entre codazos y empujones. Contempló el mismo bullicio de transeúntes apresurados, vendedores ambulantes y el constante tráfico de coches de caballos.

Se detuvo para pensar hacia dónde continuar. De nuevo cayó en la cuenta de que, con la ropa sucia y arrugada, no podía ir directamente a la oficina donde se firmaría el contrato. Caminó hasta que encontró una sastrería en la que preguntó si disponían de algún traje ya confeccionado. Sabía que siempre había prendas encargadas que después no se recogían. Necesitaba recuperar esa mínima dignidad. Dos jóvenes aprendices lo miraron sorprendidos y negaron a la vez con la cabeza.

Alzó la vista para calcular la hora y lo deslumbró el sol, la desesperanza comenzaba a invadirlo. Respiró hondo, abrió el pecho y recordó las palabras de Dada Abdulla con las que muchas veces le infundía ánimos: «La victoria habita en los corazones firmes. No flaquees».

SHAYNA ORLIENS

Lourenço Marques, Mozambique, abril de 1901

Encontré al escultor vestido de forma distinta, llevaba un traje gris oscuro con rayas negras finas y la camisa del mismo tono crudo que el sombrero. El chaleco le quedaba ajustado. Me propuso que diéramos una vuelta por la ciudad. Acepté y nada más salir del jardín me ofreció su brazo.

Atravesamos un pórtico con un arco encima de otro y unos motivos geométricos esgrafiados sobre el espacio entre ambos. Entramos por una calle estrecha y empedrada. Pasé la mano sobre las conchas incrustadas en un muro adornado en su parte alta con caracolas. De un árbol que había detrás colgaban ramas de hiedra.

—Apenas conozco unas cuantas calles de Bristol y de Londres. Y ahora, estas de Lourenço Marques, gracias a usted.

Irving se quedó pensativo, como si valorara lo que significaba aquello.

Al asomarnos a una plaza vi a lo lejos a Candil, que vociferaba subido a un carromato; ante él tenía un buen número de personas que miraban en dirección al frasco que sostenía en su mano derecha. Irving continuó. Al contrario que yo, no sentía ninguna curiosidad por averiguar a qué atendía aquella multitud congregada en torno al buhonero.

—Necesito tener muy presentes los paisajes de Inverness porque son lo que yo soy. Quiero pensar que algún día volveré. En cambio, usted está aquí para olvidar todo lo anterior.

—¿Para olvidar? —repetí mientras me soltaba de su brazo. Me sentí descubierta. No quería trasladarle aún los pormenores de lo sucedido. Estaba convencida de que, si continuaba con vida, mi marido aparecería de un momento a otro, y con su presencia todo se esclarecería; si estaba muerto, su cadáver también me liberaría. Sé que es una forma de expresarlo demasiado cruda, pero no encuentro otra.

—O tal vez sea para descansar después de algo que ha vivido —se corrigió cuando me vio tan airada—. Aunque, bien mirado, una cosa y la otra son lo mismo... Quien descansa olvida. Y quien olvida descansa.

Me sentí incómoda, transparente ante él, y le pedí que regresáramos.

Frente a la puerta de mi casa no quise alargar la despedida y enseguida me refugié allí. Estuve despierta durante todas las horas que restaban hasta el amanecer y, como siempre que de un tiempo a esta parte tenía insomnio, me dediqué a escribir. Sin apenas percatarme de lo que hacía, me dirigí a mi marido:

> Fiz, hoy durante un paseo he visto una estatua partida en varios trozos y he pensado que me reflejaba. He pensado también en lo que supone la pérdida de la confianza con una imagen semejante, la de un jarrón hecho trizas; aunque se peguen sus trozos, ya nunca se podrá llenar de líquido porque por sus grietas se saldría. A mí, por las cicatrices que me han quedado se me sale el alma y el dolor. Y me ha quedado también este no fiarme de nadie, creer que ninguna persona es lo que parece, que

todos se disfrazan ante los demás, que no se muestran tal como son, sino como quieren que se les vea y se les considere; tengo además mucho resquemor, un cierto desánimo y sobre todo amargura. Soy una mujer desengañada por obra y gracia tuya. Quería cambiar de lugar para recomponerme, pero de momento sigo igual: llena de tinieblas. Ansío la placidez. ¿Será que tengo que morir primero para alcanzarla?

Aún no sé por qué permitiste que cayera en aquella trampa. Podrías haberme señalado el socavón a la orilla del que vivíamos antes de que se abriera ante mí para tragarme. A lo largo de estos años te he dado sobradas muestras de que soy capaz de comprenderlo todo. Pero me dolió descubrirte otro, un extraño, con una vida aparte sin mí. Me excluiste de lo que más te importaba. Tú que siempre ponderabas mi perspicacia, mi capacidad para relacionar sucesos que a veces parecían muy distantes, la agudeza de mi ingenio, decías, y en cambio..., te negaste a creer que tarde o temprano me enteraría, como si con alejar aquella idea de tu mente pudieras evitarlo o como si, por el contrario, estuvieras convencido de que irremediablemente sucedería y que, por tanto, no había nada que hacer para impedirlo.

«El escándalo del siglo» decían los periódicos más conservadores mientras eclipsaban de esta forma, y, por otra parte, no me cabe la menor duda de que, por orden del Gobierno, lo que sucede en las colonias: esta guerra en la que está Darrell.

Me dirías ahora, como me decías siempre, que lo mezclo todo; pero es dolor, da igual de dónde provenga: tantos muertos, tantas mentiras a pesar de lo que diga mi hermano. Digo esto porque después de lo que he vivido estoy convencida de que el engaño es la forma más habitual de relación humana. Pensaba que contigo estaba a salvo, que vivía en paz, que cerca de ti no me podría suceder nada malo, y descubrí que lo que creía que era mi realidad estaba igual de emponzoñada por la mentira que todo lo demás.

No quiero que pienses que es mi intención arrojarte la culpa como un dardo, se trata solo de que no puedo dejar de recrear las circunstancias que me han depositado aquí.

Cuando llegué a esa última línea, cerré los ojos para intentar atraer a Irving hasta mi mente. Él era el único pasajero de aquella nave en medio de ese cenagal de recuerdos en el que quería dejar de ahogarme. Procuraba olvidar los sinsabores vividos, pero se me hacía muy difícil. Fuera, estaba segura, habría siempre una sociedad dispuesta a señalarme.

Deseé con todas mis fuerzas que dentro de mí quedara algún rescoldo de fe que me permitiera confiar en el escultor, mostrarme ante él tal como era o incluso mejor: como pretendía ser, decirle que estaba en lo cierto, que había ido hasta allí para olvidar, a curarme; pero el miedo me atenazaba, el mismo temor con el que me metía en la cama cada noche, y contra el que rezaba para que se disipase. Aún era incapaz de reconocer ante nadie lo que había sentido. Ni siquiera ante mí misma.

EMILY HOBHOUSE

—

Londres, abril de 1901

Me detuve en Cleveland para visitar a unos familiares de mi cuñada Nora, la esposa de mi hermano Leonard. Ninguno dijo nada cuando les conté mis planes. Solo se limitaron a mover la cabeza.

Esperaba desplazarme desde allí hasta México para visitar la finca que íbamos a adquirir John y yo, pero justo entonces recibí un cable en el que mi prometido (¡me gustaba tanto llamarlo así!) me conminaba a acudir a una oficina de abogados en la capital mexicana para llevar a cabo la transacción de compraventa. Aunque hubiera preferido ver antes la plantación de café, plátano y piña, y el estado de la casa que habitaríamos, no quise contravenir su petición, ya que él se había encargado de organizarlo todo. También me dijo que debía esperarlo después en México D. F.

Pensé que sería cuestión de días hasta que pasaron tantas semanas que se convirtieron en meses. John no llegaba. Me dio tiempo de leer mucho, ensayos sobre el liberalismo, manuales de historia, también de aprender algo de español y de pintar a la acuarela aquellos paisajes, tan distintos a los del sur de Inglaterra. De todas las ocupaciones que me vinieron impuestas a lo largo de mi vida, pocas tuvieron verdadero sentido para mí. La música siempre estuvo presente, pero salvé el bordado y la pintura como refugios propios, pequeños mundos solo míos. Esas aficiones me acompañaron cuando emprendí mi viaje, pero en aquel tiempo no eran más que eso: entretenimientos para acallar el vacío que me rondaba.

La ropa más elegante que podía permitirme me daba una sensación de control en un entorno caótico, salvaje. Nunca me separaba de mi parasol, y, por precaución, siempre tenía cerca una linterna y un saco de dormir. Supe pronto que la noche cae sin avisar, y no me refiero solo a la exterior, sino también a la del ánimo. Contar con aquellos pertrechos era una forma de prepararme para lo imprevisible, para lo desconocido que siempre me acechaba.

A principios del tercer mes desde mi llegada a México, aparecieron dos hombres que se presentaron como emisarios del Gobierno. Al menos, eso creí entender. No dominar el idioma me hacía sentirme muy mermada, indefensa ante determinados acontecimientos. Tampoco tenía a nadie a quien recurrir.

Me propusieron lo que al principio me pareció una gran oportunidad, habida cuenta de que contaba con un aval oficial. Se trataba de firmar un contrato para cultivar maíz en tierras que, según ellos, prometían una cosecha generosa. Sé que es fácil decirlo después, pero ya entonces atisbé algo que me hizo dudar en sus maneras, en las excesivas pausas al hablar. No puedo explicar la verdadera razón de mi comportamiento, pero acepté. Tal vez se debió a que la vida, entonces, se me deslizaba entre las manos, a que no dependía de mí, suspendida en la espera de Caro. Cualquier cosa contraria a la inmensa soledad que sentía ya la consideraba interesante. Sé que esto no constituye ninguna disculpa.

No tardé en sospechar que aquella propuesta no era fruto del azar. Alguien los había enviado, pero yo, ingenua, no quise verlo. El amor me había restringido el panorama mental y físico que tenía ante mí. Tal vez era un mecanismo de defensa: no quería enfrentarme a lo que ya en ese momento parecía muy evidente.

El tiempo puede llegar a ser despiadado con sus enseñanzas. Nos muestra tantas cosas que desearíamos no haber conocido... A finales de 1896, lo que inicialmente fue un acuerdo sencillo, el del maíz, se transformó en un entramado oscuro. Como si, hablando en sentido figurado, se tratara de cañaverales quemados: los beneficios prometidos no llegaban. Bueno, sería más preciso decir que nunca llegaron. Nada se sabía de la cosecha.

A principios del año siguiente me había quedado sin fuerzas, perdida toda esperanza. Había pasado largos meses sin Caro desde que dejé Virginia. Las cartas de mis tíos y algunos amigos se acumulaban, sin abrir, en mi escritorio. Cada vez que las miraba, sentía una punzada en el corazón. Era consciente de su preocupación, de lo que sentirían al no saber nada de mí, pero era incapaz de sujetar la pluma para contarles la verdad. Cada vez que lo intentaba se me caía de la mano, como si hubiera perdido hasta esa escasa fuerza.

Aunque me costó convencerme, al fin comprendí que debía regresar. No tenía alternativa porque la otra opción se había esfumado. Necesitaba que los míos me abrazaran, llorar en el hombro de mi tía, que me acariciara el cabello como cuando me consolaba de pequeña. Así, poco a poco, con sus manos, restañaría los huecos de mi alma rota por la que se me escapaba el ser.

Mi regreso no fue una derrota, sino un acto de supervivencia. Había querido probar mi fuerza, yo sola contra el ancho mundo, y había quedado muy claro que se trataba de un combate muy desigual.

Demasiadas cosas se me escapaban aún, mi ingenuidad era una venda sobre los ojos. Avanzaba a tientas sin ninguna forma de averiguar qué abismos me rodeaban. Tal vez por eso, la caída de la noche me sorprendía siempre, como si no fuera un acontecimiento natural progresivo, lento, esperable, sino repentino.

Claro que indagué sobre John, muchísimo. Nada me importaba más, no quería que las cosas quedaran así, pero la única información que obtuve formaba parte de una historia tan rocambolesca que no la creí. Cuando pocos días antes de marcharme definitivamente fui a pedir cuentas a uno de los supuestos emisarios del Gobierno y amigos de Caro, este me contó algo que, esta vez sí, desde el primer momento, puse en duda.

—Pobre señora, la acompaño en el sentimiento. Estaba convencido de que alguien la había informado ya de tan luctuoso incidente. No hay papel más ingrato que el de ser un heraldo negro.

Tuve ganas de gritarle que me exasperaba la manera en que se regodeaba. Quería agarrarlo de las solapas. En cambio, bajé los brazos y apreté los puños.

—¿Qué le ocurrió a John Carr Jackson? —pregunté en tono autoritario.

—Ay, una desgracia, pues. Insisto en que comunicárselo a su viuda es para mí... —dijo, y en ese momento me dio igual que desconociera que no estábamos casados. Me daba todo igual, menos lo que se demoraba tanto en contarme—. Verá, señora Jackson —eso me dolió porque no había llegado a llamarme así—, su señor esposo viajaba en ferrocarril, venía a su encuentro, como no podía ser de otra manera, pero la caldera de ese maldito tren explotó. Permítame que le ahorre los detalles.

Cerré los ojos y tragué saliva. Sentí dolor en los oídos, como si aquellas palabras tuvieran el efecto físico de producirlo.

—¡Precisamente los detalles es lo que quiero saber! ¡Vaya al grano de una vez! —Iba a añadir que no tenía todo el día, pero no era cierto, tenía el día y la vida entera para saber qué había sucedido con Caro, según él, o según ellos porque, aunque solo hablé con este, eran dos los compadres.

—¡Qué carácter, doña! Por eso don Jackson se había flechado con usted.

No podía más, me sentía desfallecer. Tenía ganas de estrangularlo.

—Siga —le exigí.

Creo que en aquel preciso momento comenzó mi metamorfosis.

—La caldera explotó.

—Ya me lo ha dicho. ¿Y?

—Y pues que tuvieron que agarrar su cuerpo y lanzarlo ardiendo en cuanto pudieron parar la máquina para que las llamas no alcanzaran al resto del convoy. Ya se lo he dicho. Usted lo ha querido.

Aquella acusación me sonó como si se refiriera a que el accidente había sido culpa mía.

—Parece que don Jackson murió enseguida, incluso antes de que consiguieran abrir la puerta del compartimento para deshacerse de él. —Hizo una nueva pausa y añadió—: Toditito él convertido en una tea.

Oí un silbido doloroso que procedía de mi mente, como si me alertara de que todo esto no era más que una flagrante y burda mentira. Lo que más me molestaba era que, además, aquel hombre había tenido la desfachatez de darle un cariz piadoso a su narración. «Murió enseguida, incluso antes de que consiguieran abrir la puerta del compartimento», me repetí. Yo sí que me sentí morir.

Dio una vuelta a mi alrededor como si quisiera calibrar el impacto que había tenido su historia. No pude soportar más su presencia y le pedí que me dejara sola.

Estaba furiosa, quería dar puñetazos a los muebles, patadas a las paredes, arrancarme la ropa y lanzarla por la ventana. Entonces vi todos los sucesos ordenados en la línea del tiempo: había sido dirigida hacia aquellos hipotéticos amigos de Caro en México D. F. Entre la compra de la granja y el plan gubernamental del maíz me desvalijaron. Me había quedado sin blanca. De nuevo tragué saliva. Dentro de aquel dolor solo había algo nítido y se trataba de una pregunta: ¿me había amado Caro alguna vez? Que el rancho en el que invertí todos mis ahorros, hasta la última libra, existiera o no pasaba a un segundo plano ante la gravedad de la traición.

Pensé en nuestra pasión, en nuestro fuego. Vi en mi mente la escena del tren, las llamas que no tenía forma de saber si fueron reales, y decidí recrear de otra manera nuestros encuentros, mi oasis mental. A pesar de todo, el efecto que me produjo la primera vez que se dirigió a mí continuaba conmigo. Seguía enajenada como nunca tuve que estarlo. Mi enamoramiento había supuesto un peligroso desvío de mi camino que podía conducirme a un precipicio.

Y, mientras rememoro todo esto —tanto amor, al menos por mi parte, y, por qué no decirlo, tanto trato carnal desenfrenado—, ese imbécil de Kitchener, con su cara de estreñimiento perpetuo y su ceño siempre fruncido, me llama hoy «¡solterona histérica!» y cree insultarme.

No ofende quien quiere, sino quien puede. ¡Qué gran verdad!

Kitchener no sabe nada de mí, ni se ha molestado lo más mínimo en averiguarlo. Estoy segura de que jamás ha vivido, ni por asomo, lo que yo sentí durante mis pecaminosas noches en Mesabi. Sin duda, el placer le hubiera cambiado el gesto. Se le notaría, pero su cara es puro vinagre.

SHAYNA ORLIENS

—

Lourenço Marques, Mozambique, abril de 1901

Candil había venido a primera hora para decirme que el escultor escocés requería mi presencia. Estaba tan adormecida que apenas atiné a responderle. Entré en la casa, rebusqué en las tazas de una alacena y le di al buhonero unas cuantas monedas.

Con los primeros rayos del día, llamé a la puerta de Irving; a través de la ventana lo vi dejar sobre la mesa la tetera que iba a poner al fuego para acercarse a recibirme.

—Shayna crisálida, parece un alma en pena —me dijo nada más abrir.

«Crisálida». Esa palabra se me estampó en la mente como si fuera un membrete.

—Sé que volará pronto —continuó—, eclosionará una vez se libere de la cápsula que la encierra. Es fuerte, más de lo que usted cree. Su estancia aquí es un tránsito, algo provisional.

Di un paso atrás. Sentí una mezcla de temor y asombro porque parecía que mi reacción a sus palabras le traía sin cuidado.

—Irving, no sé qué quiere decir con eso. No me conoce, no tiene ni idea de quién soy, no sabe qué me ha traído hasta aquí, qué pienso ni qué siento. Ahora estoy aquí, sí, pero solo he bajado porque Candil me ha dado su recado.

—¿Mi recado? —Me miró extrañado.

Entonces supe que el chamarilero había usado este truco para verme con cualquier excusa y sacarme algo de dinero. Hice el amago de marcharme, no quería que Irving continuara con sus adivinaciones sobre mí porque evidenciaban mi incertidumbre, los interrogantes que había lanzado a un futuro del que no era capaz de atisbar nada; o mejor, del que prefería no avizorar lo que se me venía encima. Veía oscilar mi cuerpo en la horca, mi cara amoratada... Irving decía que tenía que liberarme, y yo pensaba en la soga rasposa alrededor de mi cuello.

—Discúlpeme entonces, ha sido un malentendido.

—Espere, ya que está aquí gracias a las argucias de Candil, puede acompañarme con el té. —Sonrió y entonces no supe si se habían puesto ambos de acuerdo—. No la conozco, pero sé lo que le pasa. Lo leo en sus ojos —me dijo—. Hay cosas que no pueden esconderse. Se transmiten sin hablarlas.

Me apartó un mechón de pelo y lo recorrió con los dedos como si quisiera asegurarse mediante el tacto de que aún no me había convertido en piedra como una de sus esculturas.

—¿Sí? ¿Y qué ve en mí? —lo reté.

—Que está herida. Eso veo —me dijo como si se tratara de un diagnóstico. Y me sorprendió que utilizara la misma palabra que yo daba a mi situación.

—¡Herida! ¿Sabe en cambio qué es lo que yo veo en usted? Soberbia —le repliqué con firmeza a la vez que me arrepentía de inmediato, pero a pesar de eso añadí—: Seguramente cree que, porque es capaz de darle forma a la piedra, a los demás también puede modelarnos para que nos adaptemos a lo mucho que presupone y a lo poco que sabe, en este caso de mí.

Cuando me dirigía hacia la puerta del taller, me fijé en un par de cartillas de cartón que había dentro de un cajón abierto hasta la mitad. En ambas leí el mismo nombre: «Denys Olgivie». Estuve a punto de tirar del pomo para sacarlas del mueble y ponérselas ante los ojos, pero me contuve; en cambio, le dije:

—Tal vez antes de hacer cábalas sobre mí y sobre mi vida, debería preguntarse quién es usted. ¿Si es Irving Calder o este que dice aquí? ¿Qué esconde? Y si no se trata de usted, ¿por qué tiene en su casa la documentación de otra persona?

—Espere —me dijo enseguida—, no se vaya aún. Al menos no se vaya de esta manera. Se lo explicaré. —Hizo una pausa—. Durante nuestra cena le hablé de mi oposición a cualquier guerra, pero eso no solo se queda en palabras. Hice algo. Quiero contárselo. Así tal vez me entienda.

—¿Qué hizo? ¿Falsificar los informes médicos para no alistarse? ¿Suplantar a un muerto? ¿A este que dice aquí? —le pregunté.

—No, nada de eso. Irving Calder es un nombre inventado. Podría decirle que es mi nombre artístico, pero se trata de algo más. Solo le pido que me escuche durante unos minutos, no quiero que tenga de mí una opinión equivocada.

Ni asentí ni negué. Permanecí allí callada hasta que me invitó a sentarme junto a la mesa.

—A finales de noviembre de 1899 me comunicaron, mediante una carta que llegó a mi casa de Inverness, que debía unirme al primer batallón del regimiento de infantería de los Gordon Highlanders. Pensé que era un error, que se dirigían a otra persona que se llamaba como yo, a otro Denys Olgivie. No tenía ninguna experiencia en el Ejército, no había recibido nunca instrucción y, lo más importante, no quería de ninguna manera ir a la guerra. Nada se me había perdido en esos territorios. Apenas unas horas antes de recibir la orden de alistamiento, había leído en la prensa que a los británicos los habían derrotado los bóeres en tres batallas durante una misma semana, que aquellas escabechinas habían tenido lugar en Kimberley, Mafeking y Ladysmith; entre muertos y heridos, nada menos que habían quedado fuera de combate más de mil soldados.

Sus palabras me dolieron. Mi hermano podía también estar malherido o algo peor en esos momentos. Por unos instantes dejé de escucharlo.

—Decían también que, por ese motivo, pronto enviarían allí columnas de socorro, pero nunca pensé que me llamarían a mí a filas. Nada me resultaba más lejano y ajeno. Sin embargo, tenía ante los ojos el telegrama en el que se me conminaba a estar en el puerto de Southampton en menos de una semana. Terminaba con la siguiente frase: «De lo contrario se procederá a su arresto». La guerra o la cárcel. Esta era la disyuntiva. En medio de la paz de las Tierras Altas, me pareció irreal, como de otro mundo. Me había quedado paralizado con la noticia, miré hacia las montañas como si en ellas pudiera encontrar una salida a aquella pesadilla.

»Después llamé a mi hermano. A pesar de su cojera siempre camina con rapidez, aunque esto también depende del clima y de lo cansado que esté. Alfie, tras leer aquellas líneas, se quedó igual de inmóvil que el mineral que yo estaba tallando. Después gritó: "¿Para esto se acuerda el Gobierno de nuestra familia? ¡Malditos sean todos! ¡Hijos de mala madre!". Y yo le dije: "Al menos tú no tendrás que ir. Tu pierna lisiada te ha salvado. Nunca se sabe qué es bueno o malo hasta que pasa el tiempo. Estoy por lanzarme por un barranco para librarme del Ejército yo también".

»En aquel momento lo habría hecho. Cualquier escapatoria me parecía una opción mejor que irme a África, pero me embarqué, ¡qué remedio! No se me ocurre peor forma de comenzar un siglo que como yo lo hice: arrastrando mis pasos sobre aquella tierra calcinada. El día 6 de enero ya estaba en Kimberley, Ciudad Diamante la llamaban. Por eso luchamos en realidad. Allí vi en primera fila cuál es el verdadero motivo, material y muy concreto, de esta contienda. Las ideas suelen formar parte de la estrategia, sirven para las arengas, nada más, pero las piedras y los metales preciosos, el agua, las tierras... son siempre el objetivo real. ¿Me entiende ahora?

Pensé en la señorita Hobhouse, pero no dije nada, no quería interrumpir a Irving... o a Denys.

KARAMCHAND

—

Pretoria, región del Transvaal, ocho años antes

Avanzaba despacio. A su habitual lentitud se unía que, por las magulladuras, la piel le tiraba en algunas zonas. Temía que el polvo de las calles de Pretoria se le metiera en las heridas y las infectara. El sol de media tarde se filtraba por las aberturas de la tela, que solo lo recubría en parte. Sentía el aire seco, pesado, más difícil de respirar. No tenía un rumbo fijo, quería conseguir un traje, pero no sabía dónde tras la negativa de los empleados de la sastrería.

El edificio de correos apareció ante él con sus ladrillos rojizos, incólume y ajeno al ajetreo del exterior.

Al cruzar bajo uno de los arcos, su mirada se detuvo en la escena que vio a través de la amplia cristalera. Un hombre, nervioso, discutía con un empleado situado al otro lado del mostrador de madera que brillaba aún a aquella hora. Había algo en la tensión de sus gestos que captó la atención de Karamchand, lo obligó a detenerse y, sin saber muy bien por qué, a acercarse con sigilo.

Escuchó los ruegos en portugués de quien señalaba un paquete de la estantería de enfrente. Karamchand se interesó por él.

—*Remédios, são remédios para o meu filho.*

El indio entendió su angustia. «Medicinas, son medicinas para mi hijo». Lo observó, más o menos tenía su talla y vestía un traje como el que él hubiera querido comprar.

El empleado de correos le dio la espalda al cliente.

—*O meu filho está doente, ele é muito pequeno. Vim buscar os remédios, mas falta-me dinheiro.*

—¿Cuánto necesita? —le preguntó Karamchand con un gesto de los dedos.

—*Duas libras, mas não tenho nada. Só 10 xelins. Esse foi o preço que disseram-me que custava. Não sabia que era importado.*

—Le doy cinco si me hace un favor —le respondió Karamchand en inglés mientras abría la palma de la mano derecha y le mostraba sus dedos extendidos para asegurarse de que lo entendía.

El portugués lo miró muy sorprendido.

—Su traje, déjeme su traje hasta mañana. —Karamchand se tocaba las solapas del suyo y otras partes de la chaqueta para que lo comprendiera—. Anóteme su dirección. —Simuló escribir en el aire y dibujó después con sus gestos un tejado y unas paredes—. Cuando termine una gestión que tengo que hacer aquí en Pretoria, se lo devolveré.

—*Penhore o meu terno por um dia* —acertó a decirle.

—Exactamente, empeñar su traje por un día —le respondió Karamchand con una sonrisa porque había conseguido hacerle entender el trato—. Tenga, sus cinco libras —le dijo mientras le daba un billete.

Karamchand y el portugués se dirigieron a los urinarios públicos y cambiaron sus ropas pasándoselas por la parte de arriba de los cubículos contiguos que ocuparon.

SHAYNA ORLIENS

—

Lourenço Marques, Mozambique, abril de 1901

Continuaba escuchando a Denys, tenía que acostumbrarme a llamarlo así, ya que aquel era su verdadero nombre. Me desgranaba sus razones para no querer participar en aquella guerra ni en ninguna; unos motivos, por otra parte, tan parecidos a los míos y tan diferentes a los de mi hermano Darrell. Además, sentía en él la necesidad de confesarse con alguien. A mí aún no me había llegado el momento.

—Por eso le decía que no me gustan las guerras. Yo solo quería hacer la guerra a la guerra, que terminaran todas de una vez. La humanidad, en este aspecto, no ha progresado en tantos cientos de años de historia. Matarse de todos los modos posibles y con todas las coartadas imaginables parece ser el principal destino del hombre. A estas alturas, se puede afirmar que la guerra es eterna.

»Nunca he sido un cobarde, pero pienso y actúo así porque no quiero morir. Esa es mi finalidad, creo que muy comprensible y humana. No entiendo por qué tengo que entregar mi vida por una causa que no comparto. —Bajó la mirada—. No quiero ser soldado, Shayna. No es por cobardía, sino porque no quiero matar a hombres que no me hicieron mal alguno. No los mataría ni siquiera si me hubieran hecho algo. Siempre hay otra forma de resolver los conflictos... —Sentí que buscaba mi comprensión, como si no la tuviera ya—. Me niego a seguir órdenes contrarias a lo que creo. No voy a traicionarme a mí mismo. Hice algo bastante más grave que cambiarme el nombre: deserté.

Me quedé sin palabras. Después, con bastante esfuerzo, le dije:

—¿Y no teme que yo le delate? Por lo que tengo entendido, usted podría acabar ante un pelotón de fusilamiento. Le conté el otro día que mi hermano es oficial del Ejército británico. Se acaba de poner en mis manos.

—Si se lo he dicho es porque sé perfectamente que no me denunciará. Tengo cierta capacidad para adelantarme a los acontecimientos. Creo que esto me ha salvado ya en numerosas ocasiones. Eso sí, si viene su hermano a visitarla, avíseme para que me esconda. A los que huimos se nos nota siempre.

Esa última frase de su confesión me pareció que también aludía a mí. Pensé en lo que entrañaba para ambos lo que acababa de contarme. Fui incapaz de decirle nada más, abrí la puerta con cuidado para que los cristales en los que se dividía la ventana junto a la entrada no se movieran de sus marcos. Necesitaba que, al menos, el entorno mantuviera su estabilidad.

—Vivo mi insubordinación como un acto heroico, mucho más que participar en la guerra. Tal vez me cacen, pero será de la forma que yo he elegido: sin disparar contra nadie. Matar para que no te maten, así nos lo cuentan para que sirvamos a sus intereses. Solo eso. La mayoría de los que mandan han llegado hasta donde están ejerciendo violencia contra sus semejantes.

Recordé lo que me había contado Darrell en su carta sobre la medalla que le habían dado.

—Todo lo que tengo son mis manos de escultor, ahora tan ejercitadas, con las que quiero crear y no destruir. No quiero dar lo mejor de mí para que un imperio que nunca he sentido como mío se engrandezca a costa de lanzarnos a nuestras tumbas. A un muerto siempre le va a dar igual en nombre de quién o de qué ha dejado de existir. Los soldados, con las armas en las manos, se transforman. Me consta que, muchas veces, ayudados por alguna sustancia, más que estimulante, enloquecedora. Son fieras que solo saben acabar con los otros.

»Dicen que la mejor medalla para un combatiente es volver, pero a la vista de las últimas noticias, esa posibilidad cada día es más reducida. Salir de África, regresar a casa es la excepción, no la norma, porque a la guerra no se va a vivir, sino a morir.

Tras esas palabras suyas, no podía pensar en otra cosa.

—Mi hermano... Darrell... —balbuceé.

Esta conversación con quien había descubierto hacía poco que se llamaba Denys había acortado mucho mi distancia con él. Sus ideas sobre lo que representaba una lucha armada, fuera cual fuese su naturaleza, coincidían exactamente con las mías, que tanto habían cambiado desde que mi hermano decidió entrar en el Ejército.

—Todos escapamos de algo o de alguien —oí que decía como si hablara consigo mismo.

Después de un silencio bastante largo nos despedimos.

Mientras ascendía la colina que llevaba hasta mi casa, pensé en el patíbulo, en que nuestros destinos no eran demasiado diferentes. Si lo descubrían, le esperaba lo mismo: la pena máxima. Que nos encontraran era solo cuestión de tiempo. No teníamos escapatoria.

Tampoco podía dejar de pensar en que el peligro que corría Darrell era mucho mayor, miles de veces más que el imaginado por mí hasta entonces.

A las cuatro en punto de la tarde volvió a llamar a la puerta mi vecino el escultor.

—¿Le ha dicho Candil que quería hablar con usted? —bromeé nada más abrirle.

—¿Puedo pasar? —me preguntó mientras avanzaba una pierna.

—Depende. ¿Me hubiera contado que usted es Denys Olgivie si no llego a leerlo en esos papeles? Yo soy Shayna Orliens. Nadie más. Tal vez no le he hablado demasiado de mí, pero al menos no le he mentido.

Se detuvo en seco y, por su expresión, entendí que pensaba que hablaba en serio. Sonreí y le hice un gesto exagerado con el brazo para que siguiera adelante. El escultor tenía la capacidad de disipar con su presencia mi atonía y mi tristeza habituales, y eso ya era mucho.

Nos sentamos a la misma mesa en la que habíamos cenado. Dejé en el centro una botella de licor de ajenjo y dos vasos pequeños de cristal tallado.

—Me lo ha vendido Candil. —No le mentía, el buhonero había vuelto a llamar a mi puerta—. He descubierto gracias a él que es una buena medicina: me tonifica y me abre el apetito —le dije—. Aparte de esto solo puedo ofrecerle vino. Andiara y yo vaciamos todas las demás botellas de bebidas espiritosas en el fregadero de la cocina. Tal vez algún fantasma dipsómano lo sienta.

Denys sonrió por la mención del buhonero. Me producía un estremecimiento cada vez que sonreía, fuera cual fuera el motivo.

—La acompañaré con el ajenjo. Tampoco me vendrá mal a mí —me dijo enseguida.

Se tomó el primer vaso de un trago, mientras que yo apenas me lo había acercado a los labios para sentir su quemazón y el aroma anisado. Después di un sorbo y lo paladeé; tenerlo en la boca un buen rato era lo que más me gustaba.

—¿Quiere que traiga agua y azúcar? —le pregunté.

—No, lo prefiero así, sin nada añadido: puro. ¿Sabe que por aquí lo llaman el Hada Esmeralda y también el Diablo Verde? ¿No teme sus efectos?

—Ya vivo continuamente bajo ellos —le respondí casi sin darme cuenta.

—De todas formas, y ahora hablando en serio: tenga cuidado con Candil, es un embaucador. —Después de advertirme respecto al quincallero, le cambió el gesto—. Las palabras que todavía no le he dicho me retumban dentro una y otra vez y de forma continua. Necesito sacarlas de mí.

Le mostré las palmas de las manos para darle a entender que nada se lo impedía.

—Por lo que me ha contado de su hermano —me dijo—, estoy seguro de que usted tendrá alguna ligera idea sobre cómo se están desarrollando los acontecimientos en el Transvaal y en Orange... Aunque Portugal prefirió quedarse al margen de la lucha entre los bóeres y el Ejército británico, a pesar de la cercanía a sus colonias, los periódicos de Lisboa llegan también allí y aquí. La información viaja en las dos direcciones.

Sin responderle, me serví un poco más de ajenjo y le llené su vaso hasta arriba.

EMILY HOBHOUSE

—

Londres, abril de 1901

Los parientes de Nora, desde Cleveland, tuvieron que enviarme el dinero necesario para comprar mi pasaje de regreso a Europa. Mi labor social, el principal motivo de mi desplazamiento a América, ya no podía llevarla a cabo porque quien necesitaba ayuda económica era yo. Había pasado de ser una rica heredera a una mujer pobre de solemnidad.

Sé que nunca más escribiré sobre este dolor y, es más, llegará un día en el que actuaré como si nunca hubiera ocurrido, pero aún no estoy en ese momento.

En la travesía de regreso a Inglaterra me hice tres propósitos: devolverles cuanto antes el dinero a los familiares de Nora, ocultar mi situación pecuniaria a todos y no hablarle nunca más a nadie de John Carr Jackson.

Volví a Londres con el traje de novia que había comprado en Virginia en la maleta y el velo de encaje, delicadamente plegado y envuelto en papel de cebolla, dentro de la bolsa de mano. Algunas tardes lo saco todo del armario, lo arrastro por el pasillo y voy hasta el porche; cojo el velo con una mano, lo levanto y observo cómo lo mueve el aire. Parece un fantasma.

SHAYNA ORLIENS

Lourenço Marques, Mozambique, abril de 1901

Continué la conversación con Denys, o más bien debería decir su monólogo. Mi fascinación, conforme le escuchaba detallar sus circunstancias, crecía.

—Verá, la mañana del 10 de enero de 1900, en el Transvaal, yo iba en un tren que descarriló. Aquello fue el comienzo de todo. Se trataba de un convoy blindado. Los bóeres provocaron que se saliera de la vía. Formábamos parte de la expedición del capitán Aylmer Haldane, escocés como yo, del batallón de los Gordon Highlanders, el regimiento de infantería. No sé si su hermano le ha hablado de este oficial.

Negué con la cabeza.

—La misión de nuestro contingente era avanzar hacia el norte de la ciudad de Estcourt en la colonia de Natal, pero todo se precipitó cuando el maquinista advirtió un bulto entre los raíles. Aunque comenzó a frenar con bastante antelación no pudo evitar que la carga de dinamita colocada en la vía estallara, y la locomotora descarriló. A los bóeres les bastaba con esto. La explosión iba dirigida solo a la cabeza del tren, a nosotros nos querían vivos para canjearnos por sus prisioneros. Incluso el maquinista sobrevivió porque saltó unos segundos antes del estallido.

»En pocas horas nos llevaron hasta el campo de internamiento que habían improvisado en las Escuelas Modelo del Estado. Ya desde entonces yo solo quería huir, dejarlo todo atrás. Ese era mi único pensamiento desde que llegué allí para combatir a los granjeros de ascendencia holandesa que pretendían liberar del dominio colonial este territorio y el de Orange, y sobre todo los yacimientos de oro y diamantes, entre ellos el de Witwatersrand, el mayor del mundo.

—Siempre es la codicia lo que está detrás de cualquier guerra. Y mientras tanto... A mi hermano le pueden pegar un tiro en este mismo momento, por ejemplo —dije, y enseguida me arrepentí porque pensé que aquellas palabras tenían el poder de invocarlo.

—A Johannesburgo llegaron tantos colonos desde que se descubrieron los minerales que la ciudad rebosaba. *Uitlanders* llamaban los bóeres a estos extranjeros. Parecía que no cabía ni un alma más y cada día entraban en la ciudad cientos de hombres. Los bóeres les exigían a los recién llegados el pago de muchos impuestos y vivir catorce años allí para que pudieran ser considerados ciudadanos con derecho a voto, pero nadie quería estar tanto tiempo en esa situación. Los propietarios británicos de las minas, el gobernador de la colonia del Cabo y el secretario no aceptaron estas condiciones y se afanaron para conseguir que el Gobierno bóer cayera como fuera.

—¿Y antes de desencadenar una guerra no piensan en sus familias, en las familias de los demás, en las mujeres, los hijos y los padres de aquellos a los que se enfrentan? A Darrell lo llevó al Ejército su afán aventurero, solo había leído algunas novelas, eso era para él la guerra: literatura.

Me quedé pensando en la manera en que lo que leemos nos configura. Después de unos instantes, cuando Denys volvió a dejar su bebida sobre la mesa, le pregunté:

—¿Cómo consiguió escapar de allí?

—Fue incluso antes de entrar en combate por primera vez. Oí que en El Cabo acababan de desembarcar doce mil caballos, esa fue la primera semilla de la fuga en mi mente, ese pensamiento comenzó a crecerme dentro de la cabeza hasta ocuparlo todo; quería hacerme con uno de aquellos caballos para escapar a la carrera y cabalgar después hasta un barco que me devolviera a casa, a mi paz de Inverness. Recuerdo que mientras atravesábamos el río Tugela no podía pensar en otra cosa. Además, lo que sucedía en el sur de África me resultaba tan lejano como si pasara en la Luna. Lo siento por su hermano, pero tengo que decirle que nada tienen que ver las sucias escaramuzas de allí, tanta crueldad, con las heroicas acciones de los militares que relata la prensa británica. Nada. Cometen actos abominables, sobre todo con las mujeres y los niños bóeres.

Comencé a sentirme mal, las palabras de Denys me socavaban, eran una descripción del infierno, pero decidí que no tenía más remedio que escucharlo.

—Así sucedió todo: el subsecretario de Guerra del Transvaal también estaba encerrado con nosotros, con los prisioneros del tren. Como si fuera capaz de leernos la mente, o tal vez debido a la mucha experiencia que ya acumulaba, el segundo día nos reunió a todos en el patio para decirnos que no se nos ocurriera desertar, que seguíamos siendo soldados de Su Majestad, que tan alto honor no podía mancillarlo la cobardía y que no habría piedad con quienes lo intentaran. Tanta palabrería obró en mí el efecto contrario al que él pretendía.

»A nosotros, durante el encierro, los bóeres no nos trataban del todo mal. Supe después que, en cambio, las condiciones fueron espantosas para los recluidos en las prisiones de campo instaladas por nuestro Ejército. En ellas, muchas mujeres, niños y ancianos murieron, sobre todo por la falta de higiene. Unas cuantas pastillas de jabón habrían salvado muchas vidas. Los familiares de los combatientes eran apresados después de que les quemaran sus granjas y sus cosechas, tras confiscarles el ganado y envenenarles los pozos de agua. Muchos morían en uno de aquellos campamentos rodeados de unas descomunales moscas negras en medio de un calor insoportable. Esta era la estrategia del Ejército británico para cortar el suministro a las tropas de los bóeres: impedir su aprovisionamiento mediante el encierro de los suyos.

Pensé en que aquellas palabras reflejaban exactamente cuál era la lucha de Emily Hobhouse. Una descripción semejante la había leído en un discurso suyo que reprodujo *The Manchester Guardian.*

Esas escenas comenzaron a agolpárseme en la mente. Sentía las miradas de aquellas personas sobre mí como si se asomaran a las ventanas de mi mansión en busca de auxilio, implorantes, desesperadas.

FIZ REYER

—

Benarés, India, abril de 1901

Camino como un alma en pena por las calles de esta ciudad tumultuosa. Aquí siento como si a mi cuerpo lo moviera mi espíritu, y no al revés. He encontrado cierto sosiego entre tantos templos, y tengo la impresión de que estoy a salvo de casi todo. Digo casi porque mi suegro tiene negocios en este país y, aunque la sede de su compañía esté en la región de Bengala, a unas cuatrocientas millas de aquí, pienso que me lo puedo encontrar en cualquier momento en alguno de los lugares que frecuentan los occidentales o que es posible que me reconozca alguien que, a su vez, lo conozca a él. Algo muy poco probable, me repito. Ahora estoy aquí y eso es lo que importa. En Londres estaría mucho más expuesto.

Las calles de Benarés son como serpientes, pero no solo por su trazado sinuoso, sino también porque parece que se mueven. Me da vértigo caminar por ellas, como cuando arranca el tren que está al lado del que uno ocupa y parece que el vagón parado se mueve. Ese es el efecto que me provocan estos pasadizos y travesías, los bulevares y bazares. Pasan tantas personas por ellos que les imprimen su ajetreo hasta parecer que los desplazan. De poco sirven aquí los mapas. ¡Es todo tan distinto! ¡Yo también soy otro!

No he vuelto a afeitarme y el cabello ya me roza la nuca. Me dejo invadir por lo que me rodea, como si fuera transparente, permeable. Entre tanta pobreza, aún es más digna de admirar la insólita capacidad para sonreír de estas gentes. ¿No tienen nada? ¿Lo tienen todo?

SHAYNA ORLIENS

Lourenço Marques, Mozambique, abril de 1901

Denys continuó con su relato. No sabía la hora que era, pero no me importaba. Cerca de él, mientras escuchaba sus palabras y lo contemplaba, me sentía cada vez más a gusto a pesar de lo terrible que era lo que me contaba.

—Cuando nos permitían salir al patio, observaba de forma obsesiva a los centinelas y anotaba mentalmente los detalles que me llamaban la atención de sus comportamientos. Quería encontrar el eslabón más débil de aquella cadena de vigilancia. Además, me dije que si la buena fortuna siempre me había acompañado, no había ninguna razón para que dejara de hacerlo en aquella ocasión tan decisiva. La mayor prueba de mi suerte era que respiraba, me erguía sobre mis dos piernas y no tenía ni un solo rasguño en todo el cuerpo a pesar del tiempo que ya llevaba en el cabo más meridional del continente africano y de la bomba contra el tren. Apenas una semana después de que el subsecretario nos lanzara como fuego de artillería aquella reconvención para que no desertáramos, salté la valla.

Denys lo contaba de tal forma que sentí que yo también lo revivía sin haberlo experimentado antes.

—¿Y cómo logró que no lo descubrieran?

—Porque salté cuando uno de los guardias hablaba

de espaldas a mí con su compañero después de volver de los barracones. Habían entrado tras oír a mi amigo Clive proferir un grito que no parecía humano. Tal como habíamos acordado, fingió una pesadilla; aunque ambos sabíamos que era un contrasentido emplear aquel término allí, porque cualquiera que fuera el cariz de esta, siempre sería mejor que lo que se vivía despierto o lo que se veía vivir a otros. Espero tener la oportunidad de devolverle este favor algún día.

Qué escenario tan distinto habitábamos entonces: confortable, con cualquier cosa que deseáramos a nuestro alcance. Todo lo opuesto a lo que me describía. Desde lo de Fiz, había descubierto los otros mundos que están en este y las otras vidas que yo podía vivir.

Cuando serví un poco más de ajenjo me temblaban las manos. Tenía la sensibilidad a flor de piel.

Denys suspiró como si el estado de su alma se hubiera acompasado con el mío. Aún me habló de circunstancias más tristes. Lo escuché con mucha atención, creo que como nunca lo había hecho con nadie.

—La población negra aún sufría aquella situación con más intensidad —me dijo—. Se les consideraba poco más que una sombra hasta que empuñaban un fusil y cobraban la misma importancia que cualquier otro soldado. A pesar de esto, lo pasaban muy mal, sometidos por ambos bandos. Los bóeres solo los querían como sirvientes, los consideraban inferiores. Al menos ellos no vestían nuestros condenados uniformes con las casacas rojas y el cinturón blanco de hebilla brillante. Algo es algo. Estos quedaban muy bien en los cuadros y en las postales, pero en la batalla destacaban tanto que eran un señuelo que cada uno de nosotros llevaba encima.

Quise que se detuviera, no soportaba pensar que, en aquellos momentos, alguien estuviera encañonando a mi hermano, que lo tuviera en el punto de mira como si se tratara de un muñeco de feria. Me incorporé para acercarme a la ventana. Necesitaba respirar. Conseguí abrirla con bastante esfuerzo cuando él ya se levantaba para ayudarme. Fuera solo había sombras y calma. Mucha calma. Todo lo contrario a la vorágine que me nublaba la mente.

—En una guerra cuanto menos se sobresale, mejor —dijo—. ¿Sabe qué consejo recibí? Que era mejor no ser el más listo, pero tampoco el más tonto. Pasar lo más desapercibido posible, esa era la consigna. He visto a muchos...

Pensé en lo que me había escrito Darrell sobre el favor que le dispensaban los oficiales. Temí que despertara también envidias, que lo traicionaran sus compañeros, que inventaran infundios contra él.

—¿Cómo consiguió salir por fin? —le pregunté para detener mis pensamientos mientras me alisaba la falda con un gesto mecánico.

—Aquella noche me quedé en el patio cuando todos entraron. Estaba en la esquina más oscura, no había luna, nadie podía verme. Ni siquiera pasaban lista, así que fue bastante sencillo esconderme. En cuanto sonó el grito de mi amigo Clive, alcancé con la mano derecha un hueco en la tapia que me sirvió primero de asidero y después de escalón. Había tocado muchas veces aquella abertura durante los días anteriores para memorizar la distancia a la que se encontraba del suelo. Al otro lado de la valla, las calles estaban llenas de gente. Esto me desconcertó durante los primeros instantes, pero nadie parecía reparar en mí, como si todos se hubieran familiarizado de tal forma con los uniformes que quienes los vestíamos nos volviéramos invisibles.

—¿Y después? ¿Dónde estuvo?

—Caminé varios días, no sé cuántos, pero bastantes. Durante ese tiempo no comí más que alguna hierba y granos de cacao. Lo mejor del recorrido fue encontrarme con el mar en la bahía de Delagoa. Aparecí muy cerca de la estación. Oí el silbato de una locomotora y comencé a correr con la intención de subirme a un vagón sin que nadie lo advirtiera. En cuanto salió el convoy de la terminal, y antes de que su velocidad me impidiera alcanzarlo, salté desde un repecho de tierra junto a una trinchera hasta una de sus plataformas. Allí la vía quedaba bastante baja. No me resultó difícil dejarme caer. Temí romperme un brazo o una pierna con el golpe. Entré en el vagón de mi izquierda y me acurruqué entre unos sacos. Como no podía calcular cuánto tardarían en llevárselos ni en qué parada los dejarían, consideré que lo más prudente era permanecer allí solo hasta el amanecer. Además, estaba a punto de desfallecer a causa del hambre.

»Me incorporé con las primeras luces y vi que el tren atravesaba en línea recta una zona boscosa. Aquel trazado me beneficiaba más. Los árboles estaban bastante separados de las vías, por lo que no corría el riesgo de chocar con un tronco; aun así, esperé a que se abriera un claro para impulsarme y enrollarme a la vez sobre mí mismo, de forma que mis brazos protegieran mi cabeza, con los codos en el pecho y las rodillas muy cerca.

Escuchaba a Denys mientras acariciaba la madera de la mesa como si quisiera asegurarme, mediante el tacto, de que aquella escena era real.

—Tal vez no fue sensato, pero cerré los ojos. Quería que aquel segundo en el aire desapareciera. Y ahora le voy a contar lo más gracioso de mi fuga: cuando volví a mirar tras lanzarme del tren, me encontré con que había caído junto a un buitre enorme que me escudriñaba sin moverse. Creí atisbar perplejidad en su actitud. Me incorporé, me sacudí los pantalones y la casaca del uniforme. El animal abrió sus alas como si quisiera medirse conmigo. Cuando di los primeros pasos en paralelo a la vía, empezó a seguirme. De vez en cuando giraba la cabeza porque temía que me clavara el pico en la nuca o en la espalda. Pero, por la tranquilidad con que se desplazaba, enseguida deduje que no pretendía atacarme.

A aquellas alturas comencé a preguntarme si lo que me contaba era cierto. Dudaba de que le hubiera sucedido todo aquello, de que hubiera estado en la guerra incluso. La desconfianza volvía a adueñarse de mí. Pensé que tal vez lo único que buscaba era impresionarme, demostrarme que no solo mi hermano era capaz de arriesgar su vida. Se me ocurrió que quería construirse una coartada para ocultar el motivo real por el que había cambiado de nombre. Me dije que tal vez me hallaba ante un delincuente y entonces caí en la cuenta de que la sospechosa de asesinato era yo. De todas formas, continué escuchándolo, solo así podría averiguar si me estaba contando una sarta de embustes o si tenía sentido creerlo. Mi desconfianza me filtraba de nuevo la realidad. Alcé la botella de ajenjo y miré a través del cristal como si se tratara de una lente que me mostrara lo que debía saber.

Después me levanté a buscar unas velas. Abrí un cajón de la cómoda y noté el aroma de la naftalina que Andiara colocaba para matar las polillas. Pensé en las personas que morían en las guerras, atrapadas en un territorio que alguien había decidido atacar.

Con aquella luz, su imagen parecía proyectada con el mismo efecto que el del cinematógrafo. Vivíamos en un claroscuro.

EMILY HOBHOUSE

Londres, abril de 1901

Aquel tiempo de relax con mis tíos, lady y lord Hobhouse, me reconfortó; aunque el recuerdo de Caro se agudizaba con la oscuridad, intentaba pasar el resto del día lo mejor posible en aquella acogedora casa del número 15 de Bruton Street, en Mayfair. Había adquirido la costumbre de leerles en voz alta el periódico durante el desayuno, si bien nos resultaba difícil digerir los alimentos con aquellas noticias tan terribles.

Una tarde, cuando salí a tomar el aire, vi un cartel con el ultimátum expuesto en Trafalgar Square. Era el 9 de octubre. Dos días después estalló la guerra.

Dentro de las atroces acciones de la contienda, hubo una amenaza que fue la peor: el Gobierno británico advirtió a los combatientes bóeres de que, si se dañaban líneas de ferrocarril o los cables del telégrafo, quemarían sus granjas, graneros, corrales y cultivos. Además, sacrificarían sus animales para que comieran las tropas británicas y, lo más importante, se llevarían a sus familias lejos de sus propiedades y de ellos. No era difícil adivinar que iban a hacerlo de cualquier forma, que la advertencia era solo una justificación.

Cuando comenzó a ocurrir, la prensa británica apenas lo mencionó. Sin embargo, muchos soldados describieron esas terribles escenas en cartas a sus familiares, calificándolas como mucho peores que las propias batallas.

Las escasas noticias que llegaban a través de los canales no oficiales me horrorizaron. Leí también que se habían movilizado tropas de Australia, Nueva Zelanda y Canadá para masacrar a los bóeres. Querían exterminarlos, que no quedara ni uno solo. Y lo anunciaban a bombo y platillo en la primera página de los diarios británicos que sostiene el Banco de Inglaterra. Sus gacetilleros repetían, y lo siguen haciendo, las consignas del discurso imperialista como papagayos eufóricos e insufribles.

Por todo esto comencé a sentir que mi lugar estaba en el sur de África, en la defensa de ese pueblo masacrado, pero no desde Londres. A la vista estaba que no disponía del dinero para embarcarme en una aventura así, pero también tenía claro que sabría cómo obtenerlo. Estaba segura de que mi hermano Leonard me guardaría el secreto, aunque no le informara del origen de mi bancarrota. No estaba en mis planes trasladarme a un nuevo continente, pero una vez que supe todo aquello, no podía quedarme de brazos cruzados soportando aquellas atrocidades e injusticias a distancia. Además, así podría obtener material de primera mano para mis columnas. Mi único ingreso entonces. Quizá el diario sufragara parte del viaje si los convencía de que podía ser sus ojos allí y les enviaba artículos regularmente. Me resultaría tan sencillo como copiar algunos fragmentos de mi diario y destinarlos a ese fin.

Muchos repiten en las islas que no se nos ha perdido nada en aquella punta del continente africano, pero, más que preguntarse por lo perdido, deberían preguntarse qué hemos encontrado allí. Y lo encontrado no es otra cosa que diamantes, muchos diamantes. Kimberley, la ciudad de la colonia del Cabo, cercana al río Orange, está preñada de ellos. Los miles de mineros que llegaron (los mineros, los mineros que siempre han estado en mi vida) abrieron con sus picos el gran agujero, The Big Hole. ¿Y quién es el propietario de la mayor compañía que gestiona las minas de diamantes y las otras explotaciones? Pues efectivamente, como me contó mi tío, Cecil Rhodes. ¡No podía ser otro! El despiadado y desalmado Rhodes.

Estaba decidida a marcharme.

Qué diferente de Minnesota me resultó todo lo que vi en el sur de África. En América los mineros, aunque vivían en condiciones extremadamente duras —como siempre ha sido—, al menos podían defenderse. En cambio, estas pobres gentes de África no tenían a nadie que las asistiera. Bueno, me tenían a mí. Enseguida comenzaron a llamarme el Ángel de la Misericordia, qué apelativo tan distinto a los que oigo de mis compatriotas, que ahora alternan el de «solterona histérica» con «rama seca» porque no tengo hijos. Ni estoy casada ni soy madre, qué desdoro, qué inutilidad supongo para la sociedad. Todo esto, para ellos, hace que sea menos mujer, como si la feminidad fuera una cuestión de grados. Me entrego en cuerpo y alma a mi labor, soy la madre de muchos, pero claro, mi labor no es la de ellos. ¿Y cómo tendría que ser una mujer? Tengo la respuesta: como ellos quieren, es decir, todo lo contrario de lo que yo soy. Por eso les molesta tanto mi existencia.

Apenas había pasado un año desde mi regreso de Estados Unidos y mi vida ya era otra, muy distinta y en otro continente. El estallido de la segunda guerra anglo-bóer lo había cambiado todo.

Sé que, aunque Alfred Milner, el gobernador de la colonia del Cabo en nombre de Su Majestad, firmó el permiso para que yo pudiera visitar los campos de prisioneros, esperaba que cambiara de opinión antes de ir a

Bloemfontein. «Seguro que encuentra mejores cosas que hacer, señorita Hobhouse», me dijo con un tono condescendiente que me hirió en lo más profundo.

¡Como si todo esto fuera para mí un pasatiempo!

Después comenzó a explicarme en un tono paternalista, como si yo fuese una niña indefensa, todo lo que ya había observado al llegar allí. Milner reconoció que la política de tierra quemada que se estaba llevando a cabo en Sudáfrica era un error. Que le había resultado «incómodo» ver cómo eran transportadas en vagones abiertos las mujeres bóeres.

Cuando me dirijo a quienes asisten a mis discursos en Gran Bretaña les pido que se pongan en el lugar de aquellas otras personas que en el sur de África ven morir a sus hijos sin poder hacer nada. Sus pequeños perecen de inanición, a causa de las infecciones y por otras razones igual de deleznables y evitables también. Recluidos en esos inmundos campos con tiendas de campaña donde los confinan, al día mueren unos cincuenta niños. Nuestro Ejército los fotografía y envía esos retratos a los destacamentos bóeres para destruir anímicamente a los combatientes. ¿Se puede ser más cruel? ¿Puede ser mayor la ruindad del ser humano? Este es el proceder de Kitchener. Este hombre ha ordenado que se destruya todo aquello que tenga relación con el enemigo, sobre todo su familia.

En el fondo sabe que estas atrocidades son más propias de monstruos que de hombres, por eso se niega a recibirme y me odia, porque soy el espejo ante el que no quiere mirarse. «Solterona histérica». Que no pueda dejar de nombrarme da cuenta de lo mucho que estorbo a sus intereses. Kitchener sabía, además, que mis avances eran cada vez mayores. Era incapaz de reconocerlo, pero sé que me temía. ¡Y mucho! Sabía que contaba con grandes apoyos, y que estos no solo se traducían en cientos de libras: lo que más pesaba era la gran influencia social de quienes me respaldan. Entre ellos estaban algunos de sus más furibundos adversarios. ¡A mayor poder, más peligrosos son los enemigos!

SHAYNA ORLIENS

Lourenço Marques, Mozambique, abril de 1901

En la botella tan solo quedaba un dedo de ajenjo, comenzaba a anochecer y Denys seguía con su relato:

—Apenas media hora después me encontré contándole al buitre mis peripecias. Creo que al igual que a los bóeres, a aquella ave descomunal le interesaba más vivo que muerto, seguramente porque ya tenía mucha comida. A pesar de eso, no me arriesgué a dormirme en su compañía. Cerca de un puente, cuando me disponía a bajar hasta el barranco para cruzarlo por debajo, extendió sus alas y alzó el vuelo. Tendría que haberlo visto. Era majestuoso, grácil a pesar de su corpulencia. Se me pasó por la cabeza que bajaría con mucha fuerza para chocar conmigo, pero lo vi perderse en el aire y entonces pensé que la letra que más se correspondía con su silueta alada, ya lejana, era la uve de la victoria.

»Subí como polizón en el barco que me trajo hasta Lourenço Marques. Mi mayor deseo era que me olvidaran, que me dieran por desaparecido, por muerto. Quiero que quien oiga mi nombre se encoja de hombros. Un gesto que para mí lo sería todo: el desconocimiento, la desmemoria. Ese es el sueño de cualquier desertor —concluyó.

Cuando ya pensaba que no iba a decirme nada más, añadió:

—Durante la travesía mi único entretenimiento en la bodega del buque Fungal consistió en leer los diarios que transportaban. Fue posible porque descubrí unas velas colgadas de sus mechas en una percha y al lado un saco de arpillera con varias cajas de fósforos. Aquel descubrimiento me salvó de la locura. No me moví del mismo hueco en todo el viaje, pero de esa manera el tiempo, aunque lento, avanzaba. En la bodega estaba rodeado de copra y sisal. La copra es la pulpa seca del coco y el sisal es una planta que se utiliza para fabricar cuerdas, telas y sacos. También había bastantes toneladas de azúcar, lo único que ingerí durante aquellas jornadas. Apenas podía respirar. El polvo de la fibra vegetal me llegó a taponar la nariz y la garganta, menos mal que no me faltó agua en ningún momento.

Me llevé una mano al cuello porque sentí la aspereza de la fibra tal como me la describía.

—Para embarcarme me hice pasar por peón del puerto y después de la última carga me oculté. Cuando estábamos a menos de una milla de aquí me lancé al agua. Llegamos de noche, fue providencial. Leyendo los periódicos había caído en la cuenta de que, aunque me alejara de la guerra, nunca podría llamar la atención porque si aparecía una mínima referencia sobre mí en la prensa, con algún dato como la edad, cualquier compañero podría identificarme. Entonces el Ejército británico me llevaría ante un consejo de guerra, me acusarían de traidor a la causa y después... Usted me ha abierto las puertas de su casa, esto se entendería como que me ha prestado ayuda, pero siempre podrá decir que no conocía mi condición.

En aquel momento sentía varios ojos invisibles sobre nosotros, como si los habitantes anteriores de aquella casa se hubieran sentado junto a mí para escuchar a Denys.

—Sé que, comparado con su hermano, debo de parecerle un cobarde. Pero tal vez no todos los hombres estemos hechos de la misma arcilla, yo no soy un héroe ni pretendo serlo. No soportaba más aquello. No quería ser cómplice de tantos crímenes contra personas inocentes, si es que alguno en una guerra orquestada por otros que están lejos no lo es. Quiero pensar que a estas alturas ya me han dado por desaparecido. Son muchos los que se quedan durante una batalla en el lecho de un río o son arrojados al mar. A veces no esperan siquiera a que estén muertos para lanzarlos.

Agitó la mano derecha como si quisiera borrar aquellas palabras y me terminé lo poco que quedaba de ajenjo en mi vaso para simular que no me habían afectado.

—Lo siento. En Inverness solo tengo a mi hermano Alfie, a su mujer y a mis sobrinos. Cuando teníamos diez años, mi hermano se cayó desde el tejado de nuestra casa y no se le curó bien la pierna. Mi cuñada se llama Amere. Alfie continúa en el mismo lugar donde nos criamos. Me gustaría que supiera que estoy vivo, pero no he encontrado la forma de hacérselo saber sin delatarme, que llegara una carta mía allí... Tal vez usted podría escribirles.

—No tengo ningún inconveniente en hacerlo. Ya me dirá qué quiere que les transmita y cómo.

Me sentía un tanto aturdida, me costaba hablar, pero aun así tenía la mente muy clara: menos lo narrado por Denys y la preocupación por mi hermano, todo se había disipado de ella por fin.

—Espero que no hayan enviado ninguna notificación oficial a Inverness para comunicar mi baja —dijo—. No soporto que sufran las personas a las que quiero. Mantenerlos en la medida de lo posible al margen del dolor se corresponde con lo que para mí significa querer a alguien.

Aquellas palabras me enternecieron tanto que algo estalló dentro de mí. Sentí deseos de abrazarlo, de refugiarme en él, de confesarle también las circunstancias que me habían llevado a Lourenço Marques, de decirle que si le escribía aquella carta yo también tendría que cambiar mi nombre en la firma y en el remite. Supe a la vez que no buscaba producir en mí el efecto inmediato e intenso que tuvo, por eso me caló tanto.

—¿Me entiende ahora? —me preguntó.

—Oculte esos documentos, destruya cualquier cosa que lo relacione con su verdadera identidad.

—Sé que tengo que hacerlo, pero me duele. Es como despedirme de mí... para siempre.

—Piense que solo será temporal, que algún día podrá aclarar su situación —intenté consolarlo.

Me cogió la mano derecha.

—Shayna, quiero pedirle perdón por lo que le dije. Tiene razón, aunque especular sobre la vida de los demás sea un divertimento para mí, no tengo derecho a compartir todo lo que me cruza por la mente y menos con usted. Pero es una consecuencia de mi extroversión. Usted, en cambio, por su carácter reservado tiene menos probabilidades de equivocarse. Tal vez paso demasiadas horas solo, es muy posible que se deba a eso, pero en mi situación... tampoco puedo hacer mucha vida social. —Después de una pausa añadió—: Brindemos por la paz en cualquier estado, de la tierra y del ánimo.

FIZ REYER

—

Benarés, India, abril de 1901

Paso muchas horas sentado en la ribera del Ganges. Ya he visto varios atardeceres aquí. Atardeceres de cadáveres flotantes. Y las cremaciones... No entiendo la forma de convivir con la muerte que tienen, su naturalidad. A mí, el final, mi final, me aterra y no solo porque esté convencido de que, si existe, iré al infierno.

Frente a estas llamas recuerdo la risa imbatible de Shayna, el fulgor de sus pupilas... Eso no habrá nada que lo cambie. Seguro que ya se habrá rehecho. Ella nunca se hundirá. En cambio, yo me he dejado llevar siempre por mi cobardía, por mi incapacidad para refrenarme. Soy más débil. Mucho más que Shayna.

Ahora pienso, bajo el peso de tantos siglos petrificados en estas construcciones, ante las que es imposible no sentirse subyugado, que somos, comparados con la eternidad, apenas una chispa, una mota de polvo, una partícula en suspensión, tan frágiles como el ala de una libélula. Pero lo más horrible es que, a pesar de esta liviandad de nuestro ser fugaz, somos capaces de causar un dolor insoportable a quienes nos quieren o quisieron, a aquellos que depositaron su confianza en nosotros. Ahora lo sé: no hay nada peor que saberse un traidor. Da igual la circunstancia, que la felonía se cometa en una guerra, en los negocios, en una familia, en el amor. El lugar donde queda quien engaña es ninguno, lejos de quienes lo amaban, a cambio de un espejismo, de una promesa que se desvanece.

Intento comprenderme, pero, de momento, lo único que he entendido es que conocerse a uno mismo es la tarea más titánica que existe.

SHAYNA ORLIENS

—

Lourenço Marques, Mozambique, abril de 1901

Después de aquel nuevo trago me sentí bastante embriagada.

—No siempre he sido así. Antes reía a carcajadas, vivía de una forma despreocupada, confiaba en..., confiaba en todo el mundo —le dije.

—Hasta la herida.

Fue como si hablara yo.

—Sí, así es. Veo que le resulto muy transparente, que, aunque no le hable demasiado de mí, no lo necesita. Tal vez fue esa certeza lo que me molestó, constatar que soy tan sencilla, tan poco sofisticada. No tiene que ver con su actitud.

—Solo quiero que me diga, después de todo lo que le he contado, que entiende mis motivos para ocultarme, para no decir que soy Denys Olgivie. Si no es así, también sabré comprenderlo. Sé que con su hermano luchando en el Transvaal no la pongo en una situación demasiado fácil.

Consideré que era mi turno. Quería apoyar la cabeza en el respaldo de aquella silla, ladearla, cerrar los ojos, tender mis brazos hacia él por encima de aquella mesa, pero le dije guardando aún cierta compostura:

—Verá, en otro tiempo llegué a pensar que lo comprendía todo, pero ahora sé que hay demasiadas cosas que se me escapan, eso tal vez me haya vuelto más taciturna, más reflexiva, pero en su caso... —Me sentía muy ligera, el runrún de mi mente había cesado por primera vez en meses, como si alguien lo soplara como la llama de una vela. Sonreía. Le sonreía a él y no quería oscurecer aquel momento con nada.

—Por verla sonreír sería capaz de cualquier cosa.

En aquel momento supe que, pasara lo que pasara de allí en adelante, esa frase me la guardaría para siempre.

A pesar de que se le entrecerraban los ojos, se incorporó y fue hasta una esquina del salón. Lo vi manipular el gramófono después de frotar con su manga la placa dorada que decía BERLINER. Me leyó el título de la etiqueta de un disco:

—*Soirée bal musette.* Fiesta del baile campestre.

—¿Sabe francés? —le pregunté bastante asombrada.

—Muy poco. Mi vocabulario se limita a unos cuantos términos que ni siquiera soy capaz de engarzar.

Enseguida comenzó a sonar una canción de ritmo machacón interpretada por una voz femenina bastante ronca.

Denys me tendió la mano y me dijo:

—Vamos a ensayar.

—¿Para qué?

—Para la vida que vendrá después.

Pensé que el ajenjo le afectaba bastante más que a mí. Cuando me puso el brazo derecho detrás de la espalda, tuve la sensación de que mis formas las esculpía él, que mi otra mano se creaba al contacto con la suya y que lo mismo sucedía con sus piernas frente a las mías. Me dejé llevar, la rigidez de mis tendones desapareció, sentí cómo se me destensaban los brazos y cómo su fuerza imprimía movimiento a nuestros dos cuerpos.

—La veo distinta. Ahora brilla. Ya no tiene ese velo que la envolvía como si fuera una sombra —me dijo.

—Será el ajenjo —le respondí con una sonrisa mientras notaba que mi pálpito se había amplificado—. Ya le conté que tiene muy buenas propiedades —añadí como si aquella situación no me resultara insólita.

—O será que su tristeza comienza a disiparse, como la niebla.

Bailamos unos diez minutos. Después de dar bastantes vueltas me sentí muy mareada. Me recliné sobre su hombro mientras me llevaba una mano a la cabeza.

—Creo que por hoy ya está bien. Hacía meses que no vivía un día tan intenso. Necesito descansar. Usted es la mejor medicina que conozco.

—¿Le importa si paso la noche aquí, en este diván? —me preguntó.

Señalaba el mismo mueble en el que yo había dormido la primera vez que pernocté en la quinta. Pensé en que Andiara llegaría temprano, pero aun así le respondí:

—Claro, quédese. Aunque se sepa de memoria el camino, no quiero que regrese a oscuras a su taller... y menos en este estado. Quédese, sí. —Las sílabas me surgían de la boca de forma atropellada, unas muy lentas y otras demasiado rápidas.

—Gracias por esta velada. Ha sido todo lo contrario a la guerra —dijo después de besarme la mano.

Aunque tardé bastante en subir la escalera, no quise que me acompañara a mi dormitorio. Desde el rellano de arriba lo miré para asegurarme de que era real, que no había pasado la noche a solas con la botella de ajenjo y un espectro. El sueño había desaparecido de la misma manera que la tristeza. Antes de echarme en la cama me acerqué al escritorio y tomé papel y pluma. Me esforcé para que mi letra fuera clara a pesar de las circunstancias. Estaba muy interesada en que mi hermano entendiera punto por punto lo que quería transmitirle. En cuanto fuera capaz de despertarme llevaría esa nota a correos porque era lo más urgente e importante que tenía que hacer en aquellos momentos, por no decir lo único.

Darrell, quiero pedirte algo: necesito que ayudes a una persona que he conocido aquí, sé que en tan poco tiempo apreciar a alguien de esta manera no es lo más común, y menos en el ambiente en el que nos hemos criado, pero desde que llegué a Lourenço Marques todo es distinto, y yo soy otra también desde lo de Fiz.

Este hombre, del que te hablaré cuando llegues, ha sido para mí un ancla en medio de la tempestad. Ha despertado mi ilusión tras los tiempos aciagos que he pasado. Le debo mucho. Su sola presencia me sana. Tienes que jurarme que lo ayudarás, dame tu palabra de que no cambiarás de opinión cuando sepas de qué se trata. No puedo dejar que...

Iba a decir que lo apresen y lo fusilen, pero decidí detenerme porque, de nuevo, temí el poder de las palabras para invocar acontecimientos.

Después de incluir mi despedida y de firmar, me acosté con el vestido puesto. Por fin comenzaba a curarme, y, además, tenía confianza en que todo se arreglaría. Confiar en algo ya era un gran avance.

KARAMCHAND

Pretoria, región del Transvaal, ocho años antes

Cuando entró en el edificio de la compañía, Karamchand decidió ignorar las miradas de quienes estaban allí y se dirigió a la recepción.

—Buenos días, vengo a reunirme con el señor Johnston para la firma del contrato entre las sociedades Dada Abdulla y Visram & Co. —dijo con decisión mientras mostraba un documento.

El hombre al que se dirigía cogió el papel formando una pinza con los dedos pulgar e índice de su mano derecha y se ajustó los lentes. A Karamchand le recordó a la mujer que se había tapado la nariz ante él. Decidió apartar aquellos pensamientos y concentrarse en la situación.

—Espera aquí —le dijo el recepcionista.

Karamchand se entretuvo en contemplar la calle a través de las cristaleras. Imaginó otra ciudad futura, un mundo sin racismo. Un par de minutos después oyó la misma voz:

—El señor Johnston está en su despacho de la tercera planta.

Después de recorrer seis tramos de escalones de mármol, Karamchand cruzó una puerta de madera tallada y se dirigió hacia aquella zona de despachos. Observó las sillas alineadas contra la pared de una sala de espera, pero mientras consideraba si debía sentarse o esperar de pie, apareció un secretario, tan bien vestido como le hubiera gustado estar a él, que lo hizo pasar a una sala muy espaciosa, bien iluminada y con olor a tabaco habano.

Un hombre alto y de sonrisa afable se incorporó y se le acercó.

—Señor Karamchand, soy James Johnston. Es un placer conocerle —le dijo mientras le extendía la mano. Para él se trataba de un contrato jugoso y aquel indio a quien tenía enfrente era el enviado de un empresario al que respetaba.

Karamchand notó que allí, como si se tratara de un oasis, no existían los prejuicios que había sufrido desde que el viajero pelirrojo informó al revisor de su presencia en un compartimento de primera clase. «Milagros del capital», pensó. De inmediato le estrechó la mano al dueño de aquel despacho.

SHAYNA ORLIENS

Lourenço Marques, Mozambique, abril de 1901

Dos días después, Denys me propuso que cenáramos en un pequeño restaurante de la bahía. «Desde allí divisaremos el Índico», añadió. Igual que cuando salimos de la quinta a dar el paseo, esto me inquietó. No podía olvidar nuestra condición, pero no quise contrariarlo. Entendí que él también habría medido los riesgos.

El lugar se llamaba Estalagem do Horizonte, algo así como «posada del horizonte». Me tranquilizó advertir que solo había pescadores y marineros. El establecimiento ofrecía una mezcla de comida portuguesa y africana. Tomamos *caldo verde*, una sopa de col rizada y *bacalhau*, que nos sirvieron acompañado de arroz y mandioca. De postre, pidió *bolo de amendoim*, un bizcocho con cacahuete, y yo, un dulce de coco. Entonces, con los ojos fijos al frente y este sabor aún en la boca, comencé a hablarle del Baile de los Anfibios. Conforme avanzaba en mi relato, me temblaba más la voz.

—Mi marido ya no tendrá que inventarse más negocios ni reuniones para pasar las noches fuera de casa; mi ausencia lo libera de esa carga y de muchas otras... Yo no lo maté, Denys, lo juro, pero como nadie lo ha vuelto a ver, no tengo forma de defenderme de esa acusación. Me fui de Londres antes de que la Policía empezara a ir a mi casa día sí, día también. Mi fuga ya me señala. Habrán interrogado a mis criados. Si no lo hice antes, fue por mi debilidad, no podía levantarme de la cama... Pero escapé justo a tiempo, lo sé, tengo muy claro que de un momento a otro iban a interrogarme.

No podía evitar hablar de aquella forma entrecortada e inconexa. Me rozó el brazo.

—Me las arreglé para comprar el pasaje del barco sin que nadie en mi casa sospechara nada. Quiero pensar que Fiz está lejos, pero vivo. Son muchos los que dicen, en cambio, que está en el fondo del canal. Leo los periódicos ingleses que llegan aquí, parece que ya han dragado algunas zonas y han aparecido otros cuerpos, los de personas a las que nadie busca, pero de momento no han encontrado el suyo. Salió en el *Post.* —Me faltaba la respiración, sudaba, pero quise continuar—: Dicen de mí cosas tremendas: que pagué a un par de maleantes para deshacerme de él, que antes lo envenené o lo dormí, que lo hice como castigo por su conducta, por venganza. Mi hermano aún no sabe nada. Pero mi padre, mi padre..., estoy segura de que estará sufriendo mucho. Algunas personas han dejado de hablarle. —Después de pensar en él durante unos segundos, añadí—: Tiene que creerme, no me juzgue.

—No pensaba hacerlo, nada más lejos de mi intención. Además, la creo. No tenga ninguna duda de ello.

—Necesito que mi marido aparezca con vida, así todo cambiará. Me dejarán en paz, ya no tendré que esconderme, mi padre podrá por fin saber dónde vivo, porque quiero quedarme aquí una buena temporada. He alquilado la casa por un año. Lo hice en una oficina del puerto, nada más bajar del barco. Era la más cara, por eso estaba libre. —Después de unos instantes continué con lo que más me angustiaba—: Temo que averigüen mi paradero. Mi nombre está en la lista de pasajeros. No es tan difícil. Si repasan los registros de los buques que zarparon de los distintos puertos de Inglaterra... Llegará la orden de detención y, si Dios no lo remedia, acabaré en la horca.

Denys rodeó mi brazo con su mano. Leí en su cara que no esperaba escuchar algo tan grave. Entonces me brotaron las lágrimas, a pesar de eso no estaba triste, sino que las sentía como un síntoma de renovación, igual que el brillo que según él había retornado a mis ojos. La emoción que me embargaba se debía a que anticipaba la liberación que me supondría que todo se resolviera por fin.

Cuando me recuperé un poco le hablé de ciertos contactos prohibidos que muchos hombres establecían a partir de anuncios en clave en el diario de avisos. Le dije que sus subrayados me confirmaron que el escándalo era cierto y que su comportamiento ya venía de atrás, de muy atrás.

—Parece que la Policía contó con una primera pista, según lo que leí en los periódicos. A un joven mensajero de correos se le cayó del bolsillo una cantidad de dinero equivalente a su sueldo de varios meses. El chico, que apenas tenía quince años, no tuvo más remedio que confesar que aquellos chelines se los había pagado la organizadora de la fiesta, pero parece que la mayoría de los ahorros que encontraron después en su casa provenían de su otro trabajo en un burdel del barrio de Fitzrovia al que acudía algunas tardes para acostarse con caballeros de elevada posición social. —Me detuve unos instantes y después le dije lo que para mí era lo más difícil de expresar y adonde quería llegar con aquella historia—: Uno de aquellos caballeros de elevada posición social que lo requería al menos una vez al mes era Fiz Reyer, mi marido. Esto también lo tuve que leer en la prensa.

Por suerte, parecía que ninguno de los que nos rodeaba en el Estalagem do Horizonte nos prestaba la más mínima atención. Aun así, Denys me propuso que saliéramos a la terraza de madera para que me diera el aire. Había notado mi abatimiento al rememorar todo aquello. Permanecimos de pie algunos minutos allí, con la mirada sobre el mar, pero como enseguida sentí frío, nos marchamos en dirección a la quinta. Por el camino nos cruzamos con Candil, quien nos saludó llevándose la mano al ala de su sombrero, pero sin detenerse.

Después Denys me contó de dónde le venía su afición por la escultura. No tuve ninguna duda de que lo hacía para distraerme de mis cuitas. Me dijo que estaba convencido de que las piedras tienen alma y quería lograr que saliera de ellas, que escapara para perdurar de otra forma.

También me habló de quien había sido su maestro, John Steell, el hijo del tallista a quien la familia Olgivie había encargado los adornos en escayola de los techos de su casa en Inverness. Cuando lo conoció, John acababa de regresar de Roma. Denys me dijo que el día que lo llevó a su fundición vivió la mayor impresión de su vida hasta entonces; rodeado de estatuas, tuvo la sensación de que al contacto con su mano latían.

Conmigo había conseguido lo mismo, me había revivido al tocarme y al hablarme.

John Steell le mostró durante aquella visita la obra en la que trabajaba: una representación de Alejandro Magno domando a su caballo preferido: Bucéfalo. Entonces Denys se prometió a sí mismo que aquel sería su oficio, se dijo que, aunque el camino fuera largo, su voluntad nunca flaquearía. Añadió que desde siempre había confiado mucho en su obstinación; más que una facultad o potencia, le parecía un elemento férreo, indoblegable, como surgido de una fragua, y así su empeño lo sostenía como si se tratara de un armazón metálico.

Cuando llegamos hasta mi puerta, me despedí de él. Creo que nunca he hecho nada más contrario a mi voluntad.

EMILY HOBHOUSE

—

Colonia del Cabo, mayo de 1901

Una comisión de Gran Bretaña llegó a Ciudad del Cabo para inspeccionar las condiciones de los campos de prisioneros bóeres, es decir, para comprobar si yo tenía razón. Al frente de esta delegación estaba Millicent Fawcett, la gran figura del movimiento sufragista y fundadora del Newnham College en Cambridge, una universidad para mujeres, algo que muchos calificaron como «el mayor disparate de la historia».

Esperaba que se nos permitiera hablar con nuestros gobernantes. ¿Qué sabíamos nosotras de política, de diplomacia o del destino de las colonias? No nos quieren ante los libros, tampoco quieren que votemos. Solo quieren que tengamos hijos para que mueran después por nuestro país. Les molesta que desviemos nuestra atención de lo único que según ellos debe demandarla: los quehaceres domésticos y la crianza. No quieren saber qué pensamos. No les interesa lo más mínimo, como si cualquier cosa que ocupe nuestra mente, solo por estar ahí, en la sesera de una mujer, ya fuera fútil. Esas sonrisas, esa displicencia cuando en medio de una reunión una de nosotras osa intervenir... ¿Puede haber algo más hiriente que ese menosprecio? Nos escuchan por educación (los que la tienen), pero incluso estos desean que acabemos cuanto antes para tomar la palabra de nuevo porque son ellos quienes se sienten legitimados a organizar el país como siempre: haciéndolo crecer con la sangre derramada por muchos.

En el tren que me llevaba hasta el puerto de Ciudad del Cabo para asistir a la ceremonia de recepción de estas mujeres, repasé las razones que habían ocasionado aquella catástrofe que se vivía en los campamentos.

Millicent Fawcett dijo en una asamblea: «Íbamos a enseñarle al mundo cómo conseguir reformas sin violencia, sin matar gente y volar edificios». ¡Que nos dejen tomar las riendas a nosotras ahora! Tal vez consigamos cosas mejores tan solo con el poder de la palabra. Sería una gran sorpresa, pero claro, haría caer la economía una vez terminado el gran negocio de la guerra.

Ahí está la clave. El estado natural de la humanidad es la paz. Así es, por mucho que intenten confundirnos porque es lo que más conviene a sus intereses. Acabo de enviar a Londres mi nuevo artículo. Se titula precisamente «La paz universal». Sé que muchos reirán solo con leer estas tres palabras juntas.

De nuevo me tildarán de candorosa, de dejarme llevar por el idealismo. Así lo hacen con todos los que nos hemos declarado pacifistas. ¡Que se pudran ellos en el mismo infierno que han construido en la tierra! ¿Debería tachar esta última frase? Si mi padre, a quien Dios tenga en su gloria, leyera esto... ¿Diría que me he dejado llevar por la ira? ¿O consideraría que mi causa es justa? ¡Cuántas cosas indispensables se lleva alguien cuando se va al otro mundo! Pero tenemos que aprender a convivir con ese vacío, y con muchos otros. En mi caso, también con el de Caro.

Nuestros funestos políticos solo leen informes redactados según las exigencias de Cecil Rhodes. Es decir, que sean favorables a la compañía minera De Beers. A través de ella tiene el monopolio de la extracción, talla y comercio de diamantes. ¿Alguien puede imaginar una fortuna mayor? ¿Y a costa de qué?

Me hervía la sangre.

Cuando vi desembarcar a las integrantes de la Comisión Fawcett se me cayó el alma a los pies: cada una de ellas viajaba con su mayordomo y su cocinero. Además del dispendio de miles de libras que esto suponía, me pareció un gesto fuera de lugar, hiriente incluso.

Me dirigí junto a ellas a la casa del administrador colonial británico. Nos invitó a comer, conseguí dar con los atrofiados restos de su corazón y obtuve el permiso para que pudiéramos visitar los lugares que quería mostrarles: los campamentos en los que hacinan a estas pobres gentes a las que quieren exterminar.

En cuanto nos retiramos para dirigirnos a un salón de té, le anticipé a Millicent, para que supiera qué se encontrarían, que a las mujeres y los niños bóeres los descargan allí con el reciente recuerdo de sus granjas en llamas en la mente. Le dije que en esos campos han llevado a vecinos de pueblos enteros sin comida y con el agua contaminada, que si tan solo pudieran hervir la del río Modder, recoger leña y con unas ollas... Contraen el tifus, enferman de sarampión, de bronquitis y neumonía, de disentería.

—Tienen los días contados, algunos las horas, otros los minutos —añadí—. Quieren matarlos como a los hombres, pero de una forma más lenta, más despiadada, por tanto. Y con esto, el Ejército británico consigue lo opuesto de lo que persigue: avivar de una forma irrefrenable el deseo de venganza de sus adversarios. ¿Qué esperaban? ¿Que se rindieran? Así se lo pidieron a sus mujeres prisioneras, pero ni una sola firmó aquel documento.

Ella no dijo nada, y continué, bastante sorprendida de no obtener ninguna reacción por su parte.

—Cuando dejé la primera vez Inglaterra solo sabía del campamento de Elizabeth Portuaria, pero nada más poner el pie en África esa vez, me hablaron del de Bloemfontein, a unas seiscientas millas al noroeste de Ciudad del Cabo. Fue el primero al que me dirigí. Estaba en medio de la sabana. Después descubrí que existían cuarenta y tres más. ¡Cuarenta y tres! Y estos son solo de los que tengo noticia hasta ahora. Kitchener me autorizó a llevar a Bloemfontein un camión con unas doce toneladas de suministros. Sé que, como siempre, no lo hizo por aquellas pobres mujeres y niños, arrancados sin raíz y rodeados de moscas, sino por la razón por la que se hacen siempre estas cosas: para que se hablara bien de él en Gran Bretaña; su reputación como militar no atravesaba su mejor momento. A pesar de que desde el Ejército intentaron oponerse a que les llevara jabón, aduciendo que era un lujo, repartí los centenares de restos de pastillas que había recogido en los hoteles de Londres, los mismos hoteles donde se alojan los que muchos consideran respetables hombres de negocios. También llevé paja a los niños y a las mujeres bóeres para que la echaran sobre el suelo en el que duermen, como si fueran ganado.

Cuando fui consciente del tiempo que llevaba hablando, enmudecí de golpe. Millicent me miró.

—Ahora, señora Hobhouse, si nos disculpa, debemos atender a los periodistas. Quieren tomarnos una foto de grupo. Ha sido muy amable. Gracias por sus explicaciones. Las tendré en cuenta para comprobar sobre el terreno lo que me cuenta. Nos despedimos aquí —me dijo mientras me acompañaba hasta la entrada del salón de té.

Un fotógrafo atravesó la misma puerta ante la que yo estaba, acompañado de otro hombre que lo ayudaba a cargar con su pesado material.

Me vi abandonada en la calle. Recapitulé lo escuchado: no me querían allí, no formaba parte de la Comisión Fawcett. De ellas era el protagonismo exclusivo. A pesar de mis esfuerzos, de mis desvelos, de los riesgos que había corrido, me dejaron muy claro que no pintaba nada en ese lugar. Como otras cosas anteriores que habían sucedido en mi vida, esta también me pilló por sorpresa.

SHAYNA ORLIENS

Lourenço Marques, Mozambique, mayo de 1901

A la semana siguiente me llevé una gran alegría. Junto a la taza de café, Andiara me había dejado una carta de mi hermano. Decía:

Kimberley, colonia del Cabo,
domingo, 28 de abril de 1901

Estimada hermana:

Espero que al recibo de la presente te halles bien de salud. Te escribo de nuevo a Mozambique. Aún no acabo de creerlo. ¡Mozambique! Me asombra este cambio en ti, tan poco dada a mudar tus costumbres. Imagino que se deberá al deseo de mitigar tu dolor.

Fiz era tan apuesto, tan alegre, siempre tan atento y pendiente de que no te faltara de nada, se le notaba que se desvivía por hacerte feliz, por anticiparse a cada uno de tus deseos. Me alegré tanto de vuestra unión. ¡Cuánto llegué a apreciarlo! Recuerdo muy bien cómo te miraba. Siempre pensé que era el marido que merecías. Por ese motivo, sentí que quedabas en buenas manos cuando me fui a mi primera campaña. ¡Hacíais tan buena pareja! Lamento mucho su pérdida. Es una verdadera lástima. ¿Qué sucedió? ¿Estaba enfermo? ¿Sufrió un accidente? Siento no haberte podido acompañar en esos momentos tan aciagos, Shayna.

Respecto a la guerra, te diré que estos granjeros bóeres no se dan por vencidos, son muy testarudos. Aparecen y se marchan, persiguen desconcertarnos con sus golpes de efecto, y atacan de esta forma sorpresiva para causarnos el mayor daño posible. Después se esfuman durante días hasta que nos confiamos y, de nuevo, vuelta a empezar. Ya no sabemos cómo enfrentarlos. Para esta guerra, los sistemas y las tácticas de siempre no sirven. Parece que no tenemos enfrente a un solo enemigo, sino a varios; nuestra superioridad numérica, de momento, no es suficiente para responder a tantas emboscadas y maniobras zafias.

Resisten como si no necesitaran comer ni beber. Les envenenamos los pozos, les quemamos las casas y confinamos a sus familias en enormes campos vallados. Créeme si te digo que ninguna de estas acciones responde a la barbarie, sino al ansia por que la contienda acabe cuanto antes, por el bien de todos.

Respecto a mi Ejército, he cambiado de idea sobre los escoceses. Entre las filas de los batallones de *highlanders* he encontrado a auténticos valientes. ¡Quién me lo iba a decir! Ahora admiro su entrega y su buena disposición. La mayoría vienen a cubrir las continuas bajas de los soldados enfermos por las infecciones. Hasta he entablado amistad con alguno de ellos, sobre todo con un soldado llamado Clive.

Pero ya no te aburro más con estas cuestiones. Voy a decirte lo importante, el motivo por el que te escribo esta carta: muy pronto podré reunirme contigo. En un par de días me comunicarán la fecha de mi próximo permiso, y entonces iré a verte. A nuestro padre también le alegrará saberlo.

Recibe todo el cariño de quien tanto te quiere,

tu hermano DARRELL

Sonreí al leer lo que había escrito sobre los escoceses. Imaginé a mi hermano y a Denys sentados frente a frente, pero, para que esto se produjera, antes tenía que llevar a cabo una ardua labor: convencer a Denys de que Darrell podría ayudarlo a regularizar su situación militar gracias a las influencias con las que contaba desde que salvó al conde de Gleichen, pariente de la reina.

Sentí la inminencia de la visita de Darrell como la principal señal de que mi vida comenzaba a restablecerse, de que había esperanza. Solo faltaba que mi hermano dejara el Ejército. Total: un soldado más o menos, ¿qué le importa a todo un imperio? Denys ya lo había hecho.

Nada más despertarme, miré en dirección al taller del escultor. A pesar de que habíamos estado juntos hasta tarde la noche anterior, ya lo echaba de menos. Extrañaba su mirada, su amabilidad...

Saqué de un cajón de la cómoda la carta que había escrito para él. Decidí llevársela. Había cambiado mi nombre y el de mi padre, pero el mensaje era inequívoco: daba en ella señales de vida de Denys. Esto decía.

Bienaventurada y añorada familia Olgivie:

Tal vez ustedes no me recuerden, pero les diré que hace ya más de una década tuve la suerte de visitar su heredad en compañía de mi padre, el señor Amiens.

Evidentemente, todo aquello era inventado. Nunca había estado en Escocia.

> Estamos pensando en regresar a Inverness este verano, y por ese motivo les escribo.
>
> Señor Alfie Olgivie, ya sé que su hermano se encuentra muy bien de salud, mejor que nunca, aunque añora mucho las montañas y el lago.

Esto era lo que, en realidad, me interesaba transmitir.

> Pero ¿cómo están los demás?
>
> Espero que nos reencontremos pronto y que ustedes tengan la ocasión de estar todos juntos de nuevo.
>
> Sin otro particular, se despide,
>
> NAYSHA, la hija de Harold Amiens

Estaba segura de que entenderían el mensaje principal: que su hermano estaba bien. El motivo de que no apareciera nuestro apellido real era que no quería arriesgarme a que me encontrara la Policía. La casa también la había alquilado así. Deposité sobre el mostrador las libras que me pidieron y aduje que tenía mi documentación en el equipaje, que al día siguiente pasaría a entregarla. Por supuesto, no lo hice, ni los arrendadores han venido por aquí a pedírmela.

Cuando leí mi carta junto a las dos esculturas, Denys me dijo que le parecía muy acertada.

—Shayna, quiero pedirte que no insistas en que tu hermano interceda por mí. Créeme. Es mejor que dejemos todo tal como está. Mientras dure su visita, me marcharé de aquí. Es lo mejor.

Aquello era lo que más temía.

—Pero necesitas clarificar tu situación cuanto antes —le dije.

Él ladeó el rostro antes de responderme:

—Eso mismo podría decirte. Sé que no mataste a tu marido, pero no sirve de nada que solo lo crea yo. Necesitas pruebas, evidencias, y la mayor sería que apareciera vivo o muerto...

Le di la espalda para decirle:

—No pareces muy convencido de mi inocencia.

Denys se acercó a mí y me abrazó por detrás. Me estremecí como nunca lo había hecho.

—Shayna crisálida, los dos huimos, los dos somos náufragos, pero tal vez no nos convenga que nos rescaten; podrían llevarnos a un lugar mucho peor que no sea este paraíso que ahora habitamos. Estamos demasiado a merced de las circunstancias.

«Shayna crisálida». Aquellas dos palabras tenían el poder de hacerme volar. Lo repitió junto a mi oreja, como si quisiera hipnotizarme. Me dejé mecer entre sus brazos hasta que me dio la vuelta y me besó.

—Cuando se vaya tu hermano, regresaré, te lo prometo —me dijo mientras me recorría con sus labios los pómulos, la barbilla, el cuello.

No podía imaginarme ya la vida sin él. Deseé que aquellas fueran mis únicas coordenadas para siempre.

—Shayna crisálida, estás a punto de la metamorfosis; hasta ahora tu cápsula te ha protegido, pero pronto ingresarás en otro estado. Verás cómo pronto eclosionas.

Me quité las horquillas para soltar mi cabello. Después, muy lentamente, comencé a desnudarme junto a las dos esculturas de Denys. Era lo que quería hacer. Nunca me había mostrado así ante nadie. Fiz jamás me lo pidió. Eso ya tendría que haberme dado una pista.

Noté que su respiración cambiaba.

—Shayna, llegas de otro tiempo, de otra vida, pero no eres un fantasma —me dijo mientras se sentaba en un banco de obra que formaba un ángulo con la pared. Comenzó a quitarse las botas y el resto de su indumentaria. Apenas tardó medio minuto—. Shayna crisálida, ¡cuántas cosas han hecho falta que sucedieran para unirnos!

Entre sus brazos sentí como si estuviera a salvo por fin, como si no pesara sobre mí aquella sospecha de asesinato. No pude contener el llanto.

—Ahora estamos aquí, aislados de todo, pero pronto nos rescataremos nosotros mismos. No necesitamos de ninguna intercesión externa para salir cada uno a flote. Resurgiremos. Ya verás cómo todo pasará.

Quería creerlo.

—No quiero que suceda nada, nada más —le dije—. Me conformo con continuar así.

—Pero no podemos vivir siempre en este compás de espera. Tenemos que enfrentarnos juntos a lo que venga. Retomar nuestras vidas.

—Pero no ahora —le dije mientras lo besaba con una voracidad que parecía que me había guardado durante siglos.

Denys comenzó a acariciarme como si quisiera retener mis proporciones para esculpirme después; me elevó para abrazarme de nuevo y se colocó sobre mí. Pronto sentí tanto placer que me pareció imposible. No pude evitar compararlo con Fiz. Los escasos encuentros que había mantenido con mi marido consistieron en unos cuantos movimientos mecánicos, desapasionados, en unas embestidas durante las que parecía estar ausente. En cuanto terminaba, se incorporaba para lavarse las manos durante un buen rato y después se las secaba con una parsimonia todavía mayor.

La forma de desenvolverse de Denys convertía en una

certeza mi recuperación. Era el triunfo del presente sobre el pasado. Puse mis manos sobre sus brazos y sentí concentrada allí la tensión de su cuerpo, en los músculos que había atisbado bajo su camisa y su pantalón la primera vez que lo vi ante sus esculturas desnudas. En aquel instante, en que contemplaba su sonrisa y lo tenía con los hombros rectos sobre los míos, pensé que alguien así no podía ser real, que había muerto en la guerra del Transvaal y que yo lo había imaginado.

Me miraba arrebatado mientras me susurraba al oído: «Shayna crisálida». Me estremecía cada movimiento suyo. Aumentaba la intensidad y con ella mi arrobamiento. Sentí que éramos uno cuando vibramos a la vez. Cerré los ojos y me dejé llevar por aquel éxtasis desconocido que me alejó muchas millas de la realidad.

Cuando Denys cayó exhausto a mi lado, me incorporé porque quería sentir de nuevo aquel placer inédito, enajenante. Me coloqué sobre él con una pierna a cada lado y comencé a mecerme con un movimiento de olas. Sentí que navegaba sobre un mar seguro, en calma, que era libre por fin, al menos dentro de aquel espejismo.

—Denys, dime, por favor, que esto no es una despedida.

FIZ REYER

Benarés, India, mayo de 1901

He vuelto de la muerte. Tampoco me hubiera importado fundirme con el todo, pero sigo aquí.

Llegué a sentir mi propia partida, la ligereza; cómo, poco a poco, mi pensamiento cesaba; cómo se atenuaban mis latidos; cómo mi respiración se volvía imperceptible. Se debió a que me inyecté los dos frascos de morfina que había traído desde Londres en el bolsillo de tela fruncida del interior de mi maleta. Durante mi huida, su tintineo de campanas me tranquilizaba. Era la forma de saber que tenía una salida, mi llave hacia la eternidad, hacia el descanso.

Estuve dormido casi cuatro días. Por lo que me han contado, sé que llamaron con insistencia a la puerta de mi habitación del hotel varias veces. Además de cerrarla con llave, puse contra ella varios muebles, pero no pensé en la ventana por la que entró el ángel que se sentó junto a mi lecho. Lo primero que vi cuando desperté fueron los ojos de un verde inusual, inaudito, oscuro, brillante; la piel de bronce y el cabello negro de Kiran. Él fue quien consiguió que regresara a este mundo. Se esmeró mucho. Me colocó paños con vinagre y especias sobre la frente, me obligó a tragar unos brebajes repugnantes, me limpiaba, me cantaba; vivía entregado a mí por completo. Desde el primer momento pensé que era un sirviente al que le habían encomendado la tarea de resucitarme, y como tal lo traté. Un día me contó que era el hijo mediano del dueño del hotel Varanasi, y que había regresado de Inglaterra hacía apenas dos meses tras concluir sus estudios de Derecho y Filosofía Occidental.

KARAMCHAND

—

Pretoria, región del Transvaal, ocho años antes

El aire fresco de la primera hora de la mañana recorría las calles. Karamchand caminaba despacio, como casi siempre. Se dirigía a la vivienda del portugués que le había alquilado el traje y del que no sabía su nombre. Llevaba bajo el brazo el paquete con esta prenda cuidadosamente doblada y envuelta en papel de estraza. Representaba mucho más que unas simples piezas de ropa, era tal su poder que habían confinado en su casa a quien era su propietario y a él le habían permitido, como si se tratara de una llave maestra, entrar en el despacho de James Johnston. Además, aunque hubiera sido por propia conveniencia, también había ayudado de paso a alguien que lo necesitaba. Esperaba que el niño se encontrara mejor gracias a las medicinas.

Karamchand se cercioró de que estaba ante la puerta. Llamó sin demasiada estridencia y enseguida apareció el portugués.

—*Você.*

Vio pasar por detrás de él a una mujer en camisón que llevaba al niño en brazos.

—¿Está mejor? —le preguntó Karamchand.

—*Muito melhor, obrigado.*

—*Obrigado a você* —acertó a decirle en su lengua mientras le entregaba el traje con sumo cuidado, de una forma reverencial. Como si aquel objeto compartido los hubiera conectado para siempre.

El hombre tenía los ojos cansados.

—*Gostaria de um café?*

Karamchand lo rechazó con amabilidad y le preguntó su nombre.

—Albano, *senhor...*

—Mohandas Karamchand —le dijo con una sonrisa.

—Gracias por devolverme el traje, podría habérselo quedado —le dijo Albano en portugués.

Karamchand le respondió que valía bastante más de cinco libras y que no tenía la costumbre de quedarse con lo que no era suyo. No estaba seguro de que lo hubiera entendido. Le dio otro billete igual que el de la víspera y se despidió de él:

—Por si lo vuelvo a necesitar.

—*Volte quando quiser* —le dijo Albano.

Karamchand cruzó sus manos sobre el pecho y bajó la cabeza.

—Debo continuar. Me queda mucho por hacer.

El portugués inclinó la cabeza también.

De regreso a las polvorientas calles de Pretoria, Karamchand reflexionaba sobre la necesidad del amor y la importancia de los gestos en los que se materializa. Había decidido convertirse en abogado para ayudar a sus paisanos con sus trámites y gestiones, redactando instancias primero, y después para ayudar a los indios en el sur de África desde que lo contrató el señor Dada Abdulla para dirimir un conflicto entre dos comerciantes. No se sentía solo abogado, sino una persona que contribuía a poner paz en los litigios; aquello para él era bastante más que un oficio. Con su vocación de servir a los demás engrandecía el alma de los hombres a los que tenía la oportunidad de ayudar.

Pero entonces, tras lo ocurrido en la estación de Pietermaritzburgo, los posteriores atropellos, como las patadas que le dieron en el parque, el desprecio de la mujer del hotel, de los aprendices del sastre..., después de tomar conciencia de que algo tan accidental como su tono de piel despertaba el odio en algunas personas, supo que, aunque siguiera pleiteando, comenzaría a la vez una lucha mucho más grande que solo concluiría cuando lograra que cada ser humano viviera y fuera tratado con dignidad, empezando por él mismo.

SHAYNA ORLIENS

Lourenço Marques, Mozambique, mayo de 1901

Una hora después de nuestro encuentro amoroso, entramos en la cocina de la quinta. Denys cortó unos trozos de queso y sirvió dos vasos de vino. Yo lo miraba mientras pensaba que aquella vida no era la mía. Tenía la sensación de que me había colado en la cotidianidad de otra persona más dichosa, de alguien que lo tenía todo.

Andiara se había retirado discretamente a otras estancias de la quinta, pero antes pude ver su mirada reprobatoria. Decidí no darle importancia.

—¿Me podrías leer algo, aunque sea en portugués? —le pregunté a Denys una vez en el salón, mientras le señalaba los anaqueles de la biblioteca.

—Prefiero leerte a ti, leer tus ojos, tu mente...

Sonreí. Aquel gesto, que para algunas personas era tan natural, para mí era una victoria después de tanto tiempo.

Nos metimos en mi cama y pasamos en ella casi toda la tarde. Del limbo inconsciente me había mudado al paraíso cierto, innegable, pero la situación militar de Denys, su deserción, vivir bajo la espada de Damocles de mi inminente detención por parte de Scotland Yard si no aparecía Fiz con vida..., sabía que todo esto eran las sombras que me acechaban y ni aun así opacaban la presencia luminosa y fascinante de Denys. Temía cada carta, cada aviso, cada recado, todo menos lo que tenía que ver con él. Tampoco me sentía muy tranquila fuera de la quinta, pensaba que en el exterior podrían llevárseme en cualquier momento, como si eso no fuera posible en mi casa.

Cuando, unas cuantas horas después, desde la ventana vi cómo se alejaba por la ladera, pensé que éramos los dos únicos habitantes de un sueño efímero.

Poco después me quedé dormida hasta que creí oír la campana de la puerta y, a continuación, estas palabras, que me parecieron irreales:

—Soy el teniente Orliens. Tengo entendido que mi hermana vive aquí.

Desde arriba, vi su macuto en el suelo, con la gorra del uniforme encima, y a él en la silla más próxima a la puerta de la entrada, mientras mi empleada le servía un vaso de agua. Me resultaba muy difícil abrocharme los botones del vestido porque el entusiasmo me empujaba a presentarme ante él tal como estaba. Cuando por fin aparecí en la parte alta de la escalera, grité:

—¡Darrell! ¡Darrell! —Bajé muy deprisa y, tras abrazarlo y besarlo, le revolví el pelo y me estreché contra él—. Darrell, qué feliz me siento. Cuánto he deseado este momento. Doy gracias al cielo porque estás sano y salvo. —Repetía su nombre como si aún no creyera que estuviera allí, recién llegado del Transvaal, el mismo lugar del que Denys había huido. Me acerqué a la ventana y comprobé que había luz en su taller—. Vamos arriba —le dije a mi hermano.

Mientras subíamos a la segunda planta, cogidos de la mano, Darrell me interrogó: quería saberlo todo sobre lo sucedido con Fiz, pero en vez de responderle, me puse el dedo índice sobre los labios para indicarle que no quería que lo escuchara Andiara. Necesitaba ganar tiempo.

—Mañana hablaremos de todo. Estoy muy feliz de verte.

Abrí la puerta de una habitación y la iluminé con la lámpara de gas de la mesilla. Mientras soplaba el fósforo, mi hermano recorrió con la mirada aquel cuarto de tonos salmón, observó las puntillas blancas, el tocador con un espejo ovalado, las cortinas de flores...

—Es la única que está preparada ahora con sábanas limpias. Seguro que la prefieres al cuartel.

Darrell sonrió, me acercó los labios a la frente y los dejó allí mientras me acariciaba el cabello. Estaba segura de que nada de lo que le explicara al día siguiente mermaría el inmenso amor que me tenía.

Mientras dejaba que mi hermano se instalara, cogí mi abrigo y bajé hasta el taller de Denys. Golpeé varias veces la puerta junto a la cristalera, rodeé la casa, forcejeé con el picaporte medio roto de la puerta trasera bajo el limonero... Todo estaba en silencio. Me acerqué de nuevo a la fachada principal y, después de limpiar el polvo de uno de los cuadrados de vidrio con la manga derecha, miré a través de él. Pensé en lanzar piedras contra las ventanas del piso superior, pero me contuve.

—¡Irving! —grité su nombre falso por precaución, lo pronuncié de una forma distinta, como si solo quisiera constatar su ausencia.

Cuando me di la vuelta y comencé a ascender, el trecho que me separaba de la entrada a la quinta me pareció que se había quintuplicado.

Andiara ya se había marchado. Preparé té y coloqué en un plato varias piezas de fruta y en otro algunas pastas. Subí con la bandeja la escalera y entré en la habitación de Darrell. Sin hacer apenas ruido, lo dejé todo sobre el tocador y abrí un poco la ventana. Miré a mi hermano durante un buen rato; me parecía un prodigio que estuviera allí. Buscaba en él su cara de niño, con la mandíbula más desdibujada y la frente menos ancha. Conservaba esos hoyuelos en las mejillas que se le marcaban hasta dormido, pero tenía el cabello de un tono pajizo, bastante quemado, y la piel curtida. Había vivido demasiadas situaciones de peligro. A pesar de todo, me pareció que tenía una expresión plácida. Antes de aquella guerra contra los bóeres, había estado en la campaña de Sudán, que acabó en 1899. Por suerte, él llegó casi al final.

A través de la ventana comprobé, tras un vistazo, que todo seguía en calma en el taller de Denys. Deseé que estuviera dormido en su habitación de la segunda planta y que no me hubiera oído. Esperaba que no se hubiera marchado.

—Darrell —le susurré a mi hermano para despertarlo—, sé que te va a sorprender mucho lo que voy a contarte, pero créeme, por favor. —Decidí comenzar por lo más grave—. En Londres se dicen cosas terribles sobre mí, pero te aseguro que todo es mentira. Nada menos que me acusan del asesinato de Fiz, de haber contratado a unos matones para que arrojaran su cuerpo al canal después de que yo lo envenenara. —Conforme hablaba, notaba el efecto que le producían mis palabras—. Darrell, tú me conoces mejor que nadie; sabes que sería incapaz de matar a nadie, ni tan siquiera a él, a pesar de lo que me hizo.

Tal como yo esperaba, me preguntó enseguida por esto último.

—Me duele recordarlo. Es muy doloroso. Me destrozó. —Después de unos segundos, añadí—: Por mi bien, espero que continúe con vida.

Comenzó a mover la cabeza de un lado a otro, como si negara, abrió los ojos, miró la habitación y después a mí, como si no recordara cómo había llegado hasta allí. Estaba estupefacto. Entonces le conté toda la historia del Baile de los Anfibios. Repitió varias veces que no podía creerlo.

—Pero ¿está vivo?

—No lo sé. Podría hacerme el favor de reaparecer para que me exculparan, pero entenderás que no puedo esperar nada de él.

—Tal vez no sepa que te busca la Policía.

—Darrell, sé que te resultará muy difícil de creer, pero, a pesar de todo, tengo que decirte que soy muy feliz aquí, por determinadas cosas que me han sucedido. Sé que he tomado la decisión correcta. Estar cerca de ti era lo que más me convenía. Ahora, después de tanta amargura, soy otra. Me siento rejuvenecer, como si el tiempo fuera hacia atrás, hasta el momento en que todo era perfecto, cuando mamá aún vivía.

—Shayna, siento como si hubiera pasado mucho tiempo, como si me hubiera perdido décadas de tu vida, como si los meses transcurridos se hubieran convertido en un precipicio interpuesto entre nosotros y nos hubieran separado, dejándonos a cada uno en un lado. Me cuesta trabajo reconocerte.

Aquella imagen que él había utilizado me recordó su hazaña y por eso le dije:

—No quiero que vuelvas a la guerra del Transvaal, ni tampoco a ninguna otra. Ya está bien de jugarte la vida. Quédate conmigo. Abandona el Ejército. —Quería que mis pesadillas más recurrentes terminaran para siempre.

—¿Me estás pidiendo que deserte?

Me recorrió un escalofrío.

—Me someterían a una corte marcial y me sentenciarían a muerte, me fusilarían, vendrían a por mí enseguida. Además, así no se sostiene un imperio. Ya te conté que mis condiciones ahora son distintas. Desde que saqué a aquel gordinflón del río, los demás oficiales ya no dejan que me exponga. Ya he sobrevivido a lo más peligroso: la primera línea de fuego. Además, en cuanto el rey Eduardo me entregue la Cruz Victoria, aún estaré mejor: me ascenderán.

EMILY HOBHOUSE

Estado Libre de Orange, sur de África, mayo de 1901

De la Comisión Fawcett no volví a tener noticias. No sabía cuál era el paradero de aquellas mujeres, pero me era indiferente. Tras el desplante de Millicent decidí protegerme para que no volviera a sucederme algo tan desagradable, ya tenía bastante con lo que estaba obligada a contemplar como para añadir más dolor a mi vida.

Viajé en tren hasta el campo de Bloemfontein. Durante todo el trayecto, fui la única mujer. Cada vez que llegábamos a una estación, intentaba comprar comida, pero me lo impedía la turba de soldados que se lanzaba sobre los puestos. Solo tomé bebida de cacao, acompañada de pan con mermelada de albaricoque. Después de aquellos días, aborrecí esta fruta para siempre.

Me sobrecogió de nuevo aquel paisaje extraño: rocoso, con plantas que nunca había visto en Inglaterra, sin árboles, pero, sobre todo, lo que más me caló fue el silencio a lo largo de millas y millas. La arena entraba por todas partes. Entonces ya se me había quemado el pelo de tanto exponerme al sol, lo tenía pelirrojo. Lo que me faltaba, con aquella imagen parecía que aún espantaba más a algunos. Me sentía como una tira de *biltong*, la carne seca que tanto se comía allí antes de la guerra. Después de bastantes días pasé ante un espejo y no me di cuenta de que quien se reflejaba en él era yo. Cuando lo descubrí comencé a reírme a carcajadas. Entonces era una «cuello rojo», *rooinek,* como llamaban allí a los soldados británicos. Literalmente me había dejado la piel en aquel empeño. Además, para completar el disfraz, cuando la temperatura descendía de forma que no se sabía hasta cuántos grados podía hacerlo, me protegía con una capa tejida con lana de oveja.

Por las ventanillas del vagón vi muchos cadáveres de caballos con los huesos ya blanqueados por el sol.

Bloemfontein era una ciudad tomada por las tropas británicas; por tanto, se necesitaba permiso para todo.

Durante la visita al campamento, entró una serpiente venenosa en una de las tiendas y le di con mi sombrilla hasta matarla. Con cada golpe pensaba en uno de nuestros políticos. Yo también necesito desahogarme mediante actos así y no solo en mis conferencias, que muchos califican de «soflamas de una rama seca que arde». Así lo he leído también. Qué capacidad retórica demuestran algunos cuando les pagan para que la pongan en marcha.

No puedo describir lo que suponía ver a los niños tendidos como flores marchitas. Ese era el lado más siniestro de la guerra: el miasma moral. Nunca podré olvidarme de una niña que se llamaba Lizzie van Zyl, que murió probablemente de tifus. Ella resumía en su cuerpo descarnado, en sus hombros encogidos y en su mirada ladeada todo lo que nunca hubiera querido conocer de este mundo. Era la hija de un bóer combatiente que rechazó rendirse. No voy a entrar en los detalles de su agonía inducida porque son insufribles. Siempre la llevaré en mi corazón. Como una losa.

Hablé con muchas mujeres y me llamó la atención que no se quejaban de su situación, o, al menos, no lo hacían tanto como yo esperaba, a pesar de lo terrible que era vivir hacinados en las tiendas, con apenas algo para comer, y de que los soldados británicos tardaban en enterrar a los muertos. Solo se los llevaban al amanecer, evitando pasar por la ciudad. Llegaban al cementerio por otro camino para depositarlos en una fosa común y clandestina.

La tasa de mortalidad en estos campos estaba en unas doscientas noventa y cinco personas de cada mil.

Se me ocurrió que podía utilizarse una caldera de ferrocarril para hervir el agua. Ya no sabía qué pensar para revertir el destino de aquellas pobres gentes.

En medio de tanta oscuridad, recibí la carta de una de las personas que más admiro: la escritora y política de Ciudad del Cabo Olive Schreiner. Es una gran defensora de los derechos de los seres humanos y ha escrito la que es la novela más importante hasta la fecha de su país: *Historia de una granja africana*, se titula.

En su carta alababa mi lucha, me pedía que no desfalleciera porque ya había salvado con mis medidas a miles. Respecto a la Comisión Fawcett, tenía las mismas impresiones que yo, pero su juicio lo resumía en una frase más contundente que las que yo me había dicho a mí misma: aquellas mujeres habían ido hasta el extremo sur del continente africano tan solo para pasearse. También me mostraba, como no podía ser de otra forma, su aversión a Rhodes. Decía que la zanja de su ferrocarril estaba siendo la tumba de los esclavos que trabajaban en su construcción, que vomitaría sobre él y sobre sus diamantes. Me contaba que este maldito loco también había vivido en una granja como los bóeres, que se dedicaba al cultivo de algodón junto a su hermano hasta que enfermó de la fiebre del oro y su codicia desencadenó la muerte de muchos.

Cecil Rhodes tiene una afección cardíaca y, además, está enfermo de los pulmones, como yo. A ver a quién se lleva antes el Señor. Sobrevivirlo, estar unos años en este mundo sin él, constituiría para mí el goce supremo. Tal vez esto suene execrable, tal vez, pero este es mi diario. No me voy a censurar. En él cabe todo, incluso copio extractos de poemas y otros escritos, como esta frase de *Enrique VI* de Shakespeare: «Un corazón sin mancha no se deja intimidar fácilmente».

Seguía en Bloemfontein cuando recibí un sobre de tío Arthur. Junto a una generosa donación me mandaba una nota, de unas diez líneas, en la que me describía cómo había sido la coronación del nuevo rey, Eduardo VII, hijo de la difunta reina Victoria. El monarca llevaba actuando como tal en actos oficiales acompañado de su esposa danesa desde la muerte de su madre. Me imaginé allí, en una tribuna junto a la iglesia de St Margaret, viendo cómo lord Kitchener hacía el ridículo a lomos de un caballo inmanejable.

Mientras tanto, en mi realidad más cotidiana, andaba empeñada en que algunas chicas de los campos asistieran a una escuela para que después pudieran enseñar a leer y a escribir a los otros niños que habían ido a parar allí. El coste de su manutención durante un año con las matrículas, los libros, su alojamiento y comida incluidos era de cien libras por cada una. No me parecía excesivo para lo mucho que suponía. Con las cinco mil libras que se me volatilizaron en México, podría haber pagado la formación de todo un ejército de maestras.

Me marché una semana después a la pequeña ciudad de Norvalspont, en el límite entre la colonia del Cabo y el Estado Libre de Orange. Desde allí le escribí a mi tía Mary, lady Hobhouse, que aquel lugar era donde Caín se había exiliado tras haber acabado con su hermano. No me acostumbraba a pisar estas tierras secas, cuarteadas, sedientas, tan diferentes a los fangosos suelos de los alrededores de mi casa en Saint Ive, pero no echaba nada de menos mi pueblo.

La mayoría de quienes estaban en aquel campamento eran prisioneros de guerra, pero las autoridades británicas decían que estaban allí por su propia voluntad. ¿Se puede ser más cínico?

Dos días después intenté llegar hasta Kimberley, ya en la colonia del Cabo, pero como se libraban batallas demasiado cerca, me retuvieron en una estación de la que ya no recuerdo el nombre. Dormí en el suelo de la sala de espera. A medianoche, un ferroviario me descubrió allí tirada y me propuso que lo acompañara hasta un coche cama. Me enterneció ver cómo lo había preparado todo para mí. En cuanto me quedé sola, comencé a llorar. Siempre encontraba algún santo en mi camino.

Al día siguiente aún tuve que esperar bastantes horas en medio de la nada. Cuando por fin el convoy arrancó, pude ver desde él una larga sucesión de trincheras y tumbas. Esperaba que, en cualquier momento, dispararan contra el tren.

En el campamento de Kimberley, su comandante había hecho dejación de cualquier responsabilidad que le compitiera. Su pereza se traslucía también en su desaliñada apariencia. Además, se mostraba indiferente a todo. Allí los niños morían por el sarampión y la tos ferina. A todos los habían capturado en sus granjas. Había hasta un bebé de diecisiete días que ya había nacido allí. Cuando me lo mostraron pensé en una pequeña flor blanca. Siempre pensaba en flores ante los niños.

Pasé unos días recuperándome de todo lo que viví en aquel campo en el hotel Reina. Cuando volví al campamento me dijeron que siete pequeños más habían muerto. No dejaba de llover y el agua se filtraba en las tiendas. La carne se llenaba de gusanos, y cuando las madres se quejaron, les dijeron que pedirían que no enviaran más. Que comieran solo harina.

De regreso, en la estación vi a muchas mujeres y niños sentados en vagones de mercancías. Me contaron que llevaban allí dos días. Ese fue el momento en el que pensé que todos mis ingentes esfuerzos eran solo parches; mitigaba en algo el dolor de estas gentes, pero quería hacer algo más. La mayor prueba que podía esgrimir ante el Gobierno británico eran los datos, y entre ellos el peor: la alta tasa de mortalidad.

Comencé a redactar mi informe para enviárselo a Brodrick, el secretario de Estado para la Guerra. Sabía que me había acusado de que mis acciones solo contribuían a prolongar aquella contienda, pero me daba igual. También quería enviarles una versión reducida de mi escrito a los miembros del Parlamento.

Tenía ataques de ira cada vez que oía a uno de nuestros politicastros decir que las mujeres bóeres estaban en estos campamentos infaustos porque querían, que se refugiaban allí huyendo de los negros, que quedaban de esta manera bajo la protección del Gobierno de Su Majestad.

Cuando llegué a Ciudad del Cabo a principios de mayo, hacía seis días que no me había lavado. Seguía sin noticias de la Comisión Fawcett.

Pasé mi cuadragésimo primer cumpleaños en aquel lugar al que llamaban el Dique de las Lágrimas. ¿Se contendrán alguna vez? ¿O los sufrimientos de este pueblo no tendrán fin? No sé lo que nos deparará el mañana, eso solo Dios Nuestro Señor lo sabe, pero por lo que a mí respecta no me voy a rendir. No me voy a rendir. No me voy a rendir nunca, me digan lo que me digan. Solo me callará la muerte.

SHAYNA ORLIENS

—

Lourenço Marques, Mozambique, mayo de 1901

Cuando Darrell y yo éramos niños solíamos recorrer los senderos que arrancaban de Pembroke Vale, en Bristol; recogíamos renacuajos de una pequeña balsa que tenía los bordes cubiertos de musgo, y después los criábamos en tanques de cristal hasta que se convertían en ranas. Darrell conocía todas las plantas y me daba a probar frutos silvestres en los que yo nunca hubiera reparado. Qué lejos habían quedado aquellas aventuras infantiles. Aún tengo guardados los cuadernos con hojas de árboles, dibujos y anotaciones sobre las andanzas que compartimos.

Nuestra madre murió cuando yo tenía nueve años y Darrell once. Se cayó de un balcón cuya base cedió. Fue en una casa donde nos disponíamos a veranear y sucedió nada más llegar. Mi hermano y yo habíamos subido hasta la planta más alta en cuanto pusimos un pie en aquella residencia. Nos gustaban los desvanes, las buhardillas, los tejados. Buscar tesoros era nuestro juego preferido. Vimos que allí había por lo menos una decena de arcones. Decidimos que, sin que nadie lo supiera, cada tres días abriríamos uno. Aquel sería nuestro entretenimiento, además de explorar los parajes cercanos. Mientras hacíamos este pacto, oímos un estruendo y el grito casi inmediato de Donna, una de nuestras criadas. Bajamos hasta la calle en pocos segundos; al atravesar la puerta, intentaron cogernos para que no viéramos a nuestra madre en el suelo. Comencé a temblar y Darrell me abrazó. Durante años he maldecido la piedra contra la que chocó la cabeza de mi madre. Miles de veces me repetí que había sido una cuestión de mala suerte. El resto del terreno alrededor de aquel saliente estaba muy despejado, pero tuvo que caer allí y tuvo que desfondarse aquel balcón. Me devané los sesos pensando en si su muerte hubiera podido evitarse. Si Darrell y yo no hubiéramos corrido al desván enseguida, si no hubiera abierto aquella puerta... Cada vez las escenas hipotéticas, las otras posibilidades, se ampliaban más: si mi padre no hubiera conocido al hombre que le alquiló aquella casa, si alguno de nosotros hubiera enfermado, si esto nos hubiese obligado a permanecer en Bristol, si... «Las alternativas son infinitas», me decía, y esto, lejos de consolarme, me descorazonaba. Sentía, a pesar de mi corta edad, que estaba a punto de volverme loca.

El regreso a Bristol fue uno de los peores recuerdos de mi infancia. Mientras la comitiva entraba en nuestra casa de Pembroke Vale, me quedé en el jardín. En uno de los brazos metálicos del toldo de la terraza, vi un pájaro negro atrapado. Casi a punto de tocar sus plumas, me di cuenta de que estaba muerto. Tenía los ojos apagados y el pico abierto. Imaginé lo atroz que había sido su agonía con el cuello aprisionado entre aquellas dos barras de hierro. Lo saqué de allí y lo lancé al aire, como si esperara que remontara milagrosamente el vuelo. Cayó abatido sobre la hierba. Supe que aquel pájaro era la señal que me indicaba el color de los años venideros. Estaba segura de que, antes de marcharnos, el ave ya estaba allí y que su último graznido lo lanzó en el mismo momento en que mi madre se precipitó desde el balcón.

Creo que tampoco fue casual que el refugio que elegimos Darrell y yo para nuestros juegos, a partir de entonces, fuera una casa en ruinas; tampoco que él no dejara de dibujar otros paisajes que lo único que tenían en común era que se hallaban muy lejos. Sin embargo, aquel tiempo funesto nos unió para siempre.

Nunca tuvimos noticias de nuestras tías, las dos hermanas de mi madre, algo que Darrell y yo agradecimos porque su carácter desagradable nos espantaba. «Espero que no caigamos en sus garras», repetía mi hermano. Mi padre cada vez se quedaba más tiempo en la India para atender sus negocios madereros. Entonces no supe ver con la suficiente antelación que Darrell necesitaba escapar de aquella tristeza, del silencio continuo de los empleados domésticos, los únicos adultos que nos rodeaban.

Nuestra desazón compartida solo duró dos años, hasta que él ingresó en la escuela militar. Su ausencia me mostró la verdadera dimensión del amor que sentía por él. Me enviaron a un internado muy cercano. Durante los primeros meses le escribí a diario. No tener que cambiar de ciudad lo viví como un alivio, como si permanecer allí supusiera que en cualquier momento podía volver al pasado.

No tuve ninguna mala experiencia, aunque sucedieron cosas muy estrambóticas, como que una compañera de mi misma edad dio a luz cuando teníamos catorce años, a pesar de que no había ningún varón por los alrededores. Después supe que se escapaba por las noches.

La directora tenía un tití que le habían llevado desde América. A mitad del pasillo, había incrustado un palo desde el que el animal nos observaba. Cada vez que una niña o una jovencita se acercaba a él, el tití, a su manera, expresaba su opinión. Todas sabíamos quiénes eran sus preferidas y también aquellas a las que no soportaba. Cuando yo pasaba, inclinaba la cabeza a un lado y me miraba con sus ojos negros como dos botones de baquelita. En silencio. Estaba segura de que hasta a él le daba lástima.

Cuando cumplí dieciséis años, mi padre me animó a matricularme en el Somerville College, la institución que pertenecía a la Universidad de Oxford. Se me saltaron las lágrimas porque aquella propuesta me hizo ver lo mucho que confiaba en mí; a pesar de eso, le dije que no podía aceptar, que había sacado adelante mis estudios obligada a ello, pero que solo me gustaban los libros inventados, que había conocido en toda su profundidad el hastío frente a las figuras geométricas, las fórmulas químicas, las operaciones matemáticas y demás muestras esdrújulas del conocimiento humano. Su única respuesta fue una sonrisa. No le confesé que, después de aquel tiempo alejada de nuestro hogar, solo quería dedicarme a vigilar el jardín para que ningún pájaro se quedara apresado, compartir con él todas las horas que fuera posible, por si moría pronto o se marchaba con mucha frecuencia a la India, y evitar que nadie nunca más volviera a caerse desde un balcón. Junto con la lectura sin más pausas que las necesarias para aquellos quehaceres, esas eran todas mis aspiraciones. Apuntaban en una única dirección: ser feliz, y esto lo conseguí relativamente, primero sola y después con Fiz.

A mi marido lo conocí a través del administrador de las propiedades de la familia. Este hombre llevaba también la contabilidad de la fábrica de la familia Reyer. Una mañana de sábado fui a la oficina de mi padre y allí estaba quien sería mi esposo. Nos sonreímos, nos presentaron, me saludó de una forma muy cortés, comenzamos a frecuentarnos... Todo fue muy natural antes y después de casarnos, una historia muy normal y corriente, sin pasión, pero también sin sobresaltos, hasta que sucedió lo del Baile de los Anfibios.

FIZ REYER

Benarés, India, mayo de 1901

Kiran ha sido la luz que me ha guiado de vuelta a este mundo. En sus ojos leí que aún no era el momento de marchar. Él me ha atado a lo terrenal, a lo que existe, a lo que es, más allá del estado letárgico en el que estaba sumido. Ahora sé que no fue solo la morfina lo que me dejó postrado durante tantos días; también contraje una fiebre que las medidas desinfectantes e higiénicas de Kiran me curaron. Le debo la vida. Quiero ponerme en sus manos, que él decida por mí. Cuando deba unirme al universo, lo haré, pero no antes. No atenderé a mi voluntad, sino a los designios superiores de los dioses y de los hombres que tienen comunicación con ellos.

Sentado en mi cama, Kiran me ha leído muchas historias durante estos días, incluso antes de que despertara. Sus relatos han resultado medicinales; sus palabras me han proporcionado una calma inédita, la sensación de que todo estaba en orden, por fin, dentro de mí.

Mientras pasaba, una tras otra, las páginas de un libro traducido al inglés que hablaba de una serpiente llena de perlas, cerré los ojos para reflexionar sobre lo que describía aquella historia respecto a la codicia de los hombres y a las traiciones. Lo asocié a otros tipos de perfidia y al sufrimiento. No soportaba que me inundaran esas ideas. Sentí que recaía. Sufrí un dolor físico muy intenso que, aunque procedía de mi mente, se extendía por mi cuerpo. Me quedé inmóvil a la espera de que se disipara. Kiran me creyó dormido; se inclinó sobre mí y me besó en los labios. Dejó los suyos sobre los míos durante unos instantes, los suficientes para que yo notara cómo se dispersaba mi angustia, cómo de nuevo la energía regresaba a mí. Después, yacimos. Kiran es ahora mi dios, y yo, su adorador. Sé que si lo confundí con un sirviente fue porque es el sirviente de Shiva, la máxima deidad.

SHAYNA ORLIENS

—

Lourenço Marques, Mozambique, mayo de 1901

A media mañana, mientras Darrell se bañaba, aproveché para bajar de nuevo al taller de Denys. Esta vez rompí uno de los vidrios de la entrada para maniobrar con el picaporte, como si tuviera alguna importancia utilizar aquella puerta en vez de la trasera. Nada más entrar, miré en el cajón donde había descubierto los documentos militares y comprobé que no quedaba nada dentro. Después subí a la primera planta y encontré su cama intacta y las puertas del armario del pasillo abiertas; faltaba el traje que llevaba cuando paseamos por la ciudad.

De regreso a la quinta, hablé con Andiara.

—Mi hermano se quedará unos días. Espero que sean muchos —le dije en la lengua a mitad de camino entre el portugués y el inglés en la que conseguíamos comunicarnos. A continuación añadí—: El señor Calder no está en su taller.

—Habrá ido a entregar algún encargo. Ya volverá —me dijo Andiara sin darle mayor importancia, y quise creerla con todas mis fuerzas.

«Ya volverá», me repetí varias veces. Entonces Darrell bajó la escalera vestido de paisano.

—Vamos a dar un paseo —me propuso—. Así, tal vez

cuando regresemos, tu sirvienta haya dejado ya de levantar tanto polvo. No sé si esta higiene extrema es buena para la salud —bromeó.

Miré a mi alrededor y me vi en un jardín muy similar a aquel como la niña sin madre que fui. De nuevo había pasado la mañana con un libro en las manos. Leer era mi forma de evadirme, de escapar del peso continuo de mi orfandad.

Darrell y yo preferíamos por encima de todos los demás autores a Walter Scott; le recordé cómo comentábamos con avidez sus historias sobre Ivanhoe, Waverley, Rob Roy y Quentin Durward, quitándonos la palabra de la boca. Incluso le pedíamos continuamente a nuestro padre que nos llevara a visitar el monumento a Scott en Edimburgo. Escocia. Su significado había cambiado para mí desde que conocí a Denys. Ahora ya era una geografía íntima, algo más parecido a un órgano de mi cuerpo que a un lugar.

—Darrell, creo que trasladaste a tu vida aquellos relatos de Walter Scott; necesitabas correr riesgos, ponerte a prueba, mientras que yo me conformaba con vivir esas aventuras en los libros y que en mi existencia no se repitiera una desgracia como la que le sucedió a nuestra madre. No quiero ni pensar que tienes que volver a la guerra, ¿para qué?, ¿para que te...? —Quería librarme de la desazón que aquello me producía, de la imposibilidad de no descansar nunca del todo, de tener la mente inundada de imágenes de fogonazos, de miembros mutilados, de hospitales de campaña insalubres, de gritos. Y sumado a todo aquello estaba la inquietante ausencia de Denys. Algo me decía que, ni siquiera cuando se marchara Darrell, regresaría.

Mi hermano me abrazó. Saqué un pañuelo del bolsillo, pero las lágrimas no me brotaban, tal vez porque había comenzado a convertirme en una de las esculturas de Denys o porque no quería llorar delante de Darrell.

No me dijo nada y con aquello entendí que se hacía cargo de mi sufrimiento. Teníamos la conversación aún pendiente.

De este repaso de desgracias a la luz de la más reciente, extraje una conclusión: que lo sucedido con Fiz era lo menos grave, lo que menos me importaba en aquel momento, como si todo lo relativo a él ya se hubiera empezado a difuminar.

Lo que más había contribuido a ello, además de Denys, era la sensación que me embargó casi desde el primer momento: confirmar que había estado casada con un extraño. Por tanto, el luto por quien creía que era mi marido había sido real. Ese compañero bondadoso, preocupado por mí, atento... se había disuelto en cuanto entró en escena el verdadero Fiz y borró al otro.

Recorrimos el jardín Vasco da Gama tras atravesar su puerta: un arco blanco, ligero, de estilo manuelino, ese arte que combina el gótico con el neoclásico y algunos detalles arabescos.

Solo había otros dos lugares así en el mundo, según me dijo Darrell: un vergel similar a aquel lo disfrutaba el sultán de Turquía y otro el rey de Grecia. Eran obra del mismo arquitecto.

Agradecí aquel refugio del calor tropical entre flores exóticas, dracenas y palmeras. Me sentí muy serena.

Mi hermano se detuvo junto a un estanque. En él los peces rojos parecían manchas de fuego. Agitó la mano en el agua y entonces vi de nuevo al mismo niño travieso con el que había compartido mi infancia.

Pasamos por la Casa de Ferro. Era uno de los edificios más famosos de la capital. La habían construido en una forja de Bélgica y llevado hasta allí en piezas que ensamblaron para elevar sus tres plantas de estilo victoriano.

Después nos dirigimos al mercado, bajo sus arcos se hablaba en portugués, pero también en distintas lenguas bantúes, como el tsonga y el suajili, que identificaban a quienes procedían de otras regiones. Había muchos chinos e indios cruzando el corazón de aquella ciudad tan cosmopolita. De su entramado de puestos emanaba un aroma penetrante en el que destacaban la canela, el jengibre y el pescado fresco.

Darrell compró un paquete de anacardos tostados y salados y me los ofreció con una sonrisa, como si fuera un hallazgo inesperado.

Al salir, avanzamos hasta la Praça 7 de Março, con su fuente de mármol en el centro y unos bancos de madera muy desgastados. Nos sentamos en uno de ellos, a la sombra de una acacia. Lo mejor de aquellos instantes era la despreocupación, cómo nos dejábamos mecer en la sensación de que aquello era todo. Cuando se cansó de estar allí, mi hermano me apretó la mano levemente para indicarme que nos levantáramos.

Ya de vuelta en la quinta, me costó elegir un lugar dentro de la casa donde mantener la conversación que teníamos pendiente y con la que no quisimos romper el hechizo que supuso el paseo. Al final, me decidí por la mesa redonda que había delante del ventanal; era el mismo lugar donde había cenado con Denys la primera noche. Pensé que allí lo notaría más cerca. Enseguida sentí un escalofrío porque aquella forma de invocarlo me llevó a pensar que lo hacía como si estuviera muerto.

Antes de que Darrell continuara con la indagación sobre Fiz le pregunté:

—¿Por qué no continúas con los negocios de nuestro padre?

—No me gusta mandar ni encargar nada. Es una cuestión de carácter.

—Pero tanto riesgo...

—Vale la pena, te lo aseguro —me respondió.

Pensé en la tristeza que me embargaría para siempre si él muriera.

—¿Y cómo se le ocurrió a Fiz asistir a aquella mascarada?

Me encogí de hombros. El tema había comenzado a cansarme antes siquiera de comenzar.

—¿Desapareció aquella misma noche? ¿Lo relacionas con eso?

—No desapareció aquella misma noche, sino que aún estuvo unos días más en nuestra casa, pero a mí me dio igual. Ya no consideré que se tratara de la misma persona. Darrell, ¿has entendido lo que te he dicho? A aquella fiesta asistieron muchos jovencitos, se encargaban de satisfacer...

—¿Por qué estaba tu marido allí? —insistió como si no le hubiera quedado claro con nuestra conversación anterior.

Esto me ratificó en mi convencimiento de que, respecto a las apetencias sexuales de Fiz, mi hermano había vivido tan engañado como yo.

—Nunca deseó estar conmigo, Darrell. Yo no podía satisfacerlo. Tenía amantes... —después de una pausa añadí—: hombres.

—¡Eso es imposible! —dijo como si negándolo con tanta energía, pudiera no haber sucedido.

—Te aseguro que es cierto, yo no me inventaría algo así. Aquella mascarada, como tú llamas al Baile de los Anfibios, fue en realidad un desenmascaramiento. Pregúntale a nuestro padre cuánto ha sufrido también por esta situación. Le dejaron de hablar algunas de las personas a las que más estimaba. ¿Crees que ha pasado tanto tiempo en Bengala por casualidad? Es comprensible que él también quiera huir.

—Pero, Shayna..., que no me dijeras nada.

—Entiende que hay cosas tan delicadas que no se pueden contar por carta. Esperaba que llegara una ocasión como esta. Si hubieras leído la lista de asistentes a aquella fiesta que publicó la Policía, aún lo creerías menos. Eso sí, en unos pocos días todo cesó; los periódicos hicieron como si nunca hubiera sucedido. Yo también he sido... agraviada —añadí. No quería darle lástima a Darrell, pero necesitaba que se hiciera cargo de mi situación—. No he querido mantener la farsa, como la mayoría de las esposas que han contribuido a extender el rumor de que no había nada de cierto en todo aquello, que eran intrigas políticas orquestadas para desprestigiar a sus maridos y alejarlos de los círculos de poder. No quieren por nada del mundo renunciar a su estatus, a sus privilegios. Cada uno sabrá lo que pasa bajo su techo.

»Yo supe que todo había sucedido tal como contaba la prensa en cuanto tuve a Fiz delante. No eran invenciones, patrañas, calumnias, como han dicho. Además, a las otras esposas nadie las acusó de asesinato porque sus cónyuges seguían a su lado como si nada. Aquello no era una novedad porque entre ellos, entre aquellos matrimonios nunca pasaba nada, solo mantenían las formas, la fachada. Sin duda, yo estoy mejor aquí, en Lourenço Marques —concluí—. Mucho mejor que con alguien tan falso que convirtió mi vida entera en una mentira.

KARAMCHAND

Johannesburgo, región del Transvaal, junio de 1901

Karamchand se ajustó sus gafas redondas y descendió por la calle polvorienta hacia el centro de la ciudad hasta que vio a una multitud de trabajadores que se agolpaba frente a una imprenta. Era el mismo lugar donde, cada día, supervisaba la publicación de folletos y demás comunicados en inglés, guyaratí, urdu, algunos dialectos del hindi y zulú, según fuera el contenido.

Aquellas pequeñas hojas constituían el material incandescente de su lucha. Eran las mismas que redactaba a la luz de una lámpara de aceite para denunciar las injusticias cometidas contra los trabajadores indios y africanos en las minas y en los campos. Aquella labor, minuciosa y agotadora, lo había transformado. Ya no era el joven que vivía en Bombay, ni el estudiante deslumbrado por las luces de Londres; entonces, su proyecto de sociedad ideal le habitaba el pecho y aquel calor se extendía hacia sus brazos y sus palabras.

Los tipógrafos se detuvieron al verlo entrar. Apreciaban a aquel hombre de baja estatura y mirada tranquila que, sin embargo, emanaba una fuerza inusual. Los días en que ayudaba a componer las piezas de plomo sobre la prensa y se manchaba de tinta se habían vuelto una rutina agradable porque los unía a todos en el mismo mensaje. Cada letra constituía un paso más en el largo camino que era necesario recorrer para conseguir que la discriminación y la explotación de sus semejantes quedara atrás. Para él era muy importante la claridad, que su credo fuera entendido y se compartiera.

Tras permanecer aproximadamente una hora allí, decidió volver a su hogar en una casa de ladrillo a las afueras. No era una construcción precaria como tantas otras.

Se cruzó con bastantes hombres que regresaban de las minas. Los vio exhaustos, con el rostro marcado por el polvo y la desesperanza. Había pasado años entre ellos, escuchando sus historias de abusos y privaciones, compartiendo su pan y su dolor. Johannesburgo se había convertido en su campo de batalla, un lugar que lo había modelado hasta convertirlo en el Karamchand de entonces. Alguien dispuesto a enfrentarse a todo un imperio con la única arma que consideraba justa: la verdad.

Unas horas después Karamchand asistía, sentado junto a la ventana, al espectáculo del crepúsculo sobre Johannesburgo. Al observar cómo se doraba la ciudad, sentía una extraña sensación de desapego, de distancia. Podía oler las frutas de los árboles de la calle. Llevaba dos días sin comer, aunque curiosamente no sentía hambre: la práctica del ayuno funcionaba, se sentía más ligero y lúcido.

Pensó en las innumerables personas (porque cada día eran más) que habitaban las casas de adobe y madera que había visto durante su recorrido de la mañana. Observó desde allí a varios niños desarrapados correr alrededor de sus madres mientras ellas barrían los umbrales con escobas de paja. Sabía que, aunque todas esas vidas fueran tan diferentes a la suya, estaban conectadas por el mismo destino de lucha y resistencia.

Levantó la vista hacia el horizonte, en dirección a las

minas de oro de Langlaagte, a tres millas al oeste, donde se encontraba el asentamiento de Campo de Ferreira. Su resplandor tramposo había atrapado a muchos. Para él, el metal maldito no representaba nada más que la concreción de una codicia insaciable, la misma codicia que alimentaba la violencia y la injusticia que sufrían sus compatriotas. No solo sentía así a los indios con los que había llegado a Sudáfrica. Para Karamchand, todos los hombres del mundo eran sus compatriotas. Así lo había leído en el libro de Tolstói, *El reino de Dios está en vosotros*, donde se afirmaba que ningún Estado podía justificar la guerra y que el amor debía estar por encima de cualquier ley humana.

Solo cuando la oscuridad lo rodeó por completo volvió a la realidad. Encendió la lámpara de aceite. No podía quedarse a oscuras esa noche. Tenía demasiadas cosas que hacer antes de su partida a Londres. El tiempo pasaba antes de que fuera consciente de ello: veloz, inalcanzable, escurridizo. No se le ocurría otra manera más certera de expresarlo.

EMILY HOBHOUSE

—

Londres, junio de 1901

En aquel ir y venir por el Atlántico en que se había convertido mi vida, tras el tiempo pasado en el sur de África visitando los campos de los prisioneros bóeres y después de haber vivido aquel encontronazo con la señorita Fawcett, de nuevo en Londres, me uní al comité de conciliación.

No lo hice por estar a su altura, respaldada por un organismo poderoso, sino que se debió a que mi compromiso con la causa pacifista fue inmediato, total.

Leonard Courtney, quien había sido portavoz adjunto de la Cámara de los Comunes, me propuso como secretaria de las mujeres del comité. Para mí era, más que una labor, una misión. El comité serviría a aquellos que más sufrían: los desprotegidos, los olvidados, los niños y las mujeres atrapados entre el fuego cruzado de una guerra ajena.

Courtney sabía de mi trayectoria en varias organizaciones de caridad y de mi desilusión con Millicent Fawcett. Cuando me dio esta oportunidad, no lo dudé. Inmediatamente fundé el Fondo de Aflicción para los niños y las mujeres sudafricanos. Mi querido primo Stephen me animó a dar este paso. Él, mi hermano Leonard y yo compartíamos la misma aversión por cualquier forma de violencia. Lo más valioso para nosotros era la vida humana, un principio inquebrantable que Stephen reforzó tras leer *El reino de Dios está en vosotros*, el célebre ensayo de Tolstói prohibido en Rusia, pero publicado en Alemania, donde su crítica a la guerra y su llamada a una fe incondicional en las enseñanzas de Cristo resonaron profundamente.

A lo largo de esos primeros meses me fui sumergiendo cada vez más en la causa. Con el apoyo de Leonard y Stephen, las reuniones del comité se convirtieron en el centro de mi vida. Mis tíos me ayudaron a trasladarme a un piso en Chelsea, donde me instalé con Alice Sorabji, una joven estudiante india de Medicina a cuyos padres mis tíos conocían desde hacía décadas. Alice y yo nos apoyábamos mutuamente en todo: desde compartir nuestros sueños y frustraciones hasta hervir varias veces las mismas hojas de té para ahorrar los pocos peniques que nos quedaban.

Pese a la precariedad en la que vivía, continué escondiéndole a mi tía Mary mi situación. La quise todavía más, si es que eso era posible, cuando me comunicó que le había escrito a Joseph Chamberlain, el secretario de Estado para las Colonias, para que diera su visto bueno a nuestra organización. Gracias a su intervención, el comité obtuvo reconocimiento oficial y pronto comenzaron a llegar las primeras adhesiones. En poco más de un mes, Alice y yo habíamos recibido en nuestro piso más de cuatrocientas cartas de apoyo. Nos sentíamos imbatibles.

Pero la realidad nos golpeó con una violencia inesperada. Una mañana al salir de casa, descubrimos que alguien había escrito en el pavimento frente a nuestro edificio: «Traidoras». Los nombres de los líderes bóeres estaban allí, junto a esa palabra que nos acusaba de estar del lado enemigo. Sabíamos que los jingoístas estaban detrás de aquello. El lema «Siempre mi país antes que ningún otro, tenga razón o no» resonaba en sus consignas, y no había espacio para la neutralidad ni la compasión en su visión bélica de cualquier acontecimiento en el que se viera involucrada Gran Bretaña con un país extranjero.

Intentamos no dejarnos intimidar. Alice y yo, junto con el comité, planificamos un evento en el Queen's Hall, donde queríamos reunir a miles de personas para exponer nuestra postura: la paz por encima de todo, la ayuda humanitaria para los afectados, sin distinción de bandos. Nos parecía esencial hacer frente a las acusaciones. El salón de Chelsea se transformó en un hervidero de actividad. Hacíamos planes, escribíamos discursos, preparábamos invitaciones. Mi corazón palpitaba con la certeza de que, pasara lo que pasara, el bien prevalecería.

Pero el destino tenía otros planes. Unos días antes del evento nos notificaron que ya no podíamos contar con el Queen's Hall. No nos dieron ninguna explicación, simplemente retiraron nuestra reserva y tampoco nos devolvieron el dinero que había adelantado a cuenta. Todo un descalabro. Aquel primer golpe no llegó solo, sino que desencadenó una serie de negativas. Una tras otra, muchas puertas comenzaron a cerrarse ante Alice, ante el resto de los miembros del comité y, por supuesto y sobre todo, ante mí.

Nuestros contactos políticos, antes tan entusiastas, nos esquivaban, y el respaldo que creíamos asegurado se hizo humo. Era evidente que los poderosos nos veían como una amenaza.

Sentí una mezcla de rabia y de frustración. Y miedo a las represalias por habernos significado tanto (una cosa era ayudar a los nuestros, pero otra muy distinta a los adversarios, aunque se tratara de niños indefensos).

Sin embargo, ni Alice ni yo estábamos dispuestas a rendirnos. Seguimos adelante, buscando nuevas maneras de financiar nuestro trabajo. Cada rechazo nos hacía más fuertes, más tercas. Incluso cuando los insultos en las calles comenzaron a ser más frecuentes, no dimos un solo paso atrás. Sabíamos que el Señor y la razón estaban de nuestro lado. Creíamos, con la misma fuerza con la que Tolstói escribía sobre la imposibilidad de reconciliar la guerra con las enseñanzas de Cristo, que nuestro esfuerzo acercaría la paz.

Pero una noche, mientras el viento de Chelsea soplaba con tal furia que hacía pensar en fantasmas desencadenados o desatados, supe que no sería suficiente. Miré a Alice y la vi igual de cansada que yo. Me di cuenta de que la batalla que estábamos librando no era solo contra el conflicto bélico, sino contra una sociedad entera dispuesta a sacrificar la vida humana en nombre de la expansión imperialista. Las puertas del Queen's Hall cerradas, la palabra «Traidoras» frente a nuestra casa y el silencio de nuestros antiguos aliados me dejaron claro que nuestro camino sería más largo y solitario de lo que había previsto, pero no conocía otro, era el único, se trataba del camino hacia la paz.

Esa noche herví también por cuarta vez las mismas hojas de té.

Para empeorar la situación y mi ánimo, mi tía Mary me preguntó una mañana qué me había sucedido en realidad con Caro, y me vi forzada a mentir, a justificarme, a recordar que nunca debimos prometernos. Esa mentira, aunque se tratara de una mínima traición, dejó una grieta en mi interior.

SHAYNA ORLIENS

—

Lourenço Marques, Mozambique, junio de 1901

Un día que recorrí la ciudad con Darrell, no pude dejar de pensar ni durante un solo momento en mi paseo con Denys por los mismos lugares.

Nos detuvimos bastante tiempo en el puerto. Las maniobras de los buques y el trasiego de pasajeros eran un espectáculo continuo en la bahía de Delagoa, un punto clave en la ruta marítima entre Europa y el Lejano Oriente, lo que la convertía en uno de los centros de comercio más importantes en ese momento y, como me señaló Darrell, mucho más desde que había comenzado la guerra. Había indios, chinos, británicos, blancos, negros... Todas las sangres estaban allí. Y, además, estaba Candil. Se lo presenté a mi hermano, quien me dijo que me relacionaba con lo más granado de la sociedad. Yo asentí mientras le sonreía.

Después caminamos bajo los mangos por la amplia avenida central con sus mansiones coloniales que competían en esplendor. La mayoría eran de estilo neoclásico, cada una con un jardín que estaba bastante mejor cuidado que el de mi quinta. En aquellas elegantes villas vivía la élite portuguesa.

Entramos en la iglesia de São José con su alta torre coronada por un pináculo igual que los de la nave. Estos conos se veían desde todos los lugares de la capital, igual que la cruz, arriba del todo, símbolo del poder imperial y católico que tenía su centro en Lisboa.

Allí dentro, apenas iluminada por la luz que se filtraba a través de las vidrieras que recordaban lejanamente al gótico europeo, recé por Denys y por Darrell. Si ellos estaban bien, yo estaría bien. No necesitaba más.

Mi hermano recorrió mientras tanto las capillas laterales. Cuando salimos a la calle, me propuso que nos acercáramos hasta las obras de la estación de tren; querían conectar la zona de la bahía con el interior de aquella región, es decir, el mar con las minas de oro y diamantes.

Cuando volvimos a la quinta, encontramos debajo de la puerta un telegrama y una carta.

—¡Son de nuestro padre! —grité.

Leí en primer lugar el telegrama:

AL REGRESO DE BENGALA HE ENCONTRADO TU CARTA STOP NO TENGO NADA QUE PERDONARTE STOP HIJA NECESITO VERTE STOP ¿VIENES A LONDRES O VOY YO A MOZAMBIQUE? STOP LEE MI CARTA STOP CONTESTA RÁPIDO STOP

Miré su nombre, la dirección, el texto pegado en varias tiras de papel sobre el impreso de la oficina de correos y telégrafos, el número escrito a mano, el sello con la fecha de aquella misma mañana. Solo Donna, nuestra criada, tenía mi dirección por si sucedía alguna emergencia relacionada con mi padre. No me cabía ninguna duda de que era ella quien se la había facilitado.

—¿Qué le respondo?

—Le escribiremos los dos. Eso le alegrará.

—Lee ahora su carta —me pidió Darrell.

Estimada hija:

A las siete y media de la tarde del 17 de mayo, dos agentes de Scotland Yard vinieron hasta nuestro tranquilo barrio de Clifton Village.

Miré la fecha. Había pasado ya casi un mes. Ese era el tiempo aproximado que tardaba una misiva en llegar desde Londres hasta el sur de África. Tragué saliva para poder continuar.

Donna me avisó enseguida. Entraron en nuestro salón un inspector y su ayudante. En cuanto los tuve enfrente, me preguntaron si eras mi hija. No consideré necesario aclararles que desde que te casaste ya no vivías conmigo. Les pregunté si te había ocurrido algo. El inspector me mostró la orden de detención contra ti. «Se le acusa del asesinato de su marido, Fiz Reyer», me dijo.

No dejé de repetirles que todo era un error, que tú, hija, eras incapaz de matar a nadie, que no lo dudarían si te conocieran. «Eso esperamos: conocerla pronto —me respondió el ayudante—. Para eso estamos aquí. Llámela, que baje», me ordenó de malos modos. Tuve que decirles que no estabas conmigo, solo eso, y que yo había permanecido casi todo aquel tiempo en Bengala. «¿Nos está diciendo que huyó?», me preguntó el inspector. Les respondí que solo queríais cambiar de aires después del escándalo de aquel baile. Al utilizar el plural, el inspector quiso saber enseguida a quién me refería. Dije muy sereno que a mi hija y a mi yerno. Añadí también que todo este asunto nos había afectado mucho, que había repercutido sobre todo en nuestra consideración, en nuestra honorabilidad. Les comenté además que agradecía que mis negocios estuvieran en la India, pero que, aun así, en las importaciones se miraba mucho el nombre de quien traía las mercancías. Les insistí en que queríamos olvidar este asunto cuanto antes.

Me respondió muy malhumorado que era todo muy oportuno. Hija, no tuve más remedio que firmar la recepción de aquella orden. Sentí mi brazo muy pesado al empuñar la estilográfica, como si con aquel gesto izara la cuerda de la horca. Tenemos que buscar un buen abogado que te saque de esta.

Le he escrito a Darrell. No soporto el dolor que me produce saber que estáis los dos en peligro. Quiero que pase esta pesadilla y que nos reunamos aquí en Londres pronto.

Recibe mientras tanto todo el afecto de tu padre,

HOWARD ORLIENS

Le escribimos entre los dos unas cuantas cuartillas y nos retiramos después a nuestras habitaciones. Yo no podía dormir: los crujidos de la madera en distintas zonas de la casa me lo impedían. Desde la ventana veía el jardín iluminado por partes. No me pareció posible que hasta allí llegara la luz del faro de la isla de los Portugueses.

El sol apenas había comenzado a aparecer y Darrell ya disfrutaba de un café ante el jardín silvestre de la quinta. Era una imagen extraña, ajena, como si mi hermano estuviera ya en otro lugar, a medio camino entre la casa y el frente de batalla. Sus ojos tenían una mirada distante. Durante unos segundos, antes de que se diera cuenta de que estaba allí, en la penumbra, observé su perfil para grabarme en la memoria cada línea de su rostro; el gesto, casi solemne, con el que sostenía la taza.

Al sentir mi presencia me dedicó una sonrisa breve, distraída, y me preguntó cómo había dormido. Le respondí con la misma corrección, era como si quisiéramos mantener una cierta cautela, en vez de pronunciar palabras demasiado afectuosas. Tal vez fuera nuestra forma de protegernos ante la inminente separación que nos aguardaba. Como si temiéramos que cualquier frase demasiado sentida provocara el desbordamiento de nuestras emociones.

—Yo he dormido como si estuviera en el cielo —me dijo.

Torcí el gesto y aparté la mirada, porque no me gustó nada aquella forma de expresarlo. Me levanté para recoger la vajilla y lo dejé solo.

Después me marché a la oficina de correos. Allí, desde el mostrador, un empleado me hizo un gesto para que me acercara.

Después de franquearla, le dije:

—Quiero enviar también el siguiente telegrama.

Aquel hombre tomó enseguida el lápiz.

LO VISITARÉ ESTE VERANO STOP PASARÉ UNOS DÍAS EN LONDRES DE CAMINO A ESCOCIA STOP CONFIRMARÉ FECHA MÁS ADELANTE STOP

Escribí como si no tuviera noticia de la orden de detención. Comprometerme a estar con mi padre en unos meses me daba un margen de tiempo; además, así evitaba que él se presentara en Lourenço Marques. Respecto a la estancia en la tierra de Denys, era uno de mis mayores deseos, solo eso. Quería ir allí, pero con él. Visitar el lugar del que me había hablado: el fiordo de Moray, la entrada en el mar del Norte, donde se juntaban las aguas de los ríos Ness, Findhorn y Spey. Mientras pensaba en esto, sentía su tacto, su pecho sobre mí...

—Para su señor padre —dijo el empleado de correos.

No supe de quién ni desde dónde me llegaba aquella frase hasta que miré a mi alrededor.

—Sí, su astucia es proverbial —le dije.

—No lo sabe usted bien —me respondió enseguida, mientras me tendía la mano por encima del mostrador—. Natario Chafariz, para servirla.

Le sonreí y le estreché la mano con un gesto breve, esquivo. Después pagué y salí del edificio.

FIZ REYER

Benarés, India, junio de 1901

En medio de la neblina que cubría los *ghats* occidentales, Kiran y yo nos abrimos paso entre la vegetación de los estrechos senderos que parecían dedos sobre la montaña. El sol caía desmayado más allá de las colinas y les daba un aspecto metálico en dos tonos: gris y dorado.

Los sonidos de la naturaleza emergían con más fuerza a medida que el día se apagaba, como si la noche fuera más salvaje: cantos de pájaros, ramas que se partían y el agua que se deslizaba. Olía a la lluvia recién derramada.

Kiran caminaba delante de mí, su silueta alta y ágil se destacaba contra el fondo de postal. Sus pasos eran decididos, como si aquel terreno recordara sus huellas, lo reconociera y le facilitara el recorrido.

Un poco más atrás, yo sentía que el barro lastraba mi calzado, pero no me quejaba. Hacía tiempo que había dejado de valorar el confort. Gracias a Kiran, ya no le prestaba atención a lo trivial, sino a lo que era esencial para él, porque entonces pasaba a serlo también para mí.

Llegamos al templo en el centro de un claro entre los árboles. Parecía que había emergido de la tierra y que el tiempo lo había rodeado de musgo para arroparlo. Las inscripciones talladas en el interior de sus muros me acariciaron las manos cuando las pasé sobre ellas.

Kiran se detuvo frente a mí. Sus ojos parecían tener la capacidad de ver más allá, de conocer lo que para mí resultaba insondable. Sin decir una palabra, me hizo un gesto para que lo siguiera adentro. Avancé tras deshacerme de los zapatos. Sentí el tacto de la losa en los pies y pensé en un pez de escamas brillantes.

Uno de los mitos fundamentales del hinduismo dice que todo comenzó cuando los dioses batieron un océano de leche porque necesitaban extraer de él el néctar que los convertiría en inmortales. Pero la primera sustancia que apareció tras agitarlo fue un veneno que hubiera destruido el mundo, de no haber sido porque Shiva, para evitarlo, se lo bebió.

A mí me ha sucedido lo mismo con Kiran: él ha sacado de mí la ponzoña que me inundaba, y ahora lo único que riega mis conductos es el jugo que me ha insuflado: el elixir de la serenidad.

Tantos caminos andados para llegar hasta aquí. A esta forma desconocida de éxtasis. Ahora soy otro, soy mejor, ya no soy Fiz. Fiz quedó atrás; es alguien remoto, incluso para mí. Alguien vulgar, con un nombre mundano; mi nuevo nombre, el verdadero, el espiritual, el que conduce a mi alma, es Arshad, «devoto». El fervor está en mí, como también se halla en mi interior el cielo. No tengo que buscar nada más en ningún lugar, ni morir antes para alcanzarlo.

SHAYNA ORLIENS

Lourenço Marques, Mozambique, junio de 1901

En menos de diez minutos llegué desde la oficina de correos al taller de Denys. Estaba resignada a no encontrarlo, pero me quedaba la esperanza de hallar al menos una nota de su puño y letra para mí, algo. Después de revisar toda la planta baja, subí a su habitación y, en el cajón de su mesita de noche, encontré una libreta apaisada.

Me dio un sobresalto cuando leí: «Estas páginas son para ti, Shayna crisálida. A través de ellas, espero que me conozcas más y sepas por fin quién soy».

Salí de allí como si llevara conmigo una parte de su cuerpo, su corazón doblado y vivo sobre aquellos papeles.

Cuando entré en mi casa, Andiara me dijo que mi hermano aún no había regresado de su excursión. Decidí que, para que no me interrumpiera cuando llegara, leería aquellas páginas en la bañera. Le pedí a mi empleada que me preparara el baño. Me senté en la butaca más próxima al ventanal y, mientras esperaba, no pude resistirme a comenzar la lectura. En las primeras páginas, Denys describía lo que ya me había contado sobre el asalto al tren, su internamiento, la planificación de su huida; continuaba con su llegada a la bahía de Delagoa cuando se embarcó como polizón.

Estaba tan ansiosa por saber qué mensaje quería transmitirme que pensé en ir hasta la última página. Andiara pasó ante mí cargada con las jarras de zinc con las que siempre vaciaba un poco las ollas de agua hirviendo para transportar después los calderos hasta el piso de arriba.

Cuando estuvo todo dispuesto, me quité la ropa y me sumergí en el agua templada, en la que había dejado caer medio frasco de sales. Saqué la mano izquierda de la bañera y, después de secármela con una toalla de lino, tomé de nuevo el cuaderno. Necesitaba encontrar cuanto antes la señal que me permitiera saber si Denys regresaría cuando se marchara Darrell. Por algunos de aquellos pasajes, tuve la certeza de que cuando los escribió no sabía que más adelante me entregaría aquella libreta. Era evidente que las frases que aparecían en el interior de la tapa las había añadido después. Me refiero a párrafos como este:

> Nunca me he visto en estas labores de conquista, pero ahora mismo lo que más deseo es agasajarla, ver cómo se transforma ante mí. La suerte, las estrellas, la buenaventura, lo que sea que nos ha puesto al uno frente al otro, me empuja a actuar. Sé que casi nada nos es propicio. Mi condición de desertor de la guerra del Transvaal me limita mucho.

Me estremecí al pensar en lo que significaba aquella confesión manuscrita por él.

> Son muchas cosas las que me pesan, para algunas personas serían incluso demasiadas, pero siento como si se alejaran cuando estamos juntos. Quiero que Shayna repose, que mi comportamiento la sosiegue; después ya decidirá, pero tengo la certeza de que no debo desaprovechar esta oportunidad tan especial: haber coincidido

en Lourenço Marques después de trazar nuestras respectivas trayectorias. Ella desde Londres; yo, primero desde Inverness, después desde la guerra. Solo importa que ahora estamos aquí. El presente es lo único que tenemos.

Nunca había leído nada tan rápido, a pesar de la dificultad que me suponía entender su letra, mis ojos volaban sobre aquellas líneas en busca de cualquier mención sobre su paradero. Unas páginas más adelante, sin saltarme ni una coma, leí:

Respecto a Shayna, tengo que disuadirla; no se da cuenta de que, con su empeño de rogarle auxilio a su hermano, solo conseguirá que me encuentren. No quiero que mi vida finalice tan pronto y de esa manera: cazado y encañonado. Ahora más que nunca deseo vivir; ella es la causa de este anhelo, pero puede ser también el motivo de mi desgracia definitiva.

Me lamenté. Aquella decisión mía, mi intento de ayudarlo, había supuesto que se marchara. Tendría que haberlos presentado, pero diciéndole a mi hermano que era mi vecino escultor, solo eso. Por suerte, Darrell aún no había leído la nota que le envié con mi petición, pero estaba segura de que se la entregarían en cuanto regresara al cuartel.

Shayna, Shayna crisálida, huyo de nuevo, ya son varias las fugas acumuladas. En eso nos parecemos tú y yo, Shayna; somos supervivientes. Pero esta lucha nuestra es el mejor signo de lo mucho que aún nos importa la vida.

Sé que entenderás que me ponga a salvo. Espero, como te digo, que no le hayas contado nada más de mi situación, ni tan siquiera quién soy. Si tu hermano me entregara a las autoridades militares, recibiría un nuevo reconocimiento. Las altas instancias valorarían que, incluso de permiso, no hubiera olvidado cuál es su deber como soldado de Su Majestad.

Estas son mis intenciones, Shayna: voy a entregarme, pero no al Ejército británico, sino a los bóeres; me dejaré capturar por ellos.

En aquel momento se me cayó el cuaderno de las manos. Saqué medio cuerpo de la bañera y, con la cintura apoyada en el borde que se hundía en mi carne como si fuera a seccionarme, lo recogí.

No será difícil. Los bóeres, a pesar de su desorganización, me dan menos miedo que el Ejército británico con sus medidas ejemplarizantes y su estricto código castrense. Aún me queda saber cómo haré para que no se sepa que no me han tenido prisionero durante todo este tiempo prodigioso, extraordinario, que he vivido a tu lado. Tal vez sea un plan descabellado, demasiado previsible, la forma de delatarme, de señalarme como un desertor arrepentido. Pero, después de darle muchas vueltas, veo que no me queda otra alternativa que intentarlo. Hay bastantes campamentos bóeres para los prisioneros; puedo decir que antes estaba en otro, que me trasladaron. En esta guerra el control no es demasiado férreo. Está demasiado lejos de todo.

Sé que es muy arriesgado, pero no puedo vivir escondido siempre, temeroso y con otro nombre. Tengo que aclarar mi situación cuanto antes, volver a ser Denys Olgivie, pero, para eso, necesito ir al punto de mi vida donde comenzó a abrirse este maravilloso paréntesis que me trajo hasta Lourenço Marques y, por tanto, hasta ti. Es necesario que retome mis circunstancias de entonces para avanzar. Sé que suena contradictorio ir a una guerra para recuperar mi vida.

Shayna, quiero prometerte que, sea como sea, estaré contigo. No sé de qué forma, pero estaré a tu lado siempre. Si muero, lo haré con tu imagen luminosa ante los ojos y con la sonrisa en los labios por todo lo que me has dado, Shayna crisálida. No quiero que te quede ninguna duda de que, gracias a ti, moriré feliz. Eso ya es mucho más de lo que la mayoría puede decir. Si así sucede, sé que te darás cuenta porque me sentirás dentro; seré tuyo para toda la eternidad.

La certeza de que era muy posible que se cumpliera aquello me dejó desolada. Sentí que me mareaba y cogí la toalla de lino, la doblé y me la puse bajo la cabeza. Comencé a rememorar los días al lado de Denys, nuestra historia tan breve, y lloré tanto que me quedé exhausta.

Cuando oí que Darrell me llamaba desde el piso de abajo, me apresuré a salir del agua, bastante fría ya. Oculté el cuaderno en un armario, bajo unas sábanas; confiaba en que Andiara no lo hallara hasta que encontrara otro escondite mejor. Después entré en mi habitación para vestirme.

Mi hermano me propuso que almorzáramos en el café Continental. Mientras nos dirigíamos hacia el centro de la ciudad, me dijo que cuando se retirara de la milicia se dedicaría a viajar.

—Intentaría sobrevivir con mis propios recursos en cada lugar al que llegara.

No daba crédito a sus palabras; nunca había visto tan cerca que mi deseo de que abandonara el Ejército se materializara. Me pareció estar soñando.

—¿Y cuándo será eso? Cuanto antes, más posibilidades tendrás de que se cumpla —le dije sin poderlo evitar.

EMILY HOBHOUSE

Londres, junio de 1901

Del Mediterráneo al cabo de Buena Esperanza. El trazado de The Cape to Cairo Railway, el tren de Rhodes, como lo llaman todos, dibuja el alcance de sus delirios. Quiere, en su absoluta soberbia, cruzar selvas, el desierto y la sabana. Nada menos que 4.970 millas. En la prensa se refieren a esta construcción ferroviaria como The Spine and Ribs of Africa, «la columna y las costillas de África». Tendrían que añadir que esos huesos de hierro serán pronto los del esqueleto de un continente cada vez más mermado de vida.

No me extiendo más en esta cuestión porque de esto hablaré en mi próximo artículo. En cuanto se publique comenzarán a llegar a la redacción del periódico nuevas y nada ocurrentes amenazas contra mí. ¡Qué más me da después de lo que he visto! Me las arrojan como lanzas y sobre mí se vuelven cañas. En este caso esas advertencias e insultos me las remitirán los dueños de las compañías que tienen más intereses en esta obra: quienes llevan por mar desde Gran Bretaña el carbón y todos los materiales hasta África. Y esa inquina, tanta animadversión concentrada sobre mí, significará de nuevo que digo la verdad, algo tan insólito en la política.

SHAYNA ORLIENS

—

Lourenço Marques, junio de 1901

Conforme se acercaba el momento de despedirme de Darrell, me resultaba cada vez más difícil separarme de él. No tener tampoco a mi lado a Denys me hacía sentir como una náufraga que había recibido una visita y que se quedaba de nuevo en el islote donde la habían hallado.

No fue nada fácil, pero tras dedicar toda mi energía a convencerlo de que me permitiera acompañarlo, conseguí que accediera. Le dije que no quería quedarme sola allí, que el motivo de mi estancia en Lourenço Marques era dar con él y que, logrado mi objetivo, no tenía demasiado sentido permanecer en aquella ciudad donde no conocía a nadie, y donde, por tanto, apenas salía de la quinta.

—Conoces al buhonero. No te olvides de él —me dijo con una sonrisa.

Tras empacar mis cosas y despedirme de Andiara, a quien le pagué por adelantado varios meses, nos dirigimos al puerto. En cuanto zarpó aquel buque que hacía escala allí antes de continuar a Durban, me dirigí a mi camarote y le escribí a Denys. Necesitaba sentir que me acercaba a él.

> Me alejo de esta costa en la que he sido tan feliz contigo, Denys.

Ante mi hermano aún no te nombro. Sé que es lo que tú querías.

Nos hemos embarcado en el vapor Hawarden Castle de la Compañía Nacional de Navegación. Vamos hasta Durban, Darrell para volver a la guerra, a la misma guerra en la que estás tú ahora, no sé si como prisionero o empuñando un fusil. No puedo soportar esa imagen porque sé que, frente a vosotros, a ti, hay otros hombres armados y dispuestos a disparar. ¡Me resulta tan doloroso pensar que un tiro puede acabar con tu vida!

Antes de que eso suceda, voy a tu encuentro, Denys; espero dar contigo, que no se me adelante una desgracia; recorreré estas tierras del África austral, haré lo que sea necesario: pasaré bajo las balas, preguntaré en los cuarteles, en los campos de prisioneros...

Aunque cada día hablo mejor portugués, no podré disimular de ninguna manera que soy inglesa, con lo que eso supone allí, pero me da igual, todo me da igual por ti.

Ahora nos separan menos de trescientas millas. Eso no es nada. Necesito que vuelvas a decirme «Shayna crisálida», que vuelvas a mirarme, a sonreírme; necesito estar a tu lado, unirme a ti como si ambos formáramos parte de una misma escultura. «Estamos vivos, Shayna. Solo eso ya es un prodigio», me dijiste, y también que la vida es un libro que no sabemos cuándo va a terminar. Yo quiero que mi libro y el tuyo sean el mismo, que escribamos juntos la misma historia.

Encontré tu cuaderno en el taller. Gracias por tus palabras. He dormido con tu diario bajo la almohada desde entonces. No me separo de él.

Te quiere,

Shayna

Cuando anocheció, salí a la cubierta para encontrarme con Darrell antes de cenar. Llevaba un periódico en la mano.

—Dice aquí que Portugal apoya a los bóeres y, además, muy a las claras. La autoridad colonial necesita que lleguen a la metrópoli los productos desde el principal puerto de Mozambique, es decir, desde Lourenço Marques. Por eso es una ciudad tan próspera. Además, los bóeres precisan en el Transvaal mano de obra negra, la de quienes están sometidos a los portugueses. Con tantos hombres en la guerra, sus granjas están abandonadas. Pero no hay nada más allá, las relaciones no son buenas entre los bóeres y los portugueses. Los primeros no les perdonan que permitieran que las tropas británicas entraran a través de Mozambique para incorporarse desde la bahía al combate.

—Intereses, todo se rige siempre por los mismos intereses deleznables. A eso se reducen las guerras. No hay luchas justas, nunca lo son. Y pensar que la muerte de tantos se tasa en libras...

—Es una visión un tanto reduccionista, Shayna, ¿no crees? También está el honor, la gloria... Todas esas cosas que a ti parecen resultarte tan... exóticas, tan incomprensibles. Respecto a lo que me dices, por mí no tienes que preocuparte, deja de sufrir, voy a estar a resguardo; aunque aún no me hayan entregado la Cruz Victoria, ya me protege como si en vez de ser una condecoración se tratara de un escudo. No me va a suceder nada malo. Ya verás, confía en mí. Con los años he aprendido a cuidarme.

—Los periódicos de los bóeres dicen que tienen muchos prisioneros británicos en sus manos. ¿Es cierto?

—Sí, los canjes son continuos.

—¿Y sobreviven?

—Por la cuenta que les trae, los tratan bien.

Me tranquilicé un poco. Suponía que Denys había cumplido con lo que se proponía: que se habría dejado atrapar por los bóeres para que sus superiores no supieran que había desertado y que llevaba meses fuera del campo de batalla. Esperaba que no le hubieran disparado antes. Frente a todos los demás, borraría aquel tiempo en Lourenço Marques. Solo existiría para mí. Me estremecí al pensar que yo también podía desaparecer dentro de aquel prodigioso compás de espera, como si nuestra relación nunca hubiera existido.

Después de cenar, me dispuse a escribir de nuevo; cuando me quedaba a solas, no tenía nada mejor que hacer a bordo del vapor Hawarden Castle. En esa ocasión me dirigí a mi marido:

> Fiz, me voy a la guerra, y no, no tengo miedo porque me dirijo hacia allí con la seguridad que me otorga saber que estoy en el camino, en el único que merece la pena transitar, aunque muera. Ya no estoy extraviada.
>
> Ahora, Fiz, solo eres para mí una referencia difusa; no puedo creer que haya pasado tanto tiempo a tu lado. Cuando te conocí, era casi una niña, pero bastante más madura que tú, por lo visto.
>
> Adiós, Fiz, no creo que volvamos a vernos. No te extraño lo más mínimo. Es más, verme sin ti ha sido la mayor liberación que he experimentado nunca. A enemigo que huye, puente de plata. No sé lo que te encontrarás al otro lado.

Firmé con mucha energía y suspiré hondo. Después arrugué aquella hoja hasta hacer una bola con ella y salí a la cubierta para lanzarla al mar. Vi cómo comenzaba a mojarse y se hundía. Representaba el lastre del que me había deshecho. No había sido por iniciativa propia, sino que las circunstancias hicieron que sucediera así. Deseé que tanto mi memoria como mi rencor desaparecieran en el mar junto con aquella cuartilla arrugada.

FIZ REYER

Benarés, India, junio de 1901

Nadie decide dónde nacer. A algunos nos es dado decidir dónde vivir, y yo he encontrado la ciudad donde quiero morir: será aquí en Benarés, y al atardecer. El tiempo está suspendido, y me inunda la certeza de que estar a un lado u otro de la línea de la muerte no es tan importante.

Esta ciudad me habla, se dirige a mí, me guía por sus plazas, por la margen del río. Todo esto ya forma parte de la cartografía de mi alma. Este lugar tiene algo de imaginario. El calor húmedo, los miles de seres humanos que se mueven como en un hormiguero, el ruido continuo que me adormece.

Quien muere aquí ya no necesita regresar, porque se salva al romperse el ciclo de las reencarnaciones sucesivas; el ánima llega directa al cielo, sin más paradas en otras estaciones, en otros cuerpos. Ese que dicen es el descanso al que aspiro, el que me asegure que, por fin, mi conciencia dejará de hablarme.

En los *ghats*, muchos ancianos y enfermos se sientan a esperar la muerte como si fuera alguien que llega en barca. A mí me encontrarán en el hotel, me trasladarán hasta el río cubierto de flores sobre una cama de bambú; después me bañarán para purificarme, y comenzará la cremación.

SHAYNA ORLIENS

Durban, colonia de Natal, sur de África, junio de 1901

Apenas nos quedaba medio día de travesía cuando Darrell me dijo con la vista puesta en el horizonte:

—Este buque bordeará el cabo de Buena Esperanza después de que desembarquemos. Antes se llamaba el cabo de las Tormentas, pero le cambiaron ese nombre tan agorero.

En cambio, yo renací cuando pasé frente a él en mi viaje hacia Lourenço Marques. En cuanto lo avisté, pensé que mi suerte ya estaba echada y que, igual que el movimiento del mar no se detiene nunca, tampoco yo podía volverme atrás.

Llegamos a Durban un día muy brumoso. Miraba el agua que rodeaba el casco del barco amarrado ya en aquel muelle mientras hablaba con Darrell.

—Siempre tendré que agradecerle a Su Majestad que te otorgara esa bendita condecoración; así he podido tenerte a mi lado estos días de permiso. Este verano, después de estar con nuestro padre en Londres, tengo pensado ir a Escocia. Ojalá puedas acompañarme. ¿Qué te parece? Por fin podríamos visitar el monumento a sir Walter Scott —le dije para ver cómo reaccionaba, pero no me respondió.

Nos dirigimos a la estación. Él iba a tomar un tren hasta

Bloemfontein que lo dejara cerca de su cuartel y yo a buscar un lugar donde alojarme y esperar hasta que le concedieran el siguiente permiso. Eso era lo que le había contado, pero iba a ponerme a buscar a Denys cuanto antes.

Nos sentamos en un banco del andén y me leyó otra carta que le había escrito a nuestro padre. Lo tranquilizaba respecto a mi situación asegurándole que estaba al corriente de las lamentables acciones de mi marido, y muy preocupado por lo que a él le pudieran afectar en sus relaciones sociales y mercantiles. Y le detallaba la ceremonia prevista en Hyde Park para la imposición de la Cruz Victoria, fundida con el bronce de los cañones incautados a los rusos en Sebastopol durante la guerra de Crimea.

En el último párrafo le decía:

> Parece que no anduve tan desatinado al elegir la vida militar, a pesar de sus reticencias. Además, creo que la corona de la medalla, la cinta carmesí, el león del Imperio y la inscripción «A la valentía» serán mis principales aliados para convencer a cualquier mujer de que a mi lado estará segura y a salvo de todo. ¿Qué le parece?

Mi padre soñaba con que le diéramos nietos cuanto antes y, dada mi situación, era más fácil que fuera Darrell quien tuviera descendencia, a pesar de que no tenía aún a nadie a su lado y de que estaba luchando contra los bóeres.

Cuando nos pusimos en pie y mi hermano me entregó la maleta que me había llevado hasta entonces, noté que, a pesar de que contenía la misma ropa y demás objetos con los que había llegado a África, me pesaba bastante menos.

KARAMCHAND

Durban, colonia de Natal, sur de África, junio de 1901

Se levantó y recorrió la habitación del Royal Hotel de un lado a otro. Su mente repasaba una y otra vez los preparativos: las cartas de despedida, los documentos que necesitaba llevar consigo, los fondos que aún debía recaudar. Gracias a su jefe, Dada Abdulla, y a los buenos oficios de otros líderes de Natal, había conseguido organizar varias reuniones en un salón del centro de Durban. Mediante la intercesión de unos clientes de Dada, le habían concedido el uso del majestuoso Town Hall, un lugar reservado para la élite política y financiera de la colonia. Karamchand había cruzado, con humildad y agradecimiento, las grandes puertas bajo las columnas neoclásicas del edificio. Pisar ese suelo constituía ya una victoria parcial para su causa, pero no olvidaba que se encontraba allí de una manera semiclandestina, que en cualquier momento podía aparecer la Policía y disolver su reunión con mucha violencia, justo lo contrario a lo que él perseguía.

En Londres quería presentarse ante los miembros del Parlamento para relatarles las injusticias que sufrían los indios en el sur de África. Sabía que no podía hacerlo solo; necesitaba el apoyo y la unión de su comunidad. Por eso, antes de partir decidió emprender una gira para recaudar fondos y sumar adhesiones a su causa. Sin embargo, no era más que un extraño en un país que lo veía como inferior solo por el color de su piel. Había experimentado en carne propia el racismo más feroz en Pietermaritzburgo. Pero las circunstancias y él mismo habían cambiado bastante desde entonces. Karamchand ya no era el hombre asustado que fue humillado en aquel tren. Aunque seguía sintiéndose pequeño en medio de tanto lujo, en 1901 su voz resonaba en los salones de los poderosos. Y gracias a los políticos y a los oficios de la prensa, siempre se informaba de estos encuentros a la mañana siguiente.

EMILY HOBHOUSE

—

Londres – Sur de África – Southampton, julio de 1901

Mi informe provocó un gran revuelo los primeros días, pero esa reacción comenzó a desinflarse como un suflé conforme se publicaban calumnias en mi contra. *The Times* fue el periódico que más cargó contra mí: me acusaba de antipatriota, de sensacionalista y de no tener en cuenta las costumbres bóeres, entre las que no estaban alimentarse bien ni lavarse. Esa fue la conclusión: morían porque querían. ¡Porque querían! Esto último fue lo que afirmó la señora Stuart, del Gremio de Mujeres Leales del sur de África, quien se dedicaba a realizar colectas para comprar las lápidas de las tumbas de los soldados británicos.

Le repliqué que se ocupara de los muertos, que yo me ocuparía de los vivos. Ella contaba con un secuaz, un sacerdote de uno de los campos, que afirmaba que si me sorprendían aquellas condiciones era porque siempre había vivido como una dama y no sabía nada de la crudeza de este mundo.

Casi toda la sociedad les dio la razón a esos dos, me excluyeron de los salones y casi nadie me saludaba por las calles de mi barrio. Era una apestada social. Cuánto lamenté que aquel dinero no se hubiera gastado en socorrer a quienes tanto lo necesitaban.

Aún me esperaba un suceso bastante peor que esos continuos desaires. Había llegado con el buque Avondale Castle a Ciudad del Cabo desde Durban, la escala anterior a mi desembarco. Para ahorrar algo de dinero y dedicarlo a fines más necesarios, había viajado en segunda clase, no como las integrantes de la Comisión Fawcett.

Mientras presenciaba las maniobras de atraque, releí una carta de mi querido hermano Leonard: una vez más me prevenía sobre las enfermedades infecciosas y me decía que siempre había sido muy valiente. «Demasiado valiente», le respondía yo mentalmente. Alternaba la escritura de mi correspondencia con el estudio del neerlandés para entenderme con los bóeres.

Cuando iba a desembarcar con mi única maleta, me detuvieron. Al principio no di crédito a aquellos malos modos de quienes vestían el uniforme color caqui, pensaba que no podía estar sucediendo algo así: dos soldados me llevaron de regreso a mi camarote y me anudaron las manos a la espalda y las piernas con la misma cuerda. Como si fuera un bulto. El coronel les había ordenado que procedieran de esta forma conmigo porque estaba loca de atar. Cuando protesté antes de que me amordazaran, me dijo que cumplía órdenes directas de Kitchener.

Me tuvieron así bastante tiempo, hasta una hora después de que el barco zarpara de nuevo hacia Southampton. Fue humillante, otro atropello más, el más doloroso, pero me daba igual.

No me importaba lo que me hicieran porque no iba a cejar en mi empeño de dejar al descubierto sus vergüenzas. A mí no podían manipularme como a los gacetilleros que comían de sus manos. ¡Yo era libre! ¡No me iban a parar! Sin hijos, marido ni padres, no tenía talón de Aquiles. No estaba todo perdido. No estaba nada perdido.

Cuando por fin me soltaron, una vez que el buque estuvo en alta mar, me aullaban todos los huesos. Durante la travesía desde Europa hasta África me había caído en la cubierta y me lesioné una cadera. Les dio igual, tampoco mostraron ninguna conmiseración cuando les advertí que tenía el corazón debilitado y afectado también por los cambios de altitud. El lumbago me hacía llorar de dolor, y la neuritis, la inflamación de un nervio del brazo, me torturaba hasta lo indecible.

Mis amigos de Ciudad del Cabo me contaron en una carta que recibí en Londres que Chamberlain había declarado que «una solterona histérica de edad madura no podía tener amenazado a todo un imperio», y que, por ese motivo, se habían visto obligados a tomar medidas expeditivas. Se sentían desafiados por una sola persona, y esa era yo.

Escribí a las autoridades, a toda aquella caterva, para decirles que mi arresto era una infamia. Les exigí saber cuáles eran los cargos en mi contra.

Durante la travesía le solicité al capitán, como única gracia, que una lavandera se hiciera cargo de mi ropa, porque no quería desembarcar en mi país como una mendiga. Al fin llegué a Inglaterra agotada, maltratada, humillada e incapaz de articular palabra por primera vez en mi vida. Hubo momentos durante la travesía en los que pensé que iba a morir; incluso se me ocurrió implorarles a los soldados que se encargaron de mi vigilancia que acabaran con mi vida.

A la llegada al puerto, me examinó un médico del Ejército que dictaminó que lo único que necesitaba era un reconstituyente y me recetó una botella de brandi.

Había pasado veinticuatro días de suplicio sobre el océano en aquel buque que olía a cebollas podridas. No se me iba aquel hedor de la nariz. Como no llevaba mi ropa de invierno ni se dignaron a darme ninguna manta, algunas noches el frío llegó a ser insoportable. La comida fue muy escasa durante toda la travesía y apenas me quedaban unas pocas monedas. Pensé que querían dejarme morir, como habían hecho con tantos en los campamentos, que viviera en mi carne lo mismo, tal vez para que, como había dicho el sacerdote tan amigo de la señora Stuart, apreciara que aquellas circunstancias me alarmaban solo porque había vivido siempre entre algodones.

Con toda mi furia acumulada, le escribí de nuevo a Kitchener para recriminarle que había olvidado comportarse como un caballero y que me avergonzaba ser su compatriota.

Algunos medios británicos de las colonias del sur de África se hicieron eco de mi deportación: decían que habían tenido que tomar medidas coercitivas porque estaba poseída, palabras muy similares a las que me refirieron en sus cartas mis amigos del Cabo. En uno de esos periódicos escribieron: «Gritó peor que cualquier mujer negra detenida por embriaguez en el Distrito Seis». También describieron mi lenguaje como el propio de alguien que suele frecuentar los bajos fondos. Así lo dijeron.

Mi tío Arthur pidió explicaciones. Al cabo de muchos días, le respondieron que se vieron obligados a actuar así por mi actitud. En la Cámara de los Comunes se protestó por mi violenta deportación. No pude evitar pensar en mi pueblo, en Saint Ive. Estaba segura de que allí nadie diría nada y que la única reacción de quienes hubieran leído la noticia habría sido una sonrisa malévola. Alguno habría añadido, no me cabía duda, que sabía que estaba loca desde pequeña.

Hasta el día de hoy siento físicamente los efectos de aquel atropello y sé que acelerarán mi vejez y que incluso anticiparán mi muerte.

Pocos días después ya estaba de nuevo de camino a África. Esta vez no me descubrieron. Pasé toda la travesía en mi camarote, pero valió la pena, todo valía la pena por aquellas gentes. Jugaba a mi favor que no se imaginaran de ninguna manera que lo intentaría de nuevo en tan poco tiempo.

KARAMCHAND

Colonia de Natal, sur de África, julio de 1901

El Royal Hotel, donde se había alojado mientras planificaba las últimas acciones, le resultaba obsceno por su opulencia: las vistas sobre el puerto, los muebles de caoba, las lámparas doradas... Era consciente de que millones de personas jamás tendrían acceso a un lugar así. Reflexionaba sobre el privilegio que le suponía ser uno de los líderes de su comunidad y, al mismo tiempo, no olvidaba el contraste que esto suponía con sus orígenes humildes.

Karamchand se rodeaba de compañeros comprometidos, aquellos que creían en su mensaje de resistencia pacífica. Sus reuniones no solo se celebraban en majestuosos salones, sino también en pequeños espacios comunitarios, tanto en las áreas urbanas como rurales. A esos lugares más modestos llevaba a los campesinos y demás trabajadores indios sus doctrinas sobre la no violencia. Citaba las palabras del Sermón de la Montaña que Tolstói repetía: «Si alguien quiere pelear contigo y quitarte el manto, dale también tu túnica». Era un mensaje radical, desafiante y, al mismo tiempo, profundamente cristiano. Karamchand mantenía que la única forma de resistir era no responder a la violencia con más violencia. Era el principio que guiaba su vida.

Aquella tarde tenía ante sí a los miembros del Congreso Indio de aquella región de África. Querían ofrecerle un reconocimiento antes de su partida. Era el mayor homenaje con el que Karamchand se había visto honrado.

El más anciano de ellos se incorporó. En sus manos levemente temblorosas sostenía unas cuartillas amarillentas. Todos guardaron silencio.

—Hoy nos despedimos de usted —empezó a decir—, sabiendo que llevará nuestras voces y preocupaciones hasta el corazón del Imperio. Sabemos que no es una tarea fácil, pero confiamos en su capacidad, en su temple y en su convicción para representar los intereses de nuestra comunidad ante los otros británicos.

Los asistentes captaron la emoción que palpitaba bajo aquellas palabras. Karamchand sentía la fuerza del momento en forma de pulsaciones debajo de la barbilla. El orador continuó:

—Durante bastante tiempo se ha dejado la piel, y no lo digo solo por las agresiones que ha recibido mientras luchaba por nuestros derechos. Esperemos que en la metrópoli entiendan nuestras necesidades. Tal vez nos beneficie su encono contra los bóeres. No lo sé, señores.

Tras los aplausos al final del discurso, el anciano le entregó un documento: el reconocimiento del Congreso Indio de Natal, que Karamchand aceptó con gratitud.

—Me honra con sus palabras, señor. Todo lo que hasta el momento hemos logrado ha sido gracias a la unidad que mantiene esta comunidad y a la fortaleza de quienes la componen. Aunque el camino es largo, haré todo lo que esté en mis manos para que nuestras súplicas sean atendidas. Llevaré conmigo el sufrimiento de mi pueblo.

DARRELL ORLIENS

Bloemfontein, Estado Libre de Orange,
sur de África, julio de 1901

Nada más entrar en el cuartel, después de recorrer el último trecho en una carreta, el soldado que estaba en una caseta junto a la barrera me entregó un telegrama de mi padre:

> VAN A DETENERLA STOP HIJO HAZ LO IMPOSIBLE POR ELLA STOP

Entré enseguida en el edificio de oficiales del cuartel de Bloemfontein para solicitar un nuevo permiso que me permitiera regresar a Durban.

—Capitán, me reclama en esta ciudad un asunto de suma importancia. —No quise trasladarle nada acerca de la delicada situación de mi hermana. Sabía que no me convenía.

El capitán me respondió mientras rebuscaba en el primer cajón de su escritorio:

—Espero asistir a la ceremonia militar de este verano. Eso significará que todavía sigo vivo.

—Gracias, capitán. Si pude rescatar al conde de Gleichen, fue gracias a que mis soldados me cubrieron mientras lo saqué del río Modder. Es imposible que ningún hombre sea el único protagonista de una gran hazaña.

—Teniente Orliens, el carácter es la mitad del destino. ¿Tiene idea de quién lo dijo?

—No, señor, pero creo que no le faltaba razón. Si usted me lo permite, partiré ahora mismo.

—Adelante, pero no se demore en volver. Estamos más desprotegidos sin usted, ya lo sabe.

Quise pensar que había sido tan comprensivo y estaba de tan buen humor por la inminencia de nuestra victoria. Ya había alcanzado el honor más alto al que podía aspirar como militar y el respeto de mis superiores. Había hecho mucho por Gran Bretaña. Mi afán aventurero se había visto colmado con creces, así como mis ansias de correr riesgos, de exponerme. Buscar el peligro es como una pulsión; aunque resulte paradójico, para quienes somos así, cuanto más cerca estamos de la muerte, más vivos nos sentimos.

Me había seducido la idea de tener un final glorioso, pero después pensé en la inmensa alegría que le había dado a Shayna con mi decisión. Tal vez, con solo el efecto de esta noticia, se restablezca por completo. También pienso en mi padre. Ha trabajado mucho, y ahora que se acerca a la vejez, tendrá que vender su empresa a sus competidores; serán ellos quienes se beneficien de todos sus desvelos y buen hacer. Esa rivalidad lo ha espoleado estos años haciéndolo crecer mucho más de lo que él mismo había previsto, y aunque no me lo haya confesado, sé que vivirá con mucho desasosiego ver cómo sus negocios pasan a manos ajenas. Para él equivaldrá a una rendición. En cambio, si yo me pusiera al frente de Orliens & Co...

Comenzaré a cursar mi solicitud para obtener la licencia cuanto antes. A partir de ese momento, nadie tendrá que sufrir más por mí. Lo de la sociedad mercantil de mi padre no es una excusa; no abandono por cobardía, sino todo lo contrario. Siento dentro de mí un valor inusitado y nuevo que me empuja a llevar a cabo cualquier cosa.

En aquellos días en Lourenço Marques y durante la travesía en el Hawarden Castle pensé mucho en lo que quiero y en aquellos a quienes quiero. Tal vez mi decisión se deba también a que mi hermana me ha introducido en su delirio, pero bienvenido sea, porque veo que no me va a sentar nada mal aceptar su propuesta. Si dependiera de mí, seguiría siendo militar siempre, pero ahora he tomado conciencia de que no estoy solo. Quiero compartir mi vida con aquellas personas que mejor me hacen sentir.

Shayna quiere viajar a Escocia este verano. Pues la acompañaré. No sé qué querrá hacer allí. Se está convirtiendo en un misterio para mí. Hubo un tiempo en que creí conocerla. Ahora sé que no es así.

SHAYNA ORLIENS

—

Durban, colonia de Natal, sur de África, julio de 1901

Una mujer inglesa de menos de treinta años, sola, en el sur de África. Esa soy yo. Estoy ahora muy cerca de la bahía de Natal. La llamaron así porque el navegante Vasco da Gama descubrió esta región el día de Navidad de 1497.

Busco, en medio de este conflicto, a alguien a quien no conocía hace apenas un mes. Y lo busco aquí, donde, por mucho sentimiento patriótico que esgriman, lo que está en juego es el oro del Witwatersrand, «sierra de aguas blancas». He oído que, a los arenales donde la corriente deposita las pepitas de oro, los llaman «placeres». Mi placer no se sustancia en el peso de un metal, sino en un hombre.

En medio de esta lucha desencadenada por la codicia, tal como contaba Emily Hobhouse en sus columnas, mueren los niños, las mujeres, los ancianos, los jóvenes. No sé qué será en este momento de mi amado Denys y de mi hermano Darrell. Para el Ejército, son un desertor y un héroe. Darrell se cree protegido cuando está igual de expuesto que cualquier otro. Temo que esa actitud se vuelva contra él y lo convierta incluso en más vulnerable.

Por todas partes asoman los cazadores de esta batida infernal contra el ser humano. Desearía olvidar lo que Darrell me contó sobre los bóeres, no saber nada sobre su magnífica puntería, sobre sus fusiles de repetición y las ametralladoras del bando británico, que ya fueron probadas en la guerra franco-prusiana. Todos estos datos no aportan nada a la aterradora idea de la muerte administrada de forma instantánea. ¿Cómo se le puede disparar a una persona? ¿Cómo se puede segar una vida con tanta facilidad? Si muriera Denys o mi hermano, o ambos... No quiero ni pensarlo. Con la desaparición de Darrell, nuestra familia quedaría seccionada: solos mi padre y yo. Además, ¿adónde volvería yo entonces? ¿A mi casa de Londres para esperar a la Policía? Nada más poner el pie en Inglaterra me detendrían. Habría un juicio vergonzoso, con la sentencia ya decidida de antemano. Me enviarían a la horca. De esta forma, el caso Shayna Orliens eclipsaría el escándalo del Baile de los Anfibios. La mujer despechada que mata por venganza. Esa sería yo; hablando con propiedad, ya lo soy para muchos. Entonces mi padre se quedaría solo del todo.

Durante los dos días que llevo aquí, no he hallado ni rastro de Denys. Escribo desde esta habitación que parece una celda. En ella hay una sola ventana que da a un patio interior, pero está a tal altura que ni siquiera puedo asomarme a ella. ¡Cuánto ha cambiado mi vida en tan pocos meses!

La primera vez que bajé a la calle aquí en Durban, me dirigí a todos los soldados con los que me crucé para preguntarles si conocían a Denys Olgivie. Algunos, que me habían visto detenerme ante otros grupos, me tomaron por una mujer trastornada. No obtuve la menor indicación útil.

Me marcho mañana a Bloemfontein; me han dicho que en el cuartel donde está mi hermano hay bastantes soldados escoceses. No sé si estará allí también su amigo Clive, al que nombra Denys en su diario; es como buscar una aguja en un pajar. Después tengo previsto acercarme a un campo de prisioneros. Espero que los bóeres no me peguen un tiro nada más verme. Tal vez llegar hasta allí sea lo más difícil que haya hecho nunca, pero cuando pienso en Denys, en sus manos, en sus esculturas, considero que no puede morir ahora que nos hemos encontrado; esto era lo más difícil: coincidir en el mismo tiempo y lugar, como me decía él. Tenemos que volver, no sé adónde, pero intentar construirnos unas vidas nuevas, contar con una segunda oportunidad para ambos.

No quiero llevar conmigo este diario que escribo ni el de Denys. Iba a dejarlos aquí, sobre esta mesa coja y con el tablero abierto, junto a unas instrucciones precisas para que se lo hicieran llegar a mi padre si me sucedía algo, pero la mujer que regenta este lugar es tan sórdida como la pensión, y no me fío de ella. Me traicionaría, se guardaría el dinero que le diera para el encargo y los quemaría o los destruiría de cualquier otra forma.

En esta ciudad hay hoteles confortables, con las mismas comodidades que se pueden encontrar en los de Londres, pero también llenos de ingleses. No me convenía nada alojarme en uno de ellos. Por eso estoy aquí escondida.

Tengo que luchar por conseguir que me declaren inocente, pero eso vendrá después de encontrar a Denys, él me ayudará. Necesito encontrarlo, no solo porque estoy enamorada de él, sino porque he llegado a dudar de que yo esté, como dicen, en mis cabales. Tal vez fue tan traumático lo que viví en Londres que ahora tengo alucinaciones, y él es una de ellas, la mejor, sin duda, comparado con todo lo que me sucedió.

FIZ REYER

Benarés, julio de 1901

Al Ganges arrojan directamente a los brahmanes, los miembros de la casta sacerdotal, también a los *sadhus,* unos monjes que meditan durante toda su austera vida; y a las mujeres que fallecen embarazadas las envuelven en un sudario blanco, atado con cuerdas y lastrado con piedras. También lanzan los cuerpos sin quemar de los niños menores de doce años, los enfermos de lepra y fiebre amarilla, así como a quienes mueren por la picadura de una serpiente. Ellos son los elegidos por el dios creador para reencarnarse. Los sumergen en el río con la finalidad de que regresen.

Cuando yo arda, agitarán el fuego con un bastón para que crezcan las ascuas, y después, con un golpe seco, me romperán el cráneo. El humo de las piras es continuo: veinticuatro horas al día, siete días a la semana, todos los días del año. Las prenden con la antorcha de la llama eterna, con el mismo fuego que, dicen, encendió el dios Shiva hace unos tres mil años.

Dejaré comprada la suficiente leña de sándalo para arder entero. ¿Quiénes esperarán junto a mi pira? Creo que, si fuera en Londres, nadie asistiría a mi funeral. Son muchos los que me dieron la espalda de forma inmediata; interpreté los gestos de algunos como una forma de librarse de mí para siempre. No tengo a nadie de allí a quien escribirle; por eso plasmo mis reflexiones en estas páginas. No quiero volver de nuevo a esta vida en la tierra ni en carne mortal ni en espíritu, quiero permanecer siempre aquí junto a Kiran, y después, en paz, desaparecer, desvanecerme... Como si mi paso por este mundo hubiera sido tan solo un suspiro.

KARAMCHAND

Colonia de Natal y región del Transvaal,
sur de África, julio de 1901

El sol se había escondido tras las colinas, y la penumbra cubría Johannesburgo casi por completo. Con la lámpara encendida sobre la mesa, Karamchand repasó sus planes en Londres. No sería un viaje sencillo, tenía que volver con algún acuerdo tangible. Muchos de sus conciudadanos lo veían como su única esperanza, como el portador de una promesa de justicia, pero él sabía que su misión, además de política, era espiritual. El cambio que perseguía no podía sustanciarse solo en leyes o reformas, sino que debía transformar el corazón humano. Respiró profundamente: ¿realmente era posible lograr la igualdad y la dignidad para su pueblo a través de medios pacíficos? Este viaje podía cambiarlo para siempre.

Tres días después, Karamchand estaba en el puerto preparado para embarcar. Aquel lugar bullía como si se tratara de la víspera del fin del mundo. El viento del océano le revolvió la ropa y el cabello, se retocó el flequillo. Acababan de bajar de un carro sus paquetes y maletas. A Karamchand lo hipnotizó el movimiento de las olas que rompían contra el muelle.

Estaba inquieto, sentía náuseas. Cuando zarparon, permaneció en cubierta hasta que la costa se desdibujó. Temía los desafíos que comenzarían a presentársele incluso antes de desembarcar en Inglaterra.

SHAYNA ORLIENS

Bloemfontein, sur de África, julio de 1901

Ya estoy en la capital del Estado Libre de Orange; su nombre en neerlandés significa «la fuente de las flores». Los africanos la llaman Mangaung, «el lugar donde moran los guepardos». Flores y guepardos, belleza y peligro; todo eso posee esta ciudad. He tardado casi un día en llegar desde Durban. En la estación he visto ebanistas que tallaban muebles con adornos muy historiados, sopladores de vidrio, tejedores de tapices. La vida y sus objetos en medio de la guerra.

El trayecto en tren fue solo el final de mi viaje; la mayor parte del recorrido desde Durban la hice en carreta y, nada más llegar hasta aquí, fui a pie al fuerte. Me dijeron que estaba en la salida de la ciudad hacia Winburg, que me sería fácil encontrarlo porque esa es la ruta principal entre las dos poblaciones.

A las siete de la tarde, la temperatura era más bien baja, pero me molestaba la ropa, el peso de mi bolso. Cuando me encontraba a pocos metros del acuartelamiento, vi a una mujer de unos cuarenta años que gritaba desesperada y lanzaba piedras contra la puerta y los muros. En cuanto avancé unos pasos más, pude oír lo que decía.

—¡Asesinos, hienas! ¡Habéis perdido todo rasgo de humanidad, sois bárbaros! Así no se gana una guerra. He visto morir ante mí a decenas de niños. Vuestros prisioneros ni siquiera tienen jabón para protegerse de las infecciones. ¡Abridme, indeseables! ¡No os escondáis! Solo soy una mujer, como ellas, como las mujeres bóeres a las que queréis aniquilar. ¿Qué os pasa? ¿Conmigo no os atrevéis porque soy inglesa? ¿O porque tengo el favor de algunos poderosos que os sacarían a patadas del Ejército si supieran lo que hacéis aquí? ¡Cobardes! ¡No tenéis compasión!

Llegué a su altura y se giró para mirarme llena de furia.

—¿Quién es usted? ¿Quién la manda? ¿Qué quiere?

Me sentí bastante intimidada por su gesto y por sus preguntas. Tenía la nariz larga y recta, los ojos tristes, de un azul pálido, el pelo recogido con unas ondas muy marcadas. En suma, una belleza extraña pero rotunda.

—Soy Shayna Orliens, de Bristol, pero vivo en Londres; he estado un tiempo en Lourenço Marques y ahora me he trasladado hasta aquí para buscar a... mi hermano. —Le mentí. Sabía perfectamente que Darrell estaba en aquel cuartel.

—Bien, no me puedo permitir elegir —me dijo mientras me miraba de arriba abajo—. Cualquier ayuda es bienvenida. Ya me contará los detalles. Ahora tenemos que conseguir que estos malnacidos abran.

En eso coincidíamos las dos: necesitábamos que nos franquearan el paso.

—No parecen muy dispuestos a recibirla. ¿Cuánto tiempo lleva aquí? —le pregunté ya con cierto aplomo.

—¡Solo dos horas! Es cuestión de insistir.

Para ella no parecía ser demasiado tiempo. Me admiró su persistencia. Después de volverme a mirar de arriba abajo, se presentó:

—Soy Emily Hobhouse, de un lugar minúsculo y sofocante cerca de Liskeard, en el condado de Cornualles. ¿Quién la envía?

—¡Emily Hobhouse! —exclamé. Se trataba de la autora de los artículos que leí durante mi convalecencia. No daba crédito. ¿Cómo puede ser el mundo tan grande y pequeño a la vez? No podía dejar de mirarla—. ¡He leído bastantes columnas suyas! ¡No puedo creer que nos hayamos encontrado en el sur de África! —Nada más decirlo, caí en la cuenta de que aquel era su campo de batalla. Lo único extraño era que yo estuviera allí.

—Aquí debo estar, señorita Orliens, este es mi lugar. Hay injusticias que, cuando se conocen, ya no es posible obviarlas. Defenderé a las mujeres y a los niños bóeres con todo mi ser y hasta la última gota de mi sangre.

Entonces nos abrieron.

—Son dos —dijo un soldado—. Aunque solo se oye a una... —añadió para sí mismo, y nos conminó a acompañarlo. Se dirigió únicamente a Emily—: Sígame, el coronel hablará con usted. No lo incomode demasiado. Luego paga su mal humor con nosotros.

Recorrimos un pasillo y, nada más entrar en un despacho, el coronel Goldenseat, un hombre de unos sesenta años, saludó a Emily:

—La señorita Hobhouse. ¡Qué sorpresa! —dijo con ironía.

—Pues parece que me estaba esperando. Si es así, ¿por qué me ha tenido dos horas fuera desgañitándome?

—Formalidades de la vida castrense... ¿Y quién es su amiga?

—Soy Shayna Orliens, señor —dije en un tono que, comparado con el de Emily, le resultó inesperado.

—¡¿Orliens?! —gritó el coronel Goldenseat—. ¿Es usted familia del teniente Darrell Orliens?

—Sí, señor, es mi hermano. He viajado con él hasta

Durban desde Lourenço Marques, donde ha pasado conmigo los días que tenía de permiso.

—De permiso por la Cruz Victoria. ¡Y pensar que la ganó aquí al lado, en el río Modder! Imagino que estará al corriente del valor que demostró al salvar al conde de Gleichen. A la sombra de este protector, a su hermano le sonreirá la fortuna siempre; en su vida queda poco lugar ya para el azar. Mi enhorabuena.

No estaba nada de acuerdo con aquella aseveración, pero no quise contradecirlo. Emily permaneció callada durante el tiempo que duró aquel diálogo. Goldenseat cambió su gesto al dirigirse a ella:

—La felicito, señorita Hobhouse, ya es usted famosa en todo el Imperio. ¿Es eso lo que quería? Por tanto, mi cuartel no podía quedar excluido de su campaña de desprestigio de nuestro Ejército, ¿no es así? Ahora nos toca a nosotros.

—Sabe que he recorrido los campos en los que concentran a las mujeres, a los niños, a los ancianos bóeres y a los negros desde Aliwal North hasta el río Orange; he pasado por Norvalsport, Springfontein y Kimberley.

—No es necesario que me recuerde dónde se encuentran nuestros emplazamientos.

—Los están exterminando. Ustedes, los soldados al servicio de Su Majestad. ¿Dónde ha quedado la tan cacareada caballerosidad de los oficiales del Ejército británico? Se están comportando como...

—¡Señorita Hobhouse! —la interrumpió, pero Emily continuó:

—Esos lugares son el infierno en la tierra. Pero le diré una cosa: mi padre era el primer archidiácono de Bodmin. ¿Conoce el extremo suroeste de nuestra isla? ¿Sabe que, además, me une una gran amistad con la mujer del obispo de Londres? Coronel... —dijo Emily mientras le miraba los galones—, los prisioneros caen como moscas porque beben agua contaminada. Se podrían evitar centenares de muertes si contaran con unos miserables baldes y unas ollas donde pudieran hervirla y almacenarla. ¿Se da cuenta de lo poco que eso supone? ¿Cuánto gasta el Ejército en whisky en un solo mes? Cuando vine a África esperaba encontrarme con hombres de honor. ¿No les basta con ganar la guerra? ¿Quieren exterminar a los bóeres? ¿Es eso?

—Señorita Hobhouse, le propongo que mañana visite el asentamiento de Bloemfontein; verá cómo las condiciones son bastante distintas. ¿No se ha planteado que tal vez esté sugestionada porque solo cree lo que se publica en la prensa de los enemigos? Si leyera nuestros periódicos...

—Ya conozco el campamento de Bloemfontein, para mi desgracia. He visto escenas en él que no olvidaré mientras viva. Lo que le digo no proviene de mis lecturas, ni me lo ha contado nadie. ¡No les creía capaces de semejantes crueldades! Criaturas reducidas a piel y a huesos que se les transparentan como si fueran anillos bajo unos guantes muy finos. Ni siquiera los pueden enterrar en ataúdes; los envuelven en una sábana y al hoyo. Cuando sus madres y sus abuelos escuchan mis palabras de consuelo, no pueden creer que yo también sea inglesa. Les digo que, antes que eso, soy un ser humano. El tifus, el hambre, la disentería, la suciedad, la neumonía, el sarampión, las humillaciones, todo eso es lo que deja a su paso el Ejército británico.

»Y no soy la única que considera abominables estas prácticas. Son muchos más y, cuando salieron a la luz mis informes... Sé que algunos me odian porque creen que estoy de parte del enemigo; me consideran una traidora, pero me da igual, no me van a callar. Obtendré la fuerza y la financiación de aquellos a quienes aún los mueve la misericordia, la compasión. Quiero que el mundo entero sepa de esta barbarie. ¿Dónde está su familia, coronel, y las familias de sus subordinados? Sus hijos, sus padres, su esposa, sus parientes están a salvo de esta desgracia colectiva, que es la de todo un pueblo. Me dirá que sufren a distancia, pero a ellos no los violentan ni los matan. Esta es una lucha muy desigual.

Recordé lo que había leído en el cuaderno de Denys: él también refería lo mismo. Según Darrell, en cambio, se limitaban a rodear los campamentos de los hombres con alambradas de las que colgaban campanas y otros cachivaches de metal para que advirtieran de su presencia.

Cuando terminó de hablar con el coronel, Emily se giró hacia mí y me dijo:

—Señorita Orliens, ¿me invitará a una cerveza? Creo que me la he ganado.

—¿No era usted quien hacía campaña contra el alcoholismo? —le preguntó Goldenseat mientras nos sonreía—. ¿Ya ha claudicado?

—Estoy contra el alcoholismo, no contra beber una cerveza. —Y se dirigió de nuevo a mí—: Como tenemos prohibido el acceso a las cantinas de los militares, iremos a la zona de la mina.

Bajé la cabeza y antes de despedirme del coronel le dije:

—Desearía ver a mi hermano, hemos pasado juntos su tiempo de permiso, pero...

—¿El teniente Orliens? Pensaba que lo sabía... Ha partido hacia Durban.

Abrí mucho los ojos porque no me esperaba aquello. Tenía que regresar cuanto antes para reencontrarme con él. Eso suponía aplazar, aunque fuera unos días, la búsqueda de Denys. No tenía más remedio.

—Salude a su hermano de mi parte y cuide sus compañías —me dijo él.

—Así lo haré, señor. En estos momentos, no puedo estar mejor con nadie más que con ella —le contesté mientras miraba a Emily. Ella me sonrió por primera vez. Envalentonada, le dije al coronel—: Quería preguntarle por un soldado; se llama Denys Olgivie y es escocés. Es escultor y firma sus obras como Irving Calder. ¿Cómo podría saber su paradero? —No titubeé en ningún momento, y aquello me gustó porque parecía que comenzaba a ser de nuevo quien fui antes del terremoto que socavó mi ánimo.

—¿En qué regimiento está? ¿Sabe a qué sección pertenece? —me preguntó sin dar ninguna importancia a su doble identidad.

—Formaba parte de la expedición del capitán Aylmer Haldane. Perteneció al regimiento de infantería de los Gordon Highlanders. Creo que los bóeres lo hicieron prisionero, señor. Hace ya bastante tiempo, además. —Solté todos aquellos datos que había memorizado del cuaderno.

—Repítame su nombre, el real —me dijo mientras se disponía a anotarlo.

Vi que Emily sacaba un lapicero y una pequeña agenda de su bolso y hacía lo mismo.

—Solicitaré que intenten localizarlo en primer lugar en las listas de bajas. Así no perderemos el tiempo. Por la hermana del teniente Orliens, lo que sea. Le haré llegar cualquier noticia que tengamos.

No esperaba aquello, pero pensé que sería la vía más efectiva. Quería tener noticias de él cuanto antes. Eso era lo único que me importaba.

—Gracias, señor. Le estoy muy agradecida.

El coronel nos acompañó hasta la puerta del cuartel. A Emily no la volvió a mirar.

Durante el camino de regreso desde el cuartel en compañía de Emily Hobhouse, contemplé el atardecer más esplendoroso del que había disfrutado nunca: una brecha que parecía la entrada al cielo separaba los tonos encendidos de los grises.

En cuanto abrimos la puerta de una de las numerosas cantinas del campamento minero, constaté que no era más que una cueva recubierta de madera oscura que olía a humedad, a sudor y a alcohol. Emily y yo éramos las únicas mujeres. Todos los ojos se posaron sobre nosotras. Los hombres de la barra giraron sus taburetes, y los de las mesas vecinas también colocaron sus sillas de forma que pudieran vernos, como para disfrutar de un espectáculo. Se quedaron callados y quietos. Estaba segura de que su actitud no tenía nada que ver con el respeto, sino que se trataba de estupefacción ante la osadía de que hubiéramos entrado allí.

Emily me habló de su experiencia con los mineros. Enseguida encontré un rasgo común con esta mujer de Cornualles, delgada, con el cuello muy largo y las cejas asimétricas: la absoluta fascinación que sentía por su hermano, quien se oponía a esa y a todas las guerras. Me dijo que él era liberal social. Como yo me quedé callada, se apresuró a aclararme este concepto, solo después de dar un trago largo a su cerveza y pasarse la mano por la boca para quitarse la espuma como si con aquellos modales quisiera mimetizarse con el ambiente.

—El liberalismo social es el pensamiento más moderno, el único que tiene como prioridad el desarrollo del ser humano, su bienestar en libertad. Es, por tanto, lo más opuesto al imperialismo, en cuyo nombre se cometen tantos atropellos, incluida la extinción de pueblos enteros, como sucederá con los bóeres si nadie lo remedia. El liberalismo social quiere anteponer la razón y la solidaridad a la barbarie.

Me sentí como si me leyera en voz alta una de sus columnas en el periódico. Los parroquianos hacían cada vez más ruido al entrechocar sus jarras. Pensaba que, en cualquier momento, algunos se acercarían a nosotras y nos obligarían a abandonar la cantina.

Si Emily se sentía tan intimidada como yo, no lo manifestaba. Pensé que incluso disfrutaba de tener una audiencia a la que transmitir sus ideas, con su tono didáctico describía el terreno que pisaban y penetraban mientras los cegaba el brillo del oro y los diamantes. Sabía tratarlos.

—¿Sabe lo que ha llevado a Gran Bretaña a su gran expansión, señorita Orliens? Su complejo de inferioridad. El territorio originario era demasiado pequeño para unas ansias tan grandes. Por una parte, se alardea de todo lo que proporciona la insularidad, pero por otra, el Imperio británico no esconde sus deseos de conquistar el mundo entero. —Aquello también lo había leído en uno de sus artículos—. Y como dice Cecil Rhodes, esa bestia humana: si fuera posible, también colonizaría otros planetas. Dios quiera que no haya muchos más hombres como él. Es una fuente de catástrofes, ha asesinado a cientos de miles de inocentes. Quiere conectar El Cairo con El Cabo mediante una línea de ferrocarril para dominar toda África de norte a sur, para que sea un continente británico. Su megalomanía no tiene límites.

Era la primera vez que hablaba con alguien que escribía en la prensa. Bebí el primer sorbo de mi cerveza; era densa y el lúpulo tenía un sabor muy amargo y persistente.

—Puede haber educación, justicia y sanidad para estas gentes sometidas, y, con ello, que algún día vivan bien. Eso es lo que perseguimos. No la insalvable división entre opresores y oprimidos, como sucede ahora en las colonias.

Yo no esperaba que la paciencia de aquellos hombres tan rudos durara tanto. Lo achaqué a la capacidad persuasiva de Emily.

—Mi hermano Leonard dice que, si un individuo es bueno para sí mismo, lo será también para la sociedad, porque la engrandecerá. Ha publicado ya dos libros. Mi primo Stephen también es pacifista. En la Cámara de los Lores nos tienen a toda la familia en el punto de mira y, en la Cámara de los Comunes, contra lo que cabría esperar, la situación no es muy distinta. Mi primo trabaja para que se reforme el inhumano sistema de prisiones de nuestro país. Esa es su lucha. Además, predicamos la austeridad, porque la ostentación es una de las principales señas de identidad de la burguesía. Cualquier muestra de lujo nos parece abominable.

Me habló del dispendio que había supuesto el viaje de la Comisión Fawcett y pensé en cómo era mi vida en Londres y en dónde me hallaba en aquel momento.

Había sucumbido al magnetismo de Emily Hobhouse. Su energía se manifestaba en el brillo intermitente que surgía de sus ojos opacados, en su postura adelantada, como si quisiera acompañar sus palabras. Hablaba sobre la riqueza justo ante un auditorio compuesto por quienes se habían desplazado hasta allí para prosperar lo máximo posible y conseguir algo casi imposible en Gran Bretaña: ascender en la escala social. Sabía lo que pensaría Emily de las veladas a las que yo asistía antes del escándalo del Baile de los Anfibios, donde la mayoría solo iba a lucirse, como maniquíes en movimiento. Sentí vergüenza de mi vida anterior.

—Mi misión aquí es esencial, irrenunciable —continuó Emily—. Las condiciones de los campos de prisioneros bóeres son mucho peores que las de las cárceles británicas, que ya es decir. Sabrá que las colonias del Cabo y de Natal pasaron a manos inglesas a cambio de que se reconociera la independencia del Estado Libre de Orange y del Transvaal, pero esto no se ha respetado. Algo le habrá contado su hermano.

—¡Mi hermano, sí, Darrell, es mi único hermano! —dije como si se tratara de una plegaria. Desde que estaba en la guerra, lo evocaba siempre con una mezcla de tristeza, nostalgia y orgullo.

—Gran Bretaña ha sacrificado miles de vidas porque no quiere reconocer que legítimamente estas dos repúblicas pertenecen a los bóeres. No es mi opinión, es un hecho.

Escuchaba a Emily mientras pensaba en los muertos de todas las edades.

—Ya se ha aprobado el empréstito en la Cámara. ¿Sabe lo que es? Pues nada menos que los títulos negociables para que el Estado asuma los gastos de esta campaña. La guerra continúa. Parece que nuestro Ejército quiere hacer con los bóeres lo mismo que los yanquis hicieron con los pieles rojas.

Entonces la interrumpí:

—Entiendo sus razones, la difícil situación de estas gentes, la humanidad que demuestra con ellos y su lucha por que sobrevivan, pero no puedo ayudarla ahora, lo siento. —Me adelanté a la propuesta que pensaba que me haría—. He venido hasta aquí desde Lourenço Marques para buscar al hombre del que le he hablado al coronel, Denys Olgivie —dije su nombre en voz muy alta, con la esperanza de que algún parroquiano lo conociera, pero nadie intervino. Y añadí de forma que solo Emily me oyera—: Y me temo que el tiempo para dar con él corre en mi contra, pero sobre todo en la suya. Está en una situación bastante delicada. Deme la lista de los campos de prisioneros en los que los bóeres tienen a los soldados del Ejército británico, por favor. Voy a visitarlos todos.

—No tengo ninguna duda de que lo encontrará, eso sí, no sé si vivo o muerto.

Di un respingo. Ella continuó como si, al igual que el coronel Goldenseat, no hubiera apreciado mi reacción:

—Pero permítame decirle que eso no es excusa. No significa que no pueda hacer algo por los demás. Para este menester, las circunstancias nunca son favorables, pero cuanto más haga por los demás, mejor se sentirá, porque su vida será más plena. No se limitará solo a usted. Hágame caso. Vivir solo para nosotras mismas supone un empobrecimiento espiritual enorme. Pida que le envíen desde Londres ropa y jabón. Cuanto más, mejor. Yo me encargaré de distribuirlo por los campos con un tren.

—¿Con un tren?

—Así es, eso es lo que me dispongo a hacer, las carretas no son suficientes. Además, necesito la caldera de una locomotora para hervir el agua.

Emily Hobhouse se terminó de un solo trago los dos dedos de la pinta que le quedaban y me preguntó si quería otra.

—No, mejor no —dije mientras dejaba unas monedas sobre la mesa junto a mi cerveza, de la que apenas había bebido un cuarto.

Emily se puso en pie y saludó con una leve inclinación de cabeza, como si estuviera ante los asistentes a un mitin. Pensé que los buscadores de oro y diamantes daban por bienvenida cualquier cosa que paliara su aburrimiento.

Reparé en que un hombre me miraba con tanta intensidad que me dio un escalofrío. Se acercó a nosotras, tomó mi jarra y se la bebió de un trago.

Emily, en lugar de enfrentarse a él, hizo algo que me resultó insólito: comenzó a cantar. El efecto que produjo su voz se pareció bastante al de un arrullo. Permanecieron quietos, con la vista fija en ella y muy calmados, tanto que cuando terminó les costó trabajo aplaudir, aunque se notaba que les había gustado esta improvisada actuación.

—Son muchos años en el coro de la parroquia de Saint Ive. Para algo tenían que servirme —me dijo a manera de aclaración.

Salimos de la cantina y comenzamos a caminar por la calle de barro. Iba pegada a las fachadas de aquellas construcciones que habían crecido allí en tan poco tiempo. Advertí enseguida que el mismo hombre que se había bebido mi cerveza nos seguía. Antes de que pudiera decirle nada a Emily, saltó sobre mí y me empujó contra unos troncos que había frente a una de las viviendas de los mineros.

—¡Déjala, déjala, cerdo! ¡Socorro, auxilio! ¡Ayúdennos! —Emily se desgañitaba igual que cuando la encontré frente al cuartel, pero nadie acudió.

Entonces cerró la boca, se acercó a él y le dio una patada. Mientras el hombre saltaba a consecuencia del dolor, Emily le tomó un brazo y le clavó los dientes en la muñeca. Después se quitó la aguja con la que se sostenía el moño y la melena rizada le cayó hasta la cintura. Cogió entre los dedos pulgar e índice ese pincho de metal y se lo clavó a la altura de los riñones.

—Vámonos, rápido —me dijo.

Estaba tan aturdida que me costó reaccionar. El hombre se retorcía en el suelo y le gritaba a Emily todos los nombres del diablo. Mientras nos alejábamos, me dijo con la voz entrecortada:

—Esto no ha sido muy cristiano, pero no he tenido más remedio. No sé si le he salvado la vida o solo he salvado su virtud.

Corrimos por la calle central del poblado minero hasta una casa que tenía un cartel metálico colgado de una cadena. Subimos los escalones de madera de dos en dos.

Emily se dirigió a una mujer despeinada y con la blusa sin abrochar que limpiaba un mostrador.

—Denos un cuarto, rápido.

—¡Eh! Un momento. Sin exigencias. Las cosas se piden bien —nos dijo—. ¿Cuántos van a ser? Se paga por persona —dijo ella.

—¿Cuántos? Nosotras dos. Lo único que necesitamos es un lugar a resguardo de estos salvajes, no su compañía —le contestó Emily bastante airada.

En cuanto nos quedamos a solas con los chinches de aquella habitación, Emily me dijo:

—Espero que contribuya a mi causa. Sé que tiene mucho dinero. No hay más que verla. —Antes de que yo pudiera decir nada, añadió—: Los de nuestra clase nos reconocemos, sea en las circunstancias que sea. Se nos nota, es algo que va mucho más allá de las ropas o los ademanes. Así que...

Parecía que quería cobrarse la deuda por haber salido en mi defensa. Antes del incidente, ya estaba decidida a contribuir.

—Yo también tenía mucho dinero. Más de cinco mil libras. Mi herencia. ¡Cuánto podría haber hecho con esa cantidad! ¡Cuántas vidas pude haber salvado! Pero...

Se detuvo ahí y detecté en ella una mirada distinta, que la llevaba hacia atrás y juntaba a la vez mucha tristeza y dolor con una cierta alegría. No quise preguntarle nada al respecto.

He estado a punto de dejar en blanco estas páginas porque no me siento capaz de describir el horror que he visto esta mañana en el campo de prisioneros bóeres de Bloemfontein. Los niños nos interrogaban con sus enormes ojos, que destacaban en sus caras huesudas, sin carne, solo con piel. Estoy segura de que no pueden entender qué los ha arrastrado hasta ese lugar. No les quedan fuerzas para jugar ni para sonreír. Sus madres mantienen la entereza, pero los ancianos ya se han rendido.

He visto cómo, nada más llegar nosotras, al amanecer, unos soldados británicos se llevaban a varios fallecidos por un extremo del campamento. Emily me ha dicho que dan un rodeo para no pasar por el pueblo. Los llevan al cementerio de incógnito. Apenas quedaba nada de esos cuerpos. Los sacaban de las tiendas ante las miradas de las diez o doce personas que estaban en su interior. En todo el recinto reinaba un silencio monstruoso, antinatural: la mudez del miedo.

Emily increpó a los guardias por la forma en que trataban a los cadáveres a la vista de todos. Le respondieron que cumplían órdenes en todo, que a aquellas personas debían retenerlas allí para vencer a los bóeres cuanto antes, que eran sus rehenes, que esa era la forma de conseguir que la guerra acabara pronto, y que ese es el deseo de todos. Incluso de ellos.

Emily se ha empeñado en enseñar a las mujeres a tejer y me anima a que lo haga yo también porque es lo más útil en lo que pueden emplearse, que necesitan otro oficio para cuando regresen a sus granjas, algo que les provea de dinero de forma inmediata, sin tener que esperar a que llegue la primera cosecha ni a que críen los animales. No sabía a qué animales se refería porque tenía entendido que nuestro Ejército los había desprovisto de todo su ganado para alimentar a la tropa.

Hemos llevado algo de jabón. Emily lo había recogido en varios hoteles. Imagino que se lo habrán dado para librarse de ella. Esta mujer es obcecada, inflexible; para ella una negativa no es más que una demora.

Sé que nunca olvidaré al enfermero con el que nos hemos encontrado cuando ya estábamos a punto de salir del campo.

—Voy a morirme aquí al sol porque no tengo fuerzas ya para llegar a mi cama —nos dijo. Nosotras quisimos ayudarlo, pero no lo permitió—. Prefiero irme con luz. Siempre he temido a la oscuridad. Es cuestión de días que mueran todos. Esto es un vertedero, un depósito donde practican como tortura la muerte lenta. El médico falleció hace una semana. Entonces me pusieron a mí al frente de las medidas sanitarias del campamento. Como si las hubiera —añadió, y ya no le oímos decir nada más.

KARAMCHAND

Travesía desde el sur de África hasta Inglaterra, julio de 1901

La mano líquida del mar golpeaba incesantemente el casco del buque. Karamchand miraba la línea horizontal que se perdía en lontananza y por la que se abrirían paso, una vez tras otra.

Cuando se embarcó por primera vez hacia Londres en 1888, en aquel caso desde la India, tenía dieciocho años, ninguna experiencia, muchas ambiciones, pero también mucha ingenuidad. Su primera impresión de la ciudad lo abrumó, no tanto por su extensión y actividad, sino por la manera en la que el progreso se había plasmado en todo lo que se llevaba a cabo. Él parecía provenir del pasado. Las costumbres eran otras muy distintas, aunque había quienes no mudaban sus hábitos, vivieran en Delhi, en Bombay, en Benarés o en cualquier lugar de Inglaterra. Utilizaban los mismos juegos de té, colgaban en sus casas las mismas cortinas, y el resto de los objetos eran los mismos, de forma que, entre todos, creaban el espejismo de que no se habían trasladado a Asia desde las islas británicas.

En la University College de Londres, a veces, Karamchand despertaba las risas de sus compañeros, tanto por la frecuencia de sus intervenciones como por su contenido, considerado estrambótico por la mayoría. Planteaba a los profesores casos insólitos según la opinión general, pero eran los que se daban en su tierra.

Estaba dispuesto a aprovechar la enorme oportunidad que suponía estudiar en Europa. Quería aprender el sistema legal británico para entender mejor las reglas que regían en su país. Se esforzaba por asimilar todo el conocimiento posible. Para muchos de sus compañeros de aula, aquellos estudios eran poco más que una distracción, la forma de continuar con el oficio de su estirpe, pero para Karamchand suponían bastante más: significaban proveerse de los instrumentos necesarios para conseguir que muchas personas condenadas injustamente sobrevivieran.

En 1894, tan solo un año después de llegar a Durban, fundó una organización destinada a defender los derechos de su comunidad, lo llamó Congreso Indio de Natal. Ese fue el inicio de la lucha, la primera chispa de lo que vendría después: reuniones clandestinas, discusiones acaloradas, pero, sobre todo, la satisfacción ante la unidad de quienes sabían que se enfrentaban a un sistema poderoso. Todos tenían muy claro que juntos eran más fuertes. De esa actitud nacía su optimismo.

Recordó el momento en el que, en enero de 1901, leyó la noticia de la muerte de la reina Victoria y los sentimientos encontrados que experimentó entonces. En sus manos había estado mejorar las condiciones de vida de sus súbditos indios desplazados al sur de África, pero no solo no había cambiado nada, sino que la comunidad a la que Karamchand pertenecía pasaba la peor época desde su llegada al continente, nada menos que desde 1860.

Karamchand había tomado su pluma para redactar el pésame que iba a enviar a Buckingham Palace junto a su petición.

A Su Majestad el rey Eduardo VII.

> Nosotros, los indios de Sudáfrica, deseamos expresar nuestras más sinceras condolencias por el fallecimiento de Su Majestad la reina Victoria.

Había escrito el encabezamiento con trazo firme, pero se detuvo un momento. Para sus compatriotas, la muerte de la reina no significaba nada. Como acababa de razonar, la discriminación y las leyes injustas continuarían cerniéndose sobre ellos. Lo que perseguía con este mensaje no era asumir sin reservas ese nuevo Gobierno, sino erigirse en un interlocutor válido para la Corona a fin de que los tuvieran en cuenta, ya que eran más de ciento cincuenta mil indios. Se trataba de una cuestión de estrategia, de mantener viva la presencia de sus conciudadanos en los asuntos de la Administración británica.

Volvió a mojar la pluma en el tintero y continuó:

> Confiamos en que, bajo el reinado de Su Majestad el rey Eduardo VII, conseguiremos, por fin, que se nos reconozcan nuestros derechos y podamos vivir de forma pacífica y justa en esta tierra que ahora también es nuestra.

Karamchand pensó en cómo sería aquel mundo más justo que le reclamaba al rey, un mundo en el que, como había escrito Tolstói, no se intentara conciliar lo irreconciliable: las doctrinas que predicaban la bondad con su defensa mediante las armas.

Quería defender algo tan evidente y necesario como la justicia social; ese concepto que, para quienes viven de espaldas a las carencias de los demás, no existe porque no consideran que haya motivo alguno para igualar las condiciones de vida de los seres humanos. ¿Puede haber una forma más contundente de egoísmo?

SHAYNA ORLIENS

Bloemfontein, Estado Libre de Orange,
sur de África, julio de 1901

Emily exteriorizaba su rabia a gritos. Dice que tiene registrados todos los campos de prisioneros, que ya ha estado en más de la mitad y que ha tomado bastantes fotografías para adjuntarlas a los informes que envía. Me ha preguntado si había leído algo de esto en la prensa británica. Yo no podía articular palabra, recordé de nuevo el cuaderno de Denys, en el que se refería a estas atrocidades. Entendí por qué Denys quería escapar de allí como fuera. Si era posible hablar de la cara más siniestra de la guerra, no me cabía duda de que había estado ante ella.

Quiero creer que mi hermano no sabe nada de esto. Que Dios nos proteja, como dice Emily, Emily, Emily. No dejo de repetir su nombre: es tal el impacto que ha causado en mí su forma de conducirse en la vida que creo que nunca podré olvidarla, ni a ella ni lo que he vivido a su lado. En cuanto me recuperara un poco de todas aquellas impresiones, si es que aquello era posible, continuaría con la búsqueda de Denys.

Además, para cumplir con mi promesa a Emily, le escribí a mi padre para rogarle que me enviara todas las toneladas de ropa y jabón que fuera capaz de reunir en una semana.

No añadí ninguna explicación. «Ayudar nos ayuda», repetía Emily. Al menos tenía claro que ese periplo me alejaba de Scotland Yard. A nadie se le ocurriría buscarme en aquellos pozos del infierno. Fiz y el Baile de los Anfibios se habían convertido en algo remoto, difuso.

Cuando regresamos del campamento de Bloemfontein, fuimos a una tienda para comprar una caja de galletas, a pesar de que ninguna de las dos teníamos hambre. Después entramos en la pensión. En cuanto la dueña nos oyó, salió al zaguán y nos interpeló a gritos cuando ya habíamos subido el primer tramo de la escalera:

—No tan deprisa, malas pécoras. ¡Parad! A usted, a la baja —se dirigió así a mí—, la ha venido a buscar un soldado.

El corazón me dio un vuelco.

—¿Un... soldado? —repetí entre tartamudeos.

—Me ha dicho que lo mandaba un coronel que está en el cuartel. Que fuera allí en cuanto llegase.

—¡Denys! —grité—. Ya lo han encontrado.

Emily tenía la mirada sombría. Esa misma mañana me había dicho que hasta los ángeles habían huido de allí, pero sé que prefirió callar antes de quitarme la ilusión.

—Emily —le dije. Solo eso.

—La acompaño —me respondió de forma inmediata y después añadió—: de lo contrario es muy probable que la violen al doblar la primera esquina.

Yo sabía que no lo hacía solo por eso.

La dueña de la pensión nos gritó de nuevo:

—Ahora dadme lo mío.

—¿Lo suyo? —le pregunté sin entenderla.

—Lo que me corresponde por la información. A ver si creéis que soy una correveidile.

—Sí, claro —le dije mientras sacaba algunas monedas del bolso sin prestarle mayor atención, como sonámbula.

Regresamos a la calle enseguida. Sentí que, por efecto de los nervios, podría convertirme en un charco de cera. En cambio, Emily no parecía sudar y, además, su ropa se mantenía impecable, con los tirantes anchos de su vestido en su sitio y, debajo, las mangas abullonadas de la blusa muy bien plantadas. En estos detalles reparaba durante el recorrido. Necesitaba conducir mi mente a cualquier detalle exterior para que mis pensamientos no se convirtieran en lágrimas.

En el trayecto comimos sin hambre unas cuantas galletas cada una y bebimos con mucha sed agua de la cantimplora que Emily llevaba siempre al hombro. Yo estaba tan ensimismada que caminaba como si flotara sobre el barro. Anticipaba el momento de mi reencuentro con Denys, pero no podía evitar pensar que tal vez, con mi búsqueda, lo habría puesto en peligro y que era muy probable que lo hallara en un calabozo. Aquello podría significar una despedida definitiva, que yo fuera su última visita antes de que lo fusilaran.

Le conté a Emily cómo lo había conocido en Lourenço Marques, le hablé de sus esculturas. Quería encontrar el momento para hablarle también de Fiz y de la acusación de asesinato que pesaba sobre mí, aunque no era fácil, a pesar de la confianza, de la admiración que sentía por ella y de que sabía que estaba al tanto del escándalo porque había leído todas sus columnas que mencionaban el Baile de los Anfibios.

Al cabo de media hora estábamos ante la misma puerta del cuartel donde nos habíamos conocido.

—El coronel Goldenseat me ha mandado llamar —le dije al soldado de guardia, antes siquiera de saludarlo.

—Usted sola.

—¡Vamos las dos! —le grité con tal contundencia que no se atrevió a contrariarme y que a mí misma me sorprendió.

Mientras entrábamos, Emily me dijo:

—Tengo la impresión de que, con usted a mi lado, se me abrirían muchas puertas. He vociferado tanto que mi nombre me impide que me reciban en casi ningún lugar.

—Pronto llegará la ayuda. Le he mandado ya un telegrama a mi padre. Ojalá pudiera hacer algo más por esa pobre gente, pero en este momento...

—¿Otra vez? Nunca es el momento, pero siempre es el momento —masculló entre dientes.

Otro soldado nos acompañó al despacho de su superior. El coronel Goldenseat estaba detrás de su escritorio. Cuando entramos, apenas levantó la mirada de sus papeles.

—¡Han venido las dos! —exclamó bastante incómodo.

—Señor, ¿ha sabido algo de Denys Olgivie? ¿Me ha hecho llamar por eso?

Después de rubricar un documento, se puso en pie y respondió:

—Es más fácil encontrar a dos mujeres en el campamento minero que a un hombre en medio de la guerra...

—¿Sabe si resulta fácil obtener un salvoconducto de los bóeres para visitar sus campos de prisioneros? ¿Cree que me lo proporcionarán? Es una cuestión de humanidad. La señorita Hobhouse me ha facilitado una lista. Los prisioneros británicos tienen derecho a ser visitados. Si sus familias no lo hacen es porque a la mayoría les resulta imposible salvar las más de cinco mil quinientas millas que separan nuestras islas de este territorio.

El militar me interrumpió:

—No tiene nada que ver con eso. La he mandado llamar porque el teniente Orliens..., su hermano..., está... —Goldenseat se pinzó con dos dedos el puente de la nariz a la vez que cerraba los ojos y después añadió—: Está en el hospital de Durban. La llevarán hasta allí ahora mismo. A usted sola. ¿Recuerda que le dije que había ido en su búsqueda? Parece que tenía algo urgente que comunicarle.

Comencé a hacerle preguntas de forma atropellada. Estaba aterrada.

—¿Cómo está? ¿Qué le ha sucedido? ¿Es grave?

—No sé nada más. Vaya allí —me dijo él.

Emily me puso la mano en el hombro derecho.

—Gracias por avisarme, señor —fue lo único que acerté a balbucear.

Cuando estábamos a punto de salir de su despacho, el coronel volvió a hablar:

—He preguntado por el tal Denys Olgivie, pero no hay rastro de él. Como si nunca hubiera estado aquí. ¿Está usted segura de que formaba parte de nuestro Ejército? ¿No será un impostor? ¿Un traidor como su amiga? ¿Un desertor o un espía?

Vi los esfuerzos que tuvo que hacer Emily para permanecer callada.

—No, señor, ¿cómo cree que...?

—Descuide. En cualquier caso, olvídese de él ahora. Su hermano, el teniente Orliens... La recogerán en la puerta principal. —Volvió a sentarse ante sus papeles.

Estaba desolada. No hice ningún otro comentario ni ningún gesto.

El vehículo del Ejército nos llevó a la pensión para que recogiera mis cosas. Mientras iba de un lado a otro de nuestra mugrienta habitación, Emily me observaba en silencio. Sé que pensaba que ni mi hermano ni Denys estaban ya en este mundo.

—Rezaré por usted y por ellos —me dijo después de casi un minuto—. Quiero pensar que quien no odia la guerra es porque no la conoce de cerca o porque lo ciega la codicia.

—Emily, ojalá volvamos a vernos. Estos días juntas han sido suficientes para que tome conciencia de lo que me rodea, de tantos dramas, de tantas calamidades originadas por quienes quieren hacerse con estas tierras a sangre y fuego, a cualquier precio. Cuando leía sus artículos no acertaba a imaginar la gravedad de todo esto a pesar de su claridad.

—Lo siento.

—No, no lo sienta; prefiero que haya sido así. Las cosas no dejan de existir porque no las conozcamos. He comprobado esto antes en mi vida. Por eso, estoy convencida de que solo la intervención de las personas a las que se dirige con sus informes puede hacer que estas circunstancias cambien. Nuestra indiferencia siempre perjudica.

—Me alegro de que piense así —me dijo Emily con una sonrisa.

—Quiero que sepa que, esté donde esté a partir de ahora, haré todo lo posible por ayudarla. Esta tragedia la ha creado la mano del hombre; si fuera el resultado de una catástrofe natural, de un huracán, de un terremoto, de la erupción de un volcán, no sería tan terrible...

—Escríbame a la casa de mis tíos en Londres. Aquí tiene las señas —me dijo a la vez que me entregaba un papel.

—Tenga mucho cuidado, Emily.

Sentí la necesidad de abrazarla y, mientras me decidía, ella me estrechó contra su pecho.

—Es una mujer muy fuerte. Nunca lo olvide, Shayna Orliens. Se lo digo porque tengo mucha intuición. A la gente la veo venir —me dijo.

Esto me recordó a lo que yo siempre pensaba sobre la manera en que alguien se aproxima al lugar de una cita.

—Emily, no sé si mi hermano seguirá con vida. La forma en que me lo ha dicho el coronel..., su titubeo... —necesitaba decirlo en voz alta, tal vez para conjurarlo.

—No lo sabrá hasta que esté en Durban —me dijo muy resolutiva mientras yo cerraba la maleta.

Bajamos a la calle y el soldado me ayudó a acomodarme en el vehículo. No quería llorar delante de él.

—Llévese esto —me dijo Emily mientras se sacaba del bolsillo un corazón de lata con una cadena oxidada—. Y no se olvide de cumplir con su promesa de ayudarme. Eso es lo principal. Lo importante nunca somos nosotros, sino los otros. Recuérdelo.

—Así lo haré, le doy mi palabra —le respondí convencida, consciente de lo que podía llegar a representar alguien a quien se acaba de conocer; en el caso de Emily, su intensidad, la admiración que me había despertado, contrastaba con las sensaciones que me habían producido tantas personas a las que había olvidado al poco tiempo de estrecharles la mano.

Esa tibieza, la indiferencia incluso, aún es más difícil de soportar cuando se siente por alguien con quien se ha convivido horas, días y a veces años, y que, pasado ese tiempo, apenas deja huella en nuestras emociones. Casi tenía que hacer esfuerzos para recordar a Fiz. En cambio, de Emily me impresionaba su solidez, su firmeza.

En cuanto me alejé del campamento minero, las imágenes de mi hermano y de Denys llenaron mi mente.

FIZ REYER

Benarés, India, julio de 1901

Antes, de este país solo conocía los *Cuentos de las colinas* y el resto de las historias de Rudyard Kipling sobre la vida de los británicos en esta colonia. Eso y poco más: lo que me había explicado mi suegro sobre sus negocios, las noticias de los periódicos sobre el Raj, el Gobierno de la Corona en la India... Pero ahora puedo decir que conozco en profundidad su esencia, porque comparto mis días y mis noches con Kiran. Ya soy Arshad desde la visita al templo, tanto para él como para todos los que me conocen. He conseguido un prodigio: nacer de nuevo. Antes no sabía que necesitaba cambiar de vida, mudar de piel.

Ya soy capaz de decir algunas expresiones en hindi. Visto una camisa hasta las rodillas con el cuello redondo, llamada *kurta*. Quiero ser uno de ellos, que nadie me relacione con mi vida anterior. Ahora sé que cuando se halla la paz del ánimo ya no se aspira a nada más.

Mis días se suceden con una cadencia dulce, amable. Colaboro con Kiran en la regencia del hotel Varanasi. Sé que tanto él como su padre y sus hermanos aprecian mis consejos. Son muchos años en la dirección de la fábrica, y ahora me satisface ayudar con mis conocimientos a esta familia que tanto me ha dado. Me tratan como a otro hijo, como a un hermano de Kiran.

Esta sociedad es muy distinta de la nuestra; entiendo por ese motivo que los británicos prefieran permanecer aislados, que conserven sus reductos, donde solo se relacionan entre ellos. Al comportamiento elitista se une su incapacidad para integrarse en otro lugar y en otro ambiente que no sea el suyo. No entienden nada del complejo sistema de organización en castas... Justifican su negativa a no mezclarse con ellos por su temor a contraer la lepra. Abominan de la existencia de eunucos y de tantas otras peculiaridades de estas gentes a las que someten y desconocen. En cambio, yo he encontrado lo mejor entre ellos: mi felicidad.

KARAMCHAND

Travesía entre el sur de África e Inglaterra, julio de 1901

En la cubierta del barco se miró las manos. Eran las mismas que habían sostenido tantos libros, los de Tolstói entre ellos; entonces debía prepararlas para la lucha en los despachos y, a su regreso, en campo abierto, pero con un reto que parecía imposible: sin herir.

Cerró los ojos para dejarse llevar por ese sueño. Cada decisión lo había llevado hasta allí. Se había forjado en la adversidad, en la propia y en la de otros.

Suspiró, se apartó de la barandilla y se dirigió al camarote.

SHAYNA ORLIENS

—

Londres, julio de 1901

En Hyde Park comenzaron a oírse las salvas. Desde la Torre de Londres respondían a estas descargas con otros cañonazos. Los cisnes, patos y gansos del lago Serpentine aletearon, movieron sus cabezas y comenzaron a nadar rápido en dirección a los juncos de la orilla hasta que el fango les aquietó las patas.

El rey Eduardo y la reina Alejandra estaban de pie sobre una tribuna elevada metro y medio del suelo. Sobre la madera había una alfombra y, en torno a ella, una barandilla de columnas retorcidas. Mi padre y yo teníamos asientos reservados en primera fila, en el lugar de honor. En cuanto finalizó el himno, comenzó el desfile de las tropas. Los elementos metálicos de los uniformes resplandecían. El ruido de los atalajes de los caballos y el polvo que levantaban a su paso me colapsaron aún más los sentidos.

Después de los saludos, un edecán comenzó a relatar el acto heroico por el que a otro militar se le concedía la Cruz Victoria. Citó a los testigos de la hazaña y, cuando nombró al condecorado, el público comenzó a aplaudir. El soldado llegó hasta la tarima y el rey avanzó un paso. Le colocó en la casaca la cruz *pattée* de bronce con la cinta carmesí. Después, el edecán dijo el nombre de Darrell y describió su acción de guerra, entonces Su Majestad bajó los tres escalones del estrado y depositó la medalla sobre el ataúd de mi hermano.

La mandíbula me temblaba de rabia. Quería golpear la caja (de madera de sándalo, por expreso deseo de mi padre), incluso darle puñetazos al rey en el pecho, pedirle que detuviera aquella sangría, decirle que ninguna tierra vale lo que un solo hombre. Me pesaban los ojos, y me costó mucho mover el cuello para mirar a mi padre, que se mantenía muy erguido.

Algunos niños que tenía cerca lloraban de forma entrecortada y se pasaban las manos por las mejillas de vez en cuando, pero sin hacer demasiado ruido. Pensé que eran educados hasta para sollozar. No me cabía ninguna duda de que se trataba de los hijos de otros fallecidos en las batallas del sur de África.

Vi a Darrell en varias etapas de su crecimiento; mi hermano solo necesitaba unos minutos de conversación, una sonrisa, mostrar sus maneras, su preocupación por los demás, para que enseguida quienes tenía enfrente lo consideraran parte de sus vidas.

No podía quitarme de la mente el momento en que lo vi en el hospital de Durban. Junto a un cadáver cubierto con una sábana, un doctor que marcaba demasiado cada sílaba, como si quisiera que sus palabras se me grabaran para siempre, me dijo que mi hermano había tenido más suerte que su compañero, porque a aquel otro soldado que yacía junto a él le había arrancado la cabeza una bala de cañón. Según el doctor, tras el impacto continuó corriendo decapitado unos diez metros. En cambio, el teniente Darrell estaba entero. Así lo expresó. Después añadió que las esquirlas apenas lo habían alcanzado en una cadera y en el pecho, y que, por ese motivo, el médico de campaña creyó que se salvaría. Se las sacaron, lo cosieron, pero se desangró debido a una herida interna que no pudieron advertir. El ataque se había producido cuando estaba de camino a Durban. A punto de salir de la zona en conflicto, cerca de Ladysmith. De nada le había servido permanecer en la retaguardia. Venía a verme. Eso nunca me lo podría perdonar.

El doctor seguía con su salmodia, con su tono monocorde, como si diera cuenta del incidente a una persona ajena, sin ninguna relación con el fallecido, como si yo no fuera su hermana, su única hermana, sino un ayudante al que pretendiera instruir. Todo me daba vueltas. Me apoyé contra la pared que había entre las dos ventanas de aquella estancia. Antes de que me fallaran del todo las fuerzas, le pedí que me dejara a solas unos instantes.

—Si es ese su deseo... —me respondió, como si mi petición lo sorprendiera.

En cuanto salió, me abalancé sobre mi hermano y lo besé, primero en la frente, después en los párpados, y a continuación en cada mejilla. Me abracé contra su pecho y noté el olor a barbarie de aquella cacería humana. Coloqué mi frente junto a la suya mientras le rodeaba el cuello y comencé a llorar. La furia apenas me permitía respirar. Sentía el cuerpo agarrotado, temblaba; aquel ultraje, aquella aniquilación, me había vaciado. Tenía mejor aspecto Darrell muerto que yo viva.

Fue lo mismo que pensé después en Londres. No podía entender cómo habían llegado sus restos en tan buen estado desde el sur de África. El Ejército debía de tener ya mucha experiencia en el tratamiento de los cadáveres, tras ocuparse de ellos por miles. El mismo doctor anodino e insensible me había informado de todos los detalles: la mayoría de los soldados británicos fallecidos eran enterrados en el extremo sur de aquel continente en litigio, debido a que el costo de transportar un gran número de cuerpos de vuelta a Gran Bretaña habría sido prohibitivo. También influía que se hubiera hecho difícil preservarlos durante un viaje tan largo. Se crearon cementerios militares en las principales áreas de conflicto del Transvaal y de la llamada colonia del Río Orange por los británicos tras su ocupación y Estado Libre de Orange por los bóeres.

Pero Darrell, o lo que quedaba de Darrell, estaba allí en Hyde Park porque, con algunos oficiales de alto rango, soldados de familias influyentes o héroes de guerra, como era su caso, hacían la excepción de trasladar sus restos hasta la metrópoli.

«El pijama de madera» llamaba mi hermano al ataúd. En la casa en ruinas que, cuando éramos pequeños, habíamos convertido en nuestro refugio, una vez lo encontré haciéndose el muerto. Deseé que el tiempo fuera un zootropo que pudiera moverse en ambas direcciones y volver a aquel momento en el que todas nuestras correrías eran inofensivas.

Estaba llena de odio contra quienes desencadenan las guerras, contra hombres como Cecil Rhodes, que quería abrir un tajo de norte a sur en África para cubrirlo de hierro como una columna artificial. Desde siempre había intuido que los delirios de grandeza no tienen fronteras geográficas, pero tampoco morales. Anhelé su muerte y la de todos los que eran como él. Quise escupir sobre aquel suelo que, para sostenerse, había matado a tantos. «La paz es para los cobardes», había oído decir, como si nuestro estado natural fuera el otro: la depredación, el asco por los semejantes.

Sin advertirlo, comencé a balbucear el nombre de Denys. Lo necesitaba allí, a mi lado, que me sostuviera, que me dijera: «Shayna crisálida», que me secara las lágrimas, que me tranquilizara entre sus brazos, pero sabía que era muy posible que tampoco estuviera ya entre los vivos. Si no llegaba a saber lo que había sucedido con él, estaría condenada para siempre a esperar y a perseguir un fantasma.

La estridencia de los instrumentos de metal me devolvió de nuevo a Hyde Park. Si la Policía se hubiera atrevido a aparecer por allí en aquel momento para detenerme, la habría emprendido a patadas con los agentes.

Una vez que los reyes se retiraron, el público comenzó a moverse. Mi padre y yo nos detuvimos frente al féretro de Darrell, incapaces de hablar, anegados por la pena. Un niño que participaba en la ceremonia se acercó al ataúd y acarició con su mano la madera:

—Adiós, soldado. Nunca te olvidaremos —dijo.

En estas situaciones, los niños se convierten en adultos y nosotros volvemos a la infancia porque nos sabemos desasistidos, solos, desamparados ante el abismo, apesadumbrados por la carga que supone atisbar la omnipotente e ineludible presencia de la muerte.

EMILY HOBHOUSE

—

Francia, julio de 1901

Después de un conflicto bélico siempre llega la hambruna. Según el acuerdo propuesto, el Transvaal y el territorio de Orange quedarían bajo el dominio británico. Les pagarían a los bóeres la reconstrucción de sus granjas. ¡Y les dejarían hablar en neerlandés! ¡Les permitirían expresarse en su idioma y también profesar el calvinismo! ¡Qué trato más generoso! Nuestros gobernantes insultan nuestra inteligencia con cada una de sus acciones.

Los datos que hice constar en mi informe eran terribles: la Mancha Negra, como había llamado Milner a los campamentos, a pesar de que el Gobierno, tras la costosa Comisión Fawcett, intentó lavarles la cara con más camas y alguna nimia medida nueva, arrojaba el amargo recuento de unas treinta mil personas blancas y veinticinco mil negras fallecidas en los campos. Casi todas eran mujeres y niños. Y esas no eran aún las cifras definitivas.

Según *The Times* habían muerto unos veintiún mil soldados del Ejército británico. Casi ocho mil en el campo de batalla y el resto por enfermedades. Entre los bóeres perecieron unos nueve mil, cuatro mil de ellos en combate. Apenas mencionaban a los civiles, pero hacían hincapié en que Gran Bretaña pagaría tres millones de libras en concepto de ayudas para la reconstrucción si la guerra terminaba. Se indemnizaría a las víctimas y se habilitarían préstamos sin intereses.

Tampoco decían que habían quemado unas treinta mil granjas del Transvaal y del Estado Libre de Orange.

No pude contener las lágrimas, como si mis ojos, al igual que sucedía con aquel averno del sur de África, tampoco tuvieran dique.

Leía las noticias junto al lago de Annecy, cerca de Talloires, en Francia. Estaba allí a la búsqueda de lo que más necesitaba: reposo y sol. Solo me llevé un par de mudas y todos mis papeles. Fui la única huésped de la posada de un convento, una antigua abadía benedictina donde pasé unas semanas sin hablar más que con algún campesino que me ilustraba con sus conocimientos ancestrales, como que las hormigas tapan las entradas de los túneles cuando va a llover.

Tras cada puesta de sol regresaba a aquel lugar de reclusión donde solo se oía el eco de mis propios pasos y el incesante chapoteo del lago contra la pared del jardín. Intentaba pasar mis periodos de descanso de la forma más austera posible, ya que no podía gastar un dinero del que no disponía.

Quería que se publicara *The Brunt of the War and Where It Fell* [El peso de la guerra y dónde cayó]. Mi relato era francamente opuesto, o más bien alternativo, al que las autoridades militares y políticas de Gran Bretaña querían presentar al mundo. En él aparecían los campamentos que conocía hasta entonces: cincuenta para personas blancas y sesenta y cuatro para personas negras, aunque algunas de estas estaban en los de los blancos porque eran sus sirvientes. Estas viudas o mujeres solas, que junto a sus hijos morían de hambre, antes habían sido ricas.

EMILY HOBHOUSE

Durban, colonia de Natal, sur de África, julio de 1901

Tras aquellas vacaciones tan breves, conseguí desembarcar de nuevo en Durban sin que esta vez me pusieran ninguna traba. Entonces parecía que, dadas las circunstancias, ya se me consideraba una persona útil allí. De todas formas, en la aduana me interrogaron de una forma muy insidiosa. Después supe, gracias a mis amistades de El Cabo, que había órdenes de interceptarme la correspondencia y que algunos espías militares británicos tenían un único cometido: seguirme e informar de mis movimientos a sus superiores. Aprendí a disimular mi letra y firmaba mis cartas con seudónimos.

Durante esta nueva travesía, para la que había comprado el pasaje de forma anónima de nuevo, uno de los pasajeros me reconoció y todos los demás me dieron la espalda. Parece que los rumores viajan más rápidamente en un espacio tan reducido sobre el mar que en tierra.

Visité un hogar para adolescentes en Wynberg; se trataba de un refugio para jóvenes que habían quedado embarazadas de soldados británicos. Tiempo después supe que a algunas de las nacidas allí les pusieron mi nombre. Les agradecí que consiguieran multiplicarme de esta manera tan poco ortodoxa, pero tan honrosa para mí. De nuevo, como casi siempre, pensé en John Carr Jackson y en los hijos que no tuvimos.

Quería continuar con mi idea de que las mujeres bóeres aprendieran a tejer, a hilar y a tramar, a confeccionar encajes también, para que, con la venta de estos textiles, pudieran mantener a sus familias mientras la vida volvía a abrirse paso. También me contaron que los viudos y viudas estaban casándose de nuevo.

A pesar de la solidaridad que existía entre ellos, la situación seguía siendo catastrófica, había tanta sequía que los trenes dejaron de circular, ya que ni siquiera había agua para llenar las calderas de las locomotoras. Los ríos estaban secos. Los granjeros no disponían de aperos con los que arar ni semillas que sembrar en aquel país de cráneos y huesos apilados sobre la tierra quemada. Este nuevo desengaño me llevó a apoyar a las sufragistas. Pensé que con la participación de las mujeres en los organismos públicos todo iría mejor, porque peor ya era imposible. Hasta entonces habían tenido tan poco control... Siempre habían vivido a merced de las decisiones de los distintos hombres de sus vidas: padres, hermanos, maridos, hijos...

Se me cayó el alma a los pies cuando vi una larga fila de tumbas de niños. Sobre cada montículo habían colocado una botella vacía con un papel dentro en el que estaba escrito el nombre de quien yacía allí.

Tenía que sacudirme la tristeza como fuera para que no me impidiese continuar adelante, conseguir infundirles ánimos a aquellas gentes y que fueran capaces de sobrevivir al invierno.

Un buey costaba dieciséis libras. Fui a muchas ferias para pujar por los que me parecían los animales que podían resultar más productivos. Resulta que, sin saber cómo, porque nunca me había dedicado a estos menesteres, desarrollé un muy buen ojo para esta labor de selección. Tal vez era Dios el que guiaba mi dedo cuando señalaba una vaca o una mula entre todas las demás.

A cada pueblo que llegaba me esperaban en la estación los vecinos que quedaban de él. Le escribí a mi hermano, a mi primo y a Shayna para que me hicieran llegar cuanto antes semillas. Me quedé afónica de tanto hablar con los bóeres, de convencerlos de que era posible que, una vez terminada la contienda, remontaran.

Gracias a mis amigos de El Cabo y a la campaña que hizo *The Manchester Guardian* recaudé miles de libras para lo que llamé «el plan de arado». Casi junto a esta lluvia de dinero llegó, por fin, la otra, la de verdad.

La primera escuela de tejido la abrimos en un cobertizo de Philippolis. Siempre he perseguido que mis palabras se traduzcan en acciones prácticas, que no solo sean la expresión de mis creencias y mis principios. Todo lo contrario de lo que hacen otros.

Tan solo dos días antes llegaron las primeras ruecas, casi a la vez que la noticia de la muerte de mi tío Arthur. Saber que aquel hombre tan bueno, que tanto había significado para mí, no pisaría más este mundo me hundió. Le escribí enseguida a mi tía Mary, le ofrecí volver a su lado, pero ella me respondió que era más útil allí, que ya llegaría el día de nuestro reencuentro. Nunca he conocido a una persona tan desprendida como ella. Bueno, alguien que se le parecía bastante en cuanto a su actitud era Shayna Orliens, una bendición en mi vida; en vez de venir con un pan debajo del brazo, me entregó nada menos que diez mil libras. No podía creerlo. Nunca había visto una cantidad semejante junta, ni siquiera me había atrevido a soñar con ella.

Veintiún días después llegaron al puerto los equipos de hilado que adquirimos. La escuela de Philippolis quedó oficialmente inaugurada. A aquel acto de apertura quiso sumarse una serpiente a la que tuve que golpear hasta la muerte, esta vez con un paraguas que había pertenecido a mi tío. Recordé enseguida cuando hice lo mismo, pero con mi sombrilla, en el campo de Bloemfontein, e inmediatamente pensé en esas civilizaciones, como la griega, la egipcia, y algunas tradiciones nórdicas, que representan un reptil mitológico, llamado uróboro en algunos lugares y que simboliza el tiempo circular, el principio y el fin, el alfa y el omega. Deseé que los tiempos oscuros acabaran pronto y nos encontráramos ante un nuevo amanecer.

Comenzamos también con la fabricación de encajes. Al modelo más exitoso lo llamé «Paciencia y coraje», mi lema.

Mientras aquellas jóvenes trabajaban, escuchaban obras como *La esclavitud de las mujeres,* del economista y filósofo John Stuart Mill, y *Ética a Nicómaco,* de Aristóteles. No quería que se perdiera un solo momento. Podían trabajar y estudiar a la vez, saber del mundo más allá de su tierra devastada y de las paredes de madera de aquel establo que apestaba, habitado, además de por nosotras, por cientos de moscas y decenas de ratas.

SHAYNA ORLIENS

—

Londres, julio de 1901

Cuando nos dirigimos hacia la salida de Hyde Park junto con la comitiva, vi a unas niñas que caminaban delante de nosotros. Las dos llevaban vestidos negros con volantes rematados por puntillas. Pensé en el caudaloso reguero de dolor que deja la guerra. Cualquier guerra.

Entonces saqué del bolsillo un papel.

—Es de Darrell. Me lo ha entregado un soldado —le dije a mi padre.

—¿Es un poema? —me preguntó al advertir las líneas cortadas.

—Se titula «Si muero» —dije y comencé a leerlo en voz alta. Algunas personas se detuvieron junto a nosotros para escucharme.

> Si muero,
> será con todo lo que pudo haber sido
> dentro de mí.
> ¿Qué son más poderosas,
> nuestras ilusiones, el futuro,
> a lo que aspiramos,
> o el pasado que ya no existe?

Todo lo que me llevo conmigo
es bastante más de lo que, tal vez,
cien hombres tuvieron.
Vosotros envejeceréis,
pero yo permaneceré así, joven,
siempre,
eternamente.

Si muero, podréis presumir
de que en nuestra familia hubo un héroe.
Si muero,
te tendré junto a mí constantemente, Shayna,
con tu dulzura,
tu amor inmenso por mí.

Si muero, no tendré rival.
Si muero,
padre,
nuestro abrazo no acabará nunca.
Si muero,
sabré en los instantes
antes de cerrar los ojos
que he sido muy afortunado,
porque he sido muy querido.

Si muero,
podré, por fin,
estar con nuestra madre;
estrecharé su mano,
la sostendré
para que no se caiga nunca más
de aquel balcón maldito
y compartiremos tardes llenas de risas
durante veranos que nunca se marchitarán.

Si muero,
no tendréis que recordarme
porque siempre estaré con vosotros.
Si muero,
nunca me marcharé de vuestro lado
porque os habitaré,
viviré atento a vuestras vidas,
y cuando Shayna dé a luz a su primer hijo
reconoceréis en él mis rasgos
y mi alegría.

Si muero,
será porque tuve la dicha
de haber nacido.
Y como permaneceré en vosotros,
nunca seré nada,
porque siempre seré alguien.
Seré Darrell,
vuestro Darrell,
por siempre.
Quien tanto os ha querido
y os querrá.

FIZ REYER

Benarés, India, julio de 1901

Kiran estudió Derecho y Filosofía Occidental gracias a que consiguió una beca para Oxford después de formarse en el United Service College, una escuela de Devonshire. Me ha confesado que la mayoría de las historias que me leyó durante mi convalecencia las ha escrito él. Tiene, además, dos novelas terminadas y un ensayo sobre el imperialismo. Este último libro lo ha guardado a buen recaudo porque sabe que no le conviene mostrar sus ideas.

Quiere probar fortuna literaria en Londres, y me ha pedido que lo acompañe. Aunque me ha desconcertado su propuesta, no he tenido que decidir, porque ya no decido nada. Me he liberado de ese suplicio. Sé que mi felicidad está a su lado y, por ese motivo, viajaré con él. Además, estoy seguro de que nadie me reconocerá en Inglaterra con estas ropas y este aspecto: delgado, sin gafas y con barba, además del pelo largo. Ante cualquier persona con quien nos entrevistemos, seremos dos ciudadanos de la India británica.

Kiran y yo partiremos en un mes. Necesito convencer a las autoridades de aquí de que extravié mi documentación para que me entreguen un nuevo pasaporte. Creo que no me resultará difícil porque el padre de mi amigo es una persona muy influyente. Sabe muchos secretos. Él, sus otros dos hijos, algunos vecinos y varios huéspedes del hotel Varanasi declararán que soy Arshad Kumar y, además, no mentirán.

En cualquier caso, le pedí que hiciera algo por mí, una vez que estuviéramos allí, en la capital...

¡Qué complicada es la vida a veces! ¿O somos nosotros los complicados? Aquí, en cambio, es todo tan sencillo.

KARAMCHAND

Londres, verano de 1901

Karamchand caminaba hacia Buckingham Palace. A su alrededor, casi todo era gris.

Depositó una pequeña corona de flores junto a la verja, frente al edificio. No era solo un acto de respeto por la reina fallecida hacía medio año, sino también una reafirmación de su lucha, quería enviar con ella un mensaje. Observó cómo en aquellas pocas millas, entre flores secas, se resumía la magnificencia del imperio al que pertenecía.

Regresó al hotel Westminster. Tenía casi completa en la mente la carta que se disponía a escribir.

Una vez en su habitación, comenzó a redactar la misiva que quería enviarle al escritor ruso Lev Tolstói. No tenía ninguna garantía de que fuera a contestarle, pero el acto de dirigirse a él ya lo recompensaba.

El conde Tolstói, que vivía en su finca Yásnaia Poliana, había recibido inspiración para desarrollar su doctrina de la no violencia después de conocer con mucho detalle la cultura india durante los años en que estudió en la facultad de Filosofía Oriental de la Universidad de Kazán. Por tanto, como le gustaba decir a Karamchand, nada de lo humano ni de lo divino le era ajeno.

Después de las formalidades habituales, y de preocuparse por su ya deteriorada salud, le hablaba de la lucha de los indios en el Transvaal. Le decía que seguía convencido de que su enfoque de la resistencia pacífica era el camino correcto para todos los oprimidos por sistemas injustos, y le solicitaba ayuda para que se conociera fuera de Sudáfrica y del Imperio británico el caso de los indios, habida cuenta de que el pensador ruso era una figura que atraía mucha atención de la prensa. Algunos incluso lo consideraban un santo viviente, y los periodistas hacían guardia a las puertas de su finca. A sus setenta y tres años, era una de las personas más famosas del mundo.

Por todos estos motivos, Karamchand le rogaba que popularizara este movimiento tan deudor de sus ideas relativas a la búsqueda de la verdad y la anteposición del amor. Quería que el eco de la protesta se extendiera de tal forma que llegara también a la India.

Junto a la firma y con la esperanza de recibir respuesta, consignó el número del apartado de correos que poseía en Johannesburgo: el 6522, a nombre de Karamchand Gandhi.

EMILY HOBHOUSE

Philippolis, Estado Libre de Orange,
sur de África, agosto de 1901

Cuando todo comenzaba a encarrilarse, sufrí un nuevo golpe, el peor: mi tía Mary murió apenas un mes después. Me escribió mi primo Stephen para contármelo. Ahogué mi dolor en una alfombra que tejí para regalársela al alcalde, con la intención de que nos donara otro local más ventilado e iluminado. En la trama podía leerse: *Alles sal regkom.* «Todo estará bien». Unas palabras que repetían mucho los bóeres.

Al día siguiente llegaron ruecas de varios países de Escandinavia y dos semanas después, cien más enviadas desde Suiza. Los carpinteros de Philippolis reparaban las que llegaban en mal estado.

De nuevo se repitieron dos cosas en mi vida: la depresión y el enfrentamiento con la Iglesia. Debido a la muerte de mi tía, me deprimí, como ya me había sucedido en mi juventud en Saint Ive, y tuve que enfrentarme con un sacerdote que prohibió a sus feligresas desarrollar la habilidad del hilado, como si esto fuera tan solo una afición y no un medio de supervivencia. Nos mudamos a la aldea de al lado, y perdimos de vista al párroco y el maloliente establo. Nuestros productos fueron aún mejores, gracias a las enseñanzas de un escocés, enviado por mi amiga Shayna, que nos enseñó a tratar los tejidos con tintes naturales.

Pero, muy a mi pesar, mi labor se vio interrumpida. El dolor en el tórax y la tos, que siempre he padecido de forma intermitente, regresaron con mucha intensidad, amplificados por el maltrato que había sufrido en el barco cuando me deportaron. Además, estaba mi afección cardíaca de siempre. ¡Tenía las mismas enfermedades que Cecil Rhodes!, pero a él Dios Nuestro Señor, en su suprema magnificencia, se lo había llevado de este mundo a finales de marzo. ¡Un indeseable menos! Esa fue la única forma de detener su trayectoria criminal. Me alegré mucho de su muerte. ¿Soy una mala persona por ello? Aquel día brindé con *champagne*, mi mayor dispendio en todos mis años de vida, y, por supuesto, fue una casualidad que coincidiera con el fallecimiento de aquella mala bestia. Pronto comprobé que desde entonces vivía más a gusto, tal como anticipé.

Antes de marcharme de nuevo, me dispuse, a pesar de mi mermada salud, a cumplir un sueño: quería subir a la montaña de la Mesa. Lo conseguí junto con un zoólogo y su esposa, que se ofrecieron a acompañarme. Aquel lugar lo había pintado con mis acuarelas muchas veces y por fin estaba sobre él. Este tipo de gestos simbólicos constituían mi principal motor.

EMILY HOBHOUSE

—

Italia - Francia, agosto de 1901

Decidí pasar unos días en Roma, Londres me asfixiaba a pesar de que el calor era mucho más intenso en Italia, ¡Gran Bretaña entera me dificultaba la respiración! Y, además, la vida era mucho más barata allí.

Cuando llegué a las montañas de Saboya, con los pulmones muy infectados, el dolor era tan intenso que sentía como si me apuñalaran. También tenía angina de pecho y artritis reumatoide. Pero incluso así fui capaz de llegar a Roma, aunque allí me veía obligada a pasar la mayor parte del día en el único sofá que había en mi piso. Eso sí, con vistas al Foro. Me hablaron de un magnífico cardiólogo que atendía en Florencia, pero no tenía dinero para pagarle.

No obstante, tuve la suficiente energía como para desplazarme después hasta Cannes, adonde había viajado mi amiga Tibbie Steyn. Fue entonces cuando me contó por primera vez su idea de que se erigiera un monumento a las mujeres y los niños bóeres que habían muerto en la guerra. Sería en Bloemfontein y se lo quería encargar a un escultor sudafricano que vivía en Roma y que se llamaba Anton van Wouw. Parece que era bastante famoso. Iba a pedirle que se inspirara en la *Piedad* de Miguel Ángel porque la escena que quería representar era la misma. Yo hubiera preferido que lo esculpiera Denys Olgivie, el hombre al que seguía buscando Shayna. Eso habría significado que ya hubiera dado con él.

Dos semanas después estuve en el palacio Ca' Capello de Venecia porque quería que su propietaria, lady Layard, una aristócrata galesa de la que había oído hablar en Londres, me enseñara a hacer encaje para transmitir este arte a las mujeres bóeres.

Durante este reposo obligado, a excepción de estos viajes, ordené mis notas y con ellas escribí el libro en el que cuento todo lo que quieren que calle. Mi intención era que estos atropellos no se olvidaran, y mi quimera, que no se repitieran. Como muchos señalan, mi idealismo me lleva a creer que la paz universal es posible. No pienso cambiar de opinión.

Escribo libros porque con los periódicos ya no me basta. Sus hojas son flor de un día y nosotros queremos que nuestros frutos perduren.

SHAYNA ORLIENS

—

Londres, agosto de 1901

Después de permanecer escondida más de un mes en penumbra en la casa de mi padre en Londres, una mañana todo cambió. Sonó la campanilla y decidí abrir antes de que lo hiciera Donna. Cada vez las costumbres de nuestra clase me resultaban más ajenas y prescindibles tras mi estancia en África.

Después de mucho tiempo en ropa de dormir, ese día me había vestido como si presintiera que iba a suceder algo. Fui hacia la entrada. Cuando estaba a mitad del pasillo, y a pesar de que me deslumbraba la luz del mediodía, distinguí enseguida por su delgadez y su estatura, por el cuello largo y por los tirantes anchos de su vestido, de los que salían las mangas abullonadas de su blusa, a quien se encontraba al otro lado de la puerta: se trataba de Emily Hobhouse. En cuanto atravesó el umbral, me lancé a sus brazos y comencé a llorar como si ella fuera el verdadero hogar al que yo esperaba regresar y no aquella casa en claroscuro.

—Emily, tenías razón. Soy una ilusa. Darrell ha muerto. Así es la guerra, horrenda e inclemente. La excepción en una guerra es vivir y no morir. La muerte de mi hermano...

Su vista se posó en el retrato de Darrell. El papel estampado que lo rodeaba era el fondo del escudo heráldico de nuestra familia, ya destrozada para siempre.

—Nadie está a salvo en una situación así. Los atacaron por sorpresa.

Emily no me interrumpió, entendió que necesitaba contar todo aquello, tampoco me preguntó sobre mi estado de ánimo. Preguntarle a alguien cómo se encuentra tras la pérdida de un ser querido es una de las acciones más superfluas que pueden llevarse a cabo. Con su aparición ya me lo dijo todo. Me pareció un gran gesto, muy propio de ella. La suya sí era una educación bien entendida.

—Querida, lo siento mucho, lo siento por tu hermano Darrell, a quien me consta que tanto querías, tanto como yo a mi estimado Leonard, pero lo siento también, además de por cada soldado británico, por cada soldado bóer, por cada mujer, niño y anciano blanco o negro que esta barbarie se ha llevado por delante. Ya lo sabes. No voy a decirte que para mí todos son iguales porque algunos no tienen nada que ver con esta insania. Sabes que me refiero a los niños, que en su inocencia no comprenden nada: vieron sus casas arder con sus juguetes, ropas y demás enseres, y después los transportaron como si fueran ganado.

—No hace falta ser un niño para no comprender algo así —le dije.

Donna entró en el salón con dos copas pequeñas en una bandeja y se dirigió a un mueble para sacar de él una botella de *sherry*. Lo que más apreciaba de ella era que tuviera iniciativa, que no esperara solo a que yo le ordenara algo. En esto tal vez influía que llevaba toda la vida con nosotros.

Le dije a Emily:

—Amiga mía, así te llamo porque de esta forma te siento después de lo que vivimos juntas. Gracias por hacer un hueco en tus muchas ocupaciones para venir a verme.

—Además de transmitirte mis condolencias, quería comunicarte que mis amigos de Ciudad del Cabo me han confirmado que llegó en perfectas condiciones el cargamento de ropa y jabón que envió tu padre. Puedes sentirte satisfecha, con ello también has salvado a muchos. Además, las diez mil libras fueron una magnífica inyección para el plan de arado y el de hilado.

—Continuaré colaborando en lo que me resulte posible, Emily. A veces, lo único que falta es contar con la forma de canalizar la ayuda. Gracias por incluirme en tu causa. Tienes razón, ahora me siento mejor. Suena muy egoísta, pero así es.

—Me sorprendió que fuera un envío anónimo.

—El apellido Orliens en estos momentos no está asociado solo a la gloria de Darrell. Hay tantas cosas que no sabes de mí... Tal vez, como cuentas con tantas amistades en el Parlamento, te resulte posible incluir también mi caso en la larga lista de injusticias a las que aspiras a poner fin —le dije sabiendo que la desconcertaría.

—¿Te refieres a la búsqueda de...?

—Sigo sin saber nada de Denys Olgivie, pero hay más, mucho más. —Decidí decírselo a bocajarro—. Estoy acusada de un asesinato que no cometí. Necesito que alguien me defienda, que pruebe mi inocencia. Me consta que en tu familia hay excelentes abogados; tal vez puedan hacer algo por mí. Algo tan importante como evitar que me ahorquen.

A continuación, le relaté lo sucedido con Fiz y recreé para ella mis días luminosos junto a Denys. Entonces vi que un velo empañaba su mirada, y la determinación que siempre irradiaba de sus ojos cambió. Como si fuera otra mujer. Sospeché que en su vida también hubo alguien que supuso lo mismo que para mí el escultor escocés, pero no me atreví a preguntárselo.

—¿Y no sabes dónde está tu marido? Si él apareciera, se resolvería todo —me dijo en cuanto se recompuso.

—También ha huido. He pensado fingir que me escribe desde algún lugar, falsificando su letra, pero creo que, si se descubriera el engaño, mi situación se complicaría aún más.

—Sí, mejor no hagas nada.

—De noche me despierto entre sudores fríos, siento en el cuello la cuerda áspera de la horca, las puntas de estopa se me clavan y me hieren... Es lo que me espera. Querrán que mi condena sirva como aviso. En esta sociedad nuestra, las esposas no tienen derecho a reprocharles nada a sus maridos ni a rebelarse, sin importar lo que estos hagan. No me detuvieron en el funeral de Darrell, creo que fue porque la Policía había venido tantas veces a esta casa que están convencidos de que no he regresado de donde me hallaba escondida. Si estoy aquí, si me he expuesto tanto, es porque no podía imaginar que la ceremonia de entrega de la cruz a título póstumo a mi hermano ocurriera mientras yo estaba fuera de Inglaterra. No asistir hubiera supuesto pagar un precio demasiado alto. Quizá respetaron mi duelo, no lo sé. O tal vez no se han enterado aún de que estoy aquí, porque no he salido en todo este tiempo. Estoy resignada; vendrán a detenerme en cualquier momento. No opondré resistencia. Sin él, sin Darrell, sin Denys, y con mi padre ocupado en sus negocios en la India... Cuando estalló el escándalo, me abandoné, solo quería morir.

—Una curiosa forma de presentar batalla. —Cuando hablaba, las cejas asimétricas de Emily parecían moverse de manera independiente. Aquella actitud mía de no hacer nada era lo más opuesto a su forma de proceder. Para escucharme, había dejado de lado su ímpetu, ese carácter enérgico que me fascinó cuando la conocí. Que se mostrara tan extremadamente cortés me reconfortó. Serví otras dos copas de *sherry*—. Bien, querida, te diré algo. —Saboreó de nuevo el vino andaluz—. Aunque a algunos se lo parezca o quieran hacerlo creer a la población británica, no estoy sola en mi pelea para que no se extermine a los bóeres. Como sabes, mi hermano Leonard, mi primo Stephen y algunos políticos cercanos a nosotros cuentan con grandes aliados en Durban, en El Cabo y en otros puntos del sur de África. Para ellos no soy la loca que clama en el desierto, sino su estandarte. Me ayudan de todas las formas posibles desde Londres a través de sus conocidos. Pues bien, a estas personas les pedí un favor. Debo decir que un favor enorme y lo hice por ti.

No me esperaba aquello, cada vez se me abrían más los ojos. Emily no estaba allí tan solo para darme el pésame y agradecerme el envío de las diez mil libras, la ropa y el jabón. Había algo más, con ella siempre había algo más. Aquella mujer tenía la capacidad de dejarme perpleja con cada nueva acción suya. No dije nada porque, en esos momentos, lo más inoportuno habría sido interrumpirla.

—Mis allegados consiguieron que dos personas destinadas en Durban revisaran las listas del Ejército y las del registro de quienes entraron y salieron por ese puerto para dar con el hombre por el que estuviste dispuesta a atravesar la guerra.

—Denys —balbuceé con dificultad, como si ya hubiera olvidado cómo sonaba después de tanto tiempo sin decirlo en voz alta.

—Olgivie, Denys Olgivie —dijo ella mientras sacaba un papel de su bolso de tela fruncida.

Cerré los ojos. Deseaba saber lo que quería decirme, pero, a la vez, me invadía un terror profundo, pantanoso, paralizante. Crucé los dedos. Temblaba. Me puse en pie como si estuviera ante un tribunal a la espera del veredicto.

—Tranquilízate, te vas a derrumbar; para que sigas ayudándome te necesito entera.

No pude evitar pensar en las palabras de aquel médico ante el cadáver de mi hermano. Darrell también estaba entero sobre aquella mesa de mármol, aunque muerto.

—Ten en cuenta que este favor es como las deudas de juego, sagrado.

Emily sonrió. Yo sudaba.

—En efecto, hubo allí un soldado escocés llamado Denys Olgivie.

Oírla hablar en pasado me lastimó.

—Lo alistaron en enero de 1900. ¡Menuda manera de comenzar el siglo!

Deseaba que Emily continuara y, a la vez, que se detuviera ahí, para que la verdad no me acribillara la esperanza y me derrumbara.

—Está desaparecido. Se le perdió el rastro. Me dijiste que estuviste con él en Lourenço Marques unas semanas.

—¡Unas semanas! —No pude evitar repetir en voz alta sus últimas palabras. Unas semanas que lo fueron todo, en ellas aún vivía. Unas semanas imperecederas, como si formaran parte de una obra escultórica, de un calendario labrado en piedra por Denys.

—De forma que lo conociste después de que desertara.

—Pero regresó a los territorios en conflicto después de su estancia en Mozambique. Cuando llegó mi hermano de permiso a visitarme, Denys se fue. No quería que él lo entregara al Ejército. Darrell nunca habría hecho algo así, pero él no lo conocía...

Emily se quedó callada, como si de nuevo su pretensión fuera que me desahogara. Había advertido que mi ánimo era muy frágil.

—Denys tenía un plan —continué—. Lo había meditado a fondo. Iba a dejarse apresar por los bóeres para que lo internaran junto a otros prisioneros británicos.

Seguía hablando porque quería convertir el pasado en presente, aplazar el momento en el que Emily me dijera las palabras definitivas, pero las que oí fueron otras muy distintas a las que esperaba:

—Shayna, si Denys no aparece en toda la región de Orange ni en el Transvaal, tal vez esto signifique que no llegó a salir de Mozambique. ¿Nunca se te ha ocurrido pensarlo? —me preguntó Emily.

—Emily, estaba convencida de que lo había pensado todo. No hago otra cosa, pero eso... Mi mente es obsesiva, piensa mucho, pero siempre lo mismo.

—Es muy posible que Denys esté allí, que nunca regresara a la guerra. La alternativa sería que hubiera pretendido salir y naufragara, pero me parece poco probable.

Comencé a recorrer el salón de un lado a otro con las manos en la cabeza. No daba crédito.

—Me habría escrito. Me habría dicho algo. No hubiera dejado que sufriera por su ausencia de esta manera.

—¿Escribirte y delatarse y delatarte? ¿Crees que eso habría sido inteligente? En cualquier caso, ve a Lourenço Marques y averigua qué ha ocurrido con él en este tiempo. Si estuviste dispuesta a cruzar una guerra, comparado con eso, ir hasta allí es un camino de rosas. Eso sí, asegúrate de que, al contrario de la primera vez, tu nombre no aparezca en la lista de pasajeros. Yo te explicaré cómo se hace. Tengo experiencia.

Me acerqué a ella y la tomé de las manos.

—Eres mi ángel, el Ángel de la Misericordia, como te llaman tantos en el sur de África. Nunca te podré agradecer lo suficiente que hayas venido a visitarme. Me has traído la luz. En mi situación era incapaz de pensar, al menos de pensar bien. Espero que tengas razón y me reencuentre con Denys.

—Querida, ahora debo marcharme. Me esperan aquí unos días de lucha encarnizada contra estos politicastros que tenemos, estómagos agradecidos que no hacen más que farfullar inconsecuencias mientras traspasan al cuero de sus asientos en el Parlamento su sudor grasiento. Son grotescamente egoístas. Cuanto más se aleja algo del perímetro de sus ombligos, menos les importa.

La voz de Denys me resonaba dentro: «Shayna crisálida». Que no hubiera abandonado Mozambique no significaba que continuara viviendo en su taller. Al menos me alivió pensar que Portugal no era una nación hostil a Gran Bretaña.

Miré el retrato de Darrell, y a su imagen se superpuso la del jardín de la quinta de Lourenço Marques. Debía actuar como Emily, continuar adelante. No podía quedarme allí en aquella ciénaga de dolor; tenía que enfrentarme a la verdad para revivir.

Salí de la casa familiar en Pembroke Vale para ir a la mía, a la que había compartido con mi marido. Nada más llegar, comprobé que mi padre se había encargado de que todo permaneciera igual. Les había pagado a mis criados para que siguieran allí. En medio de aquel escenario tan perfecto, solo faltábamos Fiz y yo. Me quedé en medio del salón, como si fuera de visita. No me atrevía a tocar nada, como si no me perteneciera. Se me pasaron por la mente muchas escenas de mi vida anterior, pero cuando comenzaba a ponerme de mal humor, apareció Mina, vestida con ropa limpia y recién planchada que olía a almidón, y la siguieron Constance, la cocinera, y James Elvory, el mayordomo, con su aspecto siempre impecable. En nombre de los tres, fue él quien tomó la palabra:

—Señora, quiero manifestarle que estamos muy abatidos por la muerte del señor Darrell.

—Gracias —les respondí, incapaz de añadir nada más. Pensé que habría ensayado aquellas palabras, seguramente después de consensuarlas con Constance y Mina.

—¿Ha venido para quedarse? —me preguntó James.

—No —le dije, rodeada de aquellas cortinas y muebles que tanto me pesaban... Todo lo que había en el interior de aquella casa lo sentía como un lastre—. Viajaré lo antes posible —añadí, sin comunicarles mi destino—. Le agradecería, Mina, que me preparara el equipaje. Toda la ropa que tengo, por favor. —Mi intención era donar la mayor parte de ella.

—Tengo que entregarle algo —me dijo y me pidió permiso para retirarse junto a sus dos compañeros. Volvió en un par de minutos—. Aquí tiene su correspondencia.

De repente me llené de alegría porque pensé que habría alguna carta de Denys. Me senté en el canapé bajo la ventana. Los rayos de sol entraban de una forma tan intensa que, en vez de sentirme en Londres, me pareció estar de nuevo en el jardín de la quinta en Lourenço Marques. Me inundó el entusiasmo porque creí que, a pesar de lo que me había dicho Emily, él se las había arreglado de alguna manera para escribirme sin delatarse. Los dedos me temblaban. Separé algunas invitaciones y me quedé solo con los sobres que no tenían remite, pero en cuanto les di la vuelta y los miré con más atención, comprobé que estaban escritos con la misma caligrafía: la de mi marido.

Fue tal mi decepción que estuve a punto de romperlos, pero Mina regresó en ese momento:

—¿Desea que le sirva algo de comer?

—No, no tengo hambre. —No pude evitar que mi negativa sonara demasiado brusca.

Comencé a recorrer con los ojos aquellas líneas. Algunas páginas, todas ellas arrancadas de un cuaderno, las había escrito Fiz en altamar y otras en Benarés. En ellas me rogaba que lo perdonara, que por mi bien lo olvidara todo.

Conforme avanzaba en la lectura, mis sensaciones eran más contradictorias. Sentía el sufrimiento de mi marido, la inestabilidad emocional que la situación le había producido, sus inseguridades... Tenía en mi mano liberarme: si me presentaba con aquellas cartas ante la Policía o enviaba copias a los periódicos, me dejarían en paz. ¿O tal vez creerían que las había falsificado yo? Eso pensé enseguida. Por el momento me centré en aquellas palabras, eran las de un pobre hombre, pero a la vez no podía dejar de pensar que no tenía nada que ver conmigo, que mientras yo transitaba por el prado amable que era mi vida entonces, me había caído un meteorito en la cabeza. Ya no me sentía involucrada en todo aquello; eso sí, aún me hería. Era como una comezón extraña porque no podía dejar de ser consciente de que aquel dolor tan intenso me había abierto las puertas de mi nueva existencia. Sin las mentiras de Fiz, sin su doble o múltiple vida, sin la trampa en la que me había metido, no habría conocido a Denys. No me habría sucedido lo mejor de mi vida. Por tanto, su traición me había traído el dolor, pero era como el dolor de un parto, necesario para que se abriese paso la vida, mi vida real.

Comencé a pensar en cómo hubiera continuado mi existencia allí, en Londres, frecuentando fiestas tan opuestas a mi carácter; me veía soportando durante horas el parloteo intrascendente de los invitados, su exagerada liviandad, aquella práctica de la cultura de las apariencias, con sus códigos excluyentes y limitadores, mientras yo envejecía y la cáscara de mi crisálida, inevitablemente, se ajaba conmigo dentro, enclaustrada, con las alas rotas.

KARAMCHAND

—

Calcuta, India, verano de 1901

El calor seco de Calcuta contrastaba con el clima al que se había acostumbrado en los meses más benévolos de Londres y el del sur de África. Estaba en aquella ciudad de la región de Bengala para asistir a la sesión anual del Congreso Nacional Indio, el principal movimiento nacionalista que luchaba por la independencia del dominio británico.

Para los asistentes, lo más extraordinario era que la presencia allí de Karamchand suponía la posibilidad de conectar la lucha que lideraba en el otro continente con la de la India. Abrir dos frentes simultáneos contra el Imperio.

Subió al estrado con las resoluciones que había redactado durante las últimas semanas sobre el papel y durante años en su cabeza.

—Hermanos —comenzó diciendo mientras les sonreía—. Hoy presento aquí no solo mis palabras, sino la esperanza de la liberación de tantos cientos de miles de indios oprimidos en tierras lejanas. El sur de África, nuestro segundo hogar para muchos, es testigo de nuestra lucha. Y hoy, desde esta tierra sagrada, llevamos esa misma lucha a otro nivel.

La sala quedó en silencio. Karamchand hizo una breve pausa antes de continuar:

—Quiero jurar ante todos vosotros que no cejaré hasta

que la injusticia sea erradicada, no solo de allí, sino de todas partes donde se pisotean nuestros derechos.

Karamchand recorrió la sala con su mirada.

—El Congreso Indio de Natal me ha encomendado intervenir aquí para que juntos, como el solo pueblo que somos, podamos demandar justicia. Las leyes que se han impuesto sobre nuestra gente, la humillación constante, la privación de derechos básicos..., no podemos permitir que continúen.

Karamchand comenzó a enumerar las disposiciones que versaban sobre los principios de la resistencia pacífica, la no cooperación con las leyes injustas y la necesidad de movilizar a las masas, no con violencia, sino con un poder moral imbatible, tal como había leído en las páginas redactadas con tanta pasión por Tolstói.

Su voz, firme y clara, conmovió a cada uno de los presentes.

—Sabemos que esta lucha no será fácil. Muchos ya han sufrido, muchos han sido encarcelados, y muchos más lo serán. Pero nuestros principios son más fuertes que cualquier ley injusta. Nuestros sacrificios serán los cimientos de un futuro libre para nuestros hijos, tanto en el sur de África como aquí, en la India.

El Congreso escuchaba en un silencio absoluto y Karamchand sentía que cada palabra resonaba más allá de esas cuatro paredes, que volaba desde allí hacia cada rincón del país.

Al terminar, recogió sus papeles con cuidado y, antes de abandonar el estrado, miró una vez más a la audiencia.

—Lo que hagamos hoy determinará el futuro de millones de seres humanos. ¡Que nuestras acciones sean dignas de la libertad que buscamos!

Tras estas palabras sonaron los aplausos. Y muchos empezaron a corear su apellido hasta que lo hicieron todos: «¡Gandhi! ¡Gandhi! ¡Gandhi!».

SHAYNA ORLIENS

—

Londres, agosto de 1901

Unos días antes le había hecho llegar al conde de Gleichen una nota a través de su secretario, y esa tarde me mandó llamar. Cuando lo tuve enfrente, en su despacho de un edificio georgiano en el barrio de Mayfair, me vino a la mente la palabra con la que mi hermano se había referido a él: «Gordinflón». Imaginé que lo había pescado como si fuera una especie de cachalote fluvial y no pude evitar sonreír, a pesar de las aciagas circunstancias. El conde me tendió la mano a la vez que inclinaba la cabeza. Nunca había estado ante un pariente directo del rey.

—Estimada señora Orliens, le debo la vida a su hermano, ya lo sabe. El teniente fue uno de nuestros mejores soldados. En su misiva, usted me decía que tenía una petición que hacerme, y como comprenderá, ni con todo el oro del mundo podría pagarle lo que él hizo por mí. La vida no tiene precio, sobre todo cuando se trata de la propia —bromeó.

Aquellas palabras me repugnaron, porque precisamente la furia imperialista basaba su potencia en todo lo contrario: en considerar que nada importaba un ser humano frente al valor de los territorios, sobre todo cuando estos guardaban en su interior yacimientos de metales preciosos y diamantes, como era el caso de aquella región del sur de África.

—Aquí me tiene, me he visto obligado a regresar porque la herida de la pierna no acaba de curarse. Allí el riesgo de infección es muy grande. En esas condiciones inhumanas... Sabrá que gran parte de nuestros valientes soldados no han muerto en la batalla, sino por esas malditas enfermedades: tifus, malaria, cólera, viruela..., hay de todo allí.

No quise decirle que yo también había pasado un tiempo en la región.

—Lo que quiero pedirle... Bueno, en realidad, son dos cosas las que me gustaría... —comencé a decir.

—Como si son mil. Dígame, querida.

Me había repetido muchas veces a mí misma lo que iba a exponerle.

—Verá, mayor, debido a un lamentable incidente, mi marido, Fiz Reyer, tuvo que abandonar el país. Se vio envuelto en un escándalo. No sé si hasta donde usted estaba llegaron las noticias. El caso es que, debido a una larga serie de malentendidos, alimentados sobre todo por chismorreos y por su desaparición sin dejar rastro, se me acusa de su asesinato.

—¡Santo Dios! Nunca hubiera esperado algo así.

Pensé que Gleichen me echaría de allí en aquel preciso momento para evitar involucrarse en esta cuestión. Aun así, me atreví a continuar:

—Usted es un hombre de honor, pero yo también soy una mujer de honor, por eso le ruego que me crea. —Imité los modos y maneras de Emily en mi forma de dirigirme a él—. Sería incapaz de hacer tal cosa. No soporto el sufrimiento... de nadie. —Iba a añadir que ni siquiera el de mi marido, pero consideré que era más prudente callarme—. En Scotland Yard hay una orden de arresto contra mí. Pero en estas cartas que le he traído verá que no he matado a nadie. Las ha escrito mi marido. Tal como dice aquí, está en Benarés. Por tanto, no se me puede acusar de ese delito. Su paradero no lo he sabido hasta hace unos días, voy a escribirle a mi padre, que se halla en la India, pero si alguien de la embajada se pone en contacto allí con él antes, yo quedaré a salvo. Mientras tanto... —A la vez que le decía esto, le tendí las cartas.

El conde de Gleichen abrió un par de ellas, pero se detuvo enseguida en su lectura y me dijo:

—No me cabe duda de que, tratándose de la hermana del teniente Orliens, usted no puede haber llevado a cabo una acción tan deleznable, así que lo que esté en mi mano... —dijo, aunque no me pareció muy convencido.

Tal vez había pensado que las cartas no probaban nada, que podía haberlas falsificado yo, tal como se me pasó por la cabeza hacer.

—Le ruego que hable con la Policía, lord Gleichen. Necesito que me expida un documento en el que conste que estoy bajo su protección. Si fuera también bajo la protección del rey, aún sería mejor —me atreví a pedirle—. ¿Lo haría? Quiero regresar al territorio portugués de Lourenço Marques cuanto antes. Un asunto de vital importancia me reclama allí, pero no puedo arriesgarme a que me detengan nada más arribar a puerto, si es que no se me llevan antes de aquí o me impiden subir al barco.

El conde hizo sonar una campanilla. Enseguida llegó un criado vestido con librea, que se quedó inmóvil junto a la puerta mientras él escribía.

—Archibald, quiero que lleves esto al palacio de Buckingham. Sé que hoy el rey está allí. Espero tu regreso. No te entretengas por el camino.

El criado asintió.

—Bien, querida, ¿qué le parece si mientras vuelve mi

sirviente le muestro los tesoros que alberga mi residencia? Eso sí, tengo que advertirle antes que poco mérito tengo en ello, ya que en su inmensa mayoría proceden del denodado esfuerzo de mis antepasados.

—Mayor. —Lo llamé por su rango militar mientras paseábamos por la galería interior de su vivienda—. Verá, como le anuncié, hay algo más. Es un asunto muy delicado. Tanto que no sé siquiera si planteárselo.

—No sé cómo será capaz de superar lo anterior —me dijo.

Como vi que esperaba muy atento a que continuara, me arriesgué:

—Se trata de un soldado escocés al que alistaron en la guerra de los bóeres en enero de 1900. Formaba parte de la expedición del capitán Aylmer Haldane. Pertenecía al regimiento de infantería de los Gordon Highlanders.

—¿Quiere saber de él? ¿Es lo que me está pidiendo? No será difícil.

—Creo que está en Mozambique.

—¿De permiso?

Ese era el momento decisivo. No sabía si continuar. El conde de Gleichen podía sentirse insultado y considerar que me aprovechaba de la muerte de mi hermano. Además, lo implicaría a él en el delito de deserción de Denys, según el código militar, desde el mismo momento en que lo supiera. Aun así, me armé de valor. En ese instante supe que la fuerza que nos da el amor no se puede comparar con ninguna otra energía. Tal vez por eso se me ocurrió algo.

—Mayor, si le parece, haremos lo siguiente: voy a pedirle lo que quiero y, cuando acabe, usted decidirá si me ha oído o no. Siempre puede optar por considerar que he permanecido en silencio y que nuestra reunión ha terminado antes.

—Tiene usted una curiosa forma de conducirse. Dígame.

Como acababa de conocerlo, no era capaz de atisbar si estaba molesto, impaciente o receptivo. No había nada en sus ademanes que dejara traslucir sus pensamientos.

—El soldado Denys Olgivie desertó del Ejército de Su Majestad y se escondió en Lourenço Marques en la misma propiedad donde yo vivía: una quinta en la avenida central.

Me sentí como si en aquel momento acabara de sentenciar a muerte a Denys.

El conde de Gleichen me pidió que regresáramos a su despacho. Una vez allí, apoyó el codo en la mesa de su escritorio, cerró los ojos y se apretó los párpados con los dedos pulgar e índice. Se quedó tan quieto que llegué a pensar que se había dormido. Sabía que se hallaba enfrascado en un dilema.

—¿Y? —Solo dijo eso, pero a mí aquel sonido se me clavó en el alma, como si fuera de hierro—. ¿Qué tiene que ver con usted? ¿Por qué lo delata? ¿Por venganza? No me parece propio de usted, siendo hermana de quien... era... que se deje llevar por ese sentimiento, por otra parte tan dañino para quien lo experimenta.

—No quiero vengarme, no se trata de una delación. Lo último que haría sería traicionarlo. Le informo de su estado porque... quiero que lo dispense, que le consiga una exención del Ejército. Tiene que haber algún procedimiento que lo permita. Me refiero a que no lo persigan por su situación. Podría expedirle un certificado con una fecha anterior para que quedara constancia de que se hallaba ya en situación civil... De esta forma, no se le podría acusar de haber desertado.

Me desesperé por atisbar en su cara algo que me anticipara qué decisión tomaría, pero, otra vez, mantenía el gesto hierático, indescifrable.

—Le juro que nunca más volverá a saber de mí, no le molestaré de nuevo. Pero, mayor, de esto que le solicito depende mi vida entera.

—No puede negar que es hermana del teniente Darrell Orliens, tiene su misma firmeza de carácter. Él no tendría que haber muerto. No sabe lo que se siente cuando muere la persona que le ha salvado la vida a uno. Es una sensación muy extraña, de orfandad casi. Se percibe como un desequilibrio, una injusticia, pero este mundo es así.

No me atreví a moverme.

—¿Qué más le da a un imperio un soldado más o menos? —fue lo único que me atreví a decirle en voz muy baja.

—¡Deme los datos de ese hombre! —dijo por fin—. Tendría que añadir su número de cartilla militar, pero dejaré ese espacio en blanco de momento —dijo como si pensara en voz alta.

No supe qué decir.

—Y otra cosa —añadió—: puede regresar cuando quiera; hay deudas que nunca se terminan de saldar.

Solo fui capaz de articular una frase de agradecimiento. Me había resultado mucho más sencillo de lo que esperaba.

Enseguida volvió el criado con el documento que certificaba que, a partir de entonces, yo contaba con la protección del rey. Cuando lo leí, no me atrevía siquiera a parpadear. Me quedé como una de las esculturas de Denys. Temí morir allí mismo. Tuve ganas de abrazar a aquel hombre impertérrito, pero en vez de eso miré por encima de él, al cielo gris de Londres, que en ese momento me produjo una sensación extraordinaria, como si Darrell estuviera junto a mí.

FIZ REYER

—

Benarés, India, agosto de 1901

El abogado pacifista con el que tenía que encontrarse Kiran se sentó en una esquina de aquella cafetería, lejos del bullicio de la calle. Frente a nosotros, flotaba sobre las tazas el vapor aromático del *chai masala.*

Aquel hombre se apellidaba Gandhi. Nos dijo que no quería que la nostalgia le entristeciera en aquellos momentos en los que apenas le quedaban muy pocos días para regresar a Londres.

Kiran le preguntó por la asamblea de Calcuta.

—Las resoluciones sobre el sur de África fueron aprobadas. Ahora el Congreso Nacional Indio cuenta con una base firme para respaldar nuestra lucha allí.

Kiran asintió. Observé sus ojos de aquel tono verde tan poco habitual, a la vez oscuros y transparentes: sombra y luz, profundidad y claridad.

—Con esto te atenderán en Londres. Te has convertido en un símbolo de esperanza —le dijo Kiran—. Nos sentimos muy bien representados por ti.

—Lo sé —respondió Gandhi—. Y estoy preparado. Pero también sé que me quedaría aquí.

—Tienes que regresar para hablar por todos nosotros.

El abogado me miró brevemente, como si intentara

descifrar qué batalla interior libraba que me impedía articular palabra. Miró el reloj y se incorporó. Entonces Kiran le entregó el paquete que le había llevado. Al recibirlo, Gandhi bajó la voz para decirle:

—Te aseguro que tus ideas no pueden hallar un mejor destino que el que les procuraré.

Kiran le transmitió el siguiente mensaje en el mismo tono apenas perceptible:

—Busca en el barrio de Chelsea a Alice Sorabji. Estudia Medicina. Si nada se tuerce, será la primera mujer de la India en obtener una licenciatura en ciencias. Imagínate los reconocimientos que recibirá. Te llevará hasta la señorita Emily Hobhouse. Es su compañera de piso. Esta mujer es una defensora de los niños y mujeres bóeres damnificados por la guerra. Su hermano es el político Leonard Hobhouse. Uno de los grandes defensores del liberalismo. No te será difícil dar con ella, es muy... ruidosa —le dijo Kiran a Gandhi con una sonrisa—. Diles que tienen que influir en quienes más necesitamos que nos apoyen. Ambas están relacionadas con personalidades muy relevantes. Así lo he sabido por mis contactos británicos.

Se notaba que Gandhi hacía esfuerzos por asimilar cada palabra. Agradecía aquella información, aquel apoyo. Emily Hobhouse y Alice Sorabji podían ayudarlo a franquear muchas puertas, las de algunos despachos de Londres donde se tomaban las decisiones que afectaban a millones de personas en la India y a los ciento cincuenta mil que residían en la colonia de Natal, en la región del Transvaal y en Ciudad del Cabo.

—¿Podemos fiarnos de tu amigo? —le preguntó refiriéndose a mí.

—Es inglés —dijo Kiran con un tono bajo pero firme y lo suficientemente audible. Hablaba como si le hubiera revelado un secreto insólito—. Vivió algo que... lo ha cambiado profundamente. Asistió a una fiesta que parecía inofensiva, pero pronto se tornó en algo grotesco, un baile de máscaras perverso.

Gandhi frunció el ceño mirando en mi dirección, intentando imaginar lo que Kiran describía. Estaba seguro de que aquel hombre dudaba de que algo así pudiera tener el poder de afectar a una persona de esa manera, pero en cualquier caso prefería que fuera ese el motivo, antes que cualquier cuestión relacionada con el poder del Raj, el régimen colonial. No quería que pensara que yo podía ser un espía.

—Desde entonces ha cambiado —continuó Kiran—. Se mantiene en silencio la mayor parte del tiempo, inmerso en sus propios pensamientos. Se siente desgarrado entre dos mundos. Aquí, en la India, busca reconectar con su ser, pero lo que ha encontrado lo ha desorientado un tanto. Volverá a ser feliz. No me cabe duda.

Esta era la coartada que habíamos acordado, no exenta de verdad, para justificar que no participara de manera más activa en la conversación.

Kiran sonrió y Gandhi me miró de una forma muy distinta, como si me comprendiera. Debí de parecerle un náufrago.

—Hay cicatrices visibles y otras que no lo son —dijo en voz baja, casi para sí mismo—. De cualquier modo, el tiempo es la mejor medicina para las dolencias del alma.

SHAYNA ORLIENS

—

Inglaterra — Escocia, agosto de 1901

Tomé el ferrocarril en Londres para llegar, en poco más de medio día, a Edimburgo. Había pensado en pasar antes por la comisaría de mi ciudad y arrojarles a la cara a los policías que allí me encontrase las cartas de Fiz, pero tuve la suficiente calma como para decidir que, aunque ese gesto me relajara, no valía la pena. La intercesión del conde de Gleichen ante el rey me había otorgado patente de corso, al menos para desplazarme por Gran Bretaña, navegar por el Atlántico y desembarcar en sus puertos. Me hubiera gustado contarle a algún periodista la verdadera historia de uno de los más insignes varones de la sociedad británica, mi marido, pero también consideré que aquello no aportaba nada a mi nueva vida.

Desde la capital de Escocia fui hasta Inverness en un carromato que contraté en los alrededores de la estación. Antes de subirme a él, me acerqué a la estatua de Walter Scott y los ojos se me llenaron de lágrimas. Deposité junto al pedestal un girasol que le compré al hombre que siempre permanecía en la parte alta de las escaleras de esa terminal ferroviaria. Era toda una institución. Decían de él que esperaba a que el amor de su vida regresase. Pasaba horas y horas allí, inmóvil.

Frente a la majestuosa estructura neogótica del monumento a Walter Scott, el viento me hizo estremecer y sentí la ausencia de Darrell de una forma muy rotunda, casi corpórea. Tenía una gran opresión en el pecho, como si el tiempo sin mi hermano se hubiera petrificado, igual que la figura del autor. Para mí, ambos habitaban el mismo lugar silencioso.

Estaba ante aquellos imponentes arcos y bajo las torres afiladas que parecían sostener el cielo escocés. La estatua blanca del escritor contrastaba con el oscuro y envejecido granito de toda la edificación. Scott, sentado, con un libro en las manos, se había quedado para siempre allí, en el centro de su particular y abierta catedral rodeado por los árboles y la vegetación de Princes Street Gardens.

Cuando llegué a Inverness, me subyugó el paisaje del fiordo de Moray, en la entrada del mar del Norte, donde se juntaban las aguas de los ríos Ness, Findhorn y Spey. Comprobé que Denys no había exagerado nada respecto a la belleza de esas tierras.

No me resultó difícil localizar la propiedad de la familia Olgivie. El vehículo desvencijado, que parecía haber recorrido miles de caminos, me dejó a la entrada de la heredad. Le dije al cochero que me recogiera en ese mismo lugar al atardecer para llevarme al puerto de Inverness. Me había informado de que al día siguiente partía un buque hacia Portugal, por lo que no precisaba regresar a Londres. Aquel hombre se llevó mis dos baúles de ropa y otras pertenencias, porque consideré que era más práctico así que descargarlos para volverlos a subir al carro unas pocas horas después. Tenía que volver a confiar en los demás. Ese era mi aprendizaje.

Avancé por el sendero que terminaba frente a la casa.

Enseguida oí los golpes de un hacha contra la madera. Cuando estuve a unos ciento sesenta pies del hombre que la cortaba, distinguí que llevaba una camisa blanca y unos pantalones atados por debajo de la rodilla muy similares a los que vestía Denys el día que lo conocí. Temblé. Pensé en correr hacia él, pero decidí avanzar poco a poco para controlar mi respiración y el sudor. Quería gritar su nombre.

Cuando estuve más cerca, vi la aureola que conformaban sus cabellos, su espalda, la forma inconfundible en que se le marcaban los músculos bajo la tela cada vez que izaba el hacha, sus piernas separadas. Supe que Emily Hobhouse no estaba en lo cierto respecto a su paradero, sino que había vuelto a casa. Eso tampoco se me había ocurrido pensarlo. Tal como siempre deseó, Denys se había cobijado bajo aquellas montañas, cerca de las primeras rocas que talló. Allí, en aquel prado inmenso desde el que se veía el castillo, aspiré con todas mis fuerzas y, cuando el aire me recorrió, sentí que nunca podría estar mejor que en ese momento.

Por fin me situé frente a él y reprimí las ganas de abrazarlo enseguida. En vez de encontrarme con su sonrisa y con su sorpresa, respondió a mi saludo con una mirada extraña. Pensé en la posibilidad de que lo vivido a partir de nuestra separación lo hubiera trastornado. Eran muchos los que volvían de la guerra en ese estado. No era para menos.

Dejó el hacha clavada en el tronco, se secó el sudor de la frente con la manga derecha y, en cuanto dio un par de pasos, advertí su cojera. También estaba lisiado físicamente.

—Soy yo, pensaba que estarías en Lourenço Marques —le dije.

—¡Nunca he estado allí! —exclamó con una voz en la que aún se marcaba más el acento escocés.

—Denys... Siento encontrarte en este estado.

Me miró con desconfianza y enseguida añadió:

—Yo no soy la persona que busca. Denys es mi hermano.

¡Tenía un hermano gemelo! Por eso cuando me habló de él para referirme su caída desde un tejado mencionó que habían nacido el mismo año.

—Usted entonces debe de ser Alfie.

—El mismo. Y ahora, si me lo permite, me gustaría continuar cortando esta leña.

—Les escribí una carta desde allí. La firmé como Naysha. Conocí a Denys en la capital de la región de Mozambique... Fuimos... muy felices.

—¡No sé de qué me habla! ¡Mi hermano está en la guerra! —exclamó de una forma muy ruda.

Aquella reacción tan furibunda me sorprendió. Me sentía muy cansada, pero ese agotamiento también me llevó a decidir que, si había llegado hasta allí, no podía darme la vuelta al primer contratiempo. Se lo debía a Denys y me lo debía a mí. Insistí:

—No sé si recibió mi carta. En ella le decía que su hermano estaba bien..., con vida.

—Aquella carta no sé de quién era.

—Ya se lo he dicho. La envié yo, aunque firmé con aquel otro nombre.

HOWARD ORLIENS

—

Londres, agosto de 1901

Bajé de inmediato al salón cuando Donna, mi criada, me avisó de que tenía visita. Pensé enseguida que guardaría relación con mi hija, mi adorable Shayna, pero nada más entrar vi a dos hombres indios vestidos a la manera tradicional: un pantalón con mucha tela entre las piernas llamado *dhoti* y el *kurta* hasta debajo de las rodillas. En cuanto se me acercaron, me llegó el aroma del sándalo, la madera a la que había dedicado con mucho acierto mi vida profesional.

Los tenía a escasa distancia, pero en aquella habitación, iluminada solo con las últimas luces del atardecer, no podía apreciar demasiado bien sus rasgos. El que tomó la palabra me dijo que se llamaba Kiran y me presentó al otro como Arshad.

—¿Qué se les ofrece? ¿Conocen mi explotación en Bengala? ¿Han venido por eso? —les pregunté bastante impaciente.

—Verá, señor, le traemos noticias de alguien que usted conoce. Se trata de Fiz, su... yerno.

—¿Fiz? ¿Dónde está? —Cuando oí su nombre, me alteré mucho.

Del tal Arshad, en medio de la penumbra del salón,

apenas podía apreciar su barba y un flequillo bastante largo, además de su delgadez.

Aunque me costara mucho trabajo, todo saldría mejor si mantenía la calma. Tenía a Fiz al otro extremo del hilo; se trataba de tirar muy poco a poco de la caña para pescarlo y mostrarlo después, vivito y coleando, a toda la sociedad londinense. No podía permitir que se me escapara.

Les ofrecí una copa de *sherry* y me armé de paciencia, ya que por sus maneras supe que aquello iría para largo. Nos sentamos en torno a una mesa redonda junto a la ventana, Kiran frente a mí y Arshad, un poco más retirado, con su silla cerca del sofá dorado de la esquina. Apenas lo distinguía.

—Fiz Reyer se alojó en el hotel que mi padre posee en Benarés. Ha estado muy enfermo. Unas fiebres... —me dijo Kiran, el único que había hablado hasta aquel momento.

Me pasé un pañuelo por la frente para secar el sudor. Quería saberlo todo de una vez, me daba igual lo que fuera.

—Pasó un par de semanas en cama, pero se restableció. Supo que viajábamos a Inglaterra y nos pidió que le dijéramos a usted y a su hija que no quiere que nadie lo busque. Ese es su mayor deseo porque ha decidido comenzar una nueva vida allí. Está convencido de que solo así será capaz de sobrevivir. Lamento tener que decirle esto, lo siento, señor Orliens.

Apreté los puños, quería seguir adelante con mi estrategia; estaba convencido de que, cuanto más tiempo permaneciera en silencio, más aumentarían las posibilidades de dar con él. Gracias a mis negocios en la India, que me habían proporcionado tantos contactos durante más de cuatro décadas, estaba seguro de que lo encontraría, por muy grande que fuera el país.

Todo iba bien hasta que pensé en Shayna, no pude contener mi vehemencia y los interrogué:

—¿Y no les ha dicho nada sobre la lamentable situación en la que ha quedado mi hija? ¿No ha pensado en ella? ¿Solo le preocupa su bienestar? ¿Concederse esa segunda oportunidad? ¿Esa especie de reencarnación en vida?

Noté que Arshad, que había estado todo el rato callado, se inquietó. Comenzó a mirar a su alrededor, hacia las altas librerías; después dirigió su vista a las paredes empapeladas y al tapiz que representaba una escena oriental con palmeras y camellos. Me dio la sensación de que no sabía dónde colocar los ojos, como si no se atreviera a detenerlos en mí. No entendía aquel temor por parte de una persona a quien no conocía de nada. Tal vez se debía a que se trataba de alguien tímido, inseguro, acomplejado.

—Yo también les voy a dar una noticia para que se la transmitan: díganle que respeto su voluntad, sobre todo porque no quiero en mi casa a alguien así, a un irresponsable, a quien no mide el alcance de sus actos y piensa siempre en sí mismo antes que en los demás. Con esa actitud, como ustedes comprenderán, prefiero que esté lo más lejos posible de esta familia. Bastante daño nos ha causado ya. Pero díganle también que no va a tener más remedio que personarse en Londres porque varios de sus acreedores han interpuesto una demanda contra él. También ha sido siempre una cabeza loca para los negocios.

»Como ven, es un dechado de virtudes. Si lo cuentan entre sus amistades, más vale que se aparten de él cuanto antes. Pensaba que la fábrica funcionaba sola, que bastaba con engrasar sus máquinas y pagar a los obreros. Lo que más siento es que lo avalé. Díganle que, si quiere salir de esta, no tendrá más remedio que recurrir a mí. Soy el único que posee toda la información. De lo contrario, no me cabe duda de que esta vez acabará en la cárcel. No habrá quien lo evite, ni palafrenero real ni abogado infalible. No sé si les ha contado que tiene antecedentes por algo, digamos que... indecoroso. A pesar de eso, ha elegido permanecer en territorio británico, en el Raj, pues que sepa que nuestras leyes también rigen allí.

Enseguida me arrepentí de haber pronunciado estas últimas frases; esta advertencia podía empujarlo a huir a otra nación que no perteneciera a nuestro Imperio. Por eso decidí matizar mis palabras.

—Ya que son sus emisarios, díganle que el reloj corre en su contra. Solo eso, pero que, si se presenta aquí, todo puede arreglarse aún. Eso sí, cuanto antes, el tiempo es un lujo que ya no se puede permitir. Si no da la cara pronto, me temo que ya estaremos hablando de hechos irreversibles. Aunque si le queda un mínimo de honor, no me cabe duda de que lo hará. De lo contrario, dejará de ser un hombre rico y, seguramente, también libre.

Arshad se acercó a Kiran y le dijo algo al oído. Al contraluz, vi su perfil y me quedé paralizado. Primero me estremecí y después sentí mucho frío. Decidí que tenía que calmarme aún más para que mi actitud no me delatara, pero no sabía si mi corazón lo resistiría.

SHAYNA ORLIENS

—

Escocia, agosto de 1901

Mientras hablaba con Alfie Olgivie, llegaron dos niños acompañados por un perro blanco y negro, con grandes orejas planas. Corría a su alrededor y saltaba con la lengua fuera.

Eran gemelos. Se parecían a Denys y a su padre: el mismo cabello, la sonrisa del hombre del que estaba enamorada... Detrás llegó quien supe enseguida que era su cuñada: Amere.

—Buenas tardes —me dijo con una leve inclinación de cabeza mientras analizaba mi vestuario—. ¿Quién es usted? ¿A qué debemos su visita? —me preguntó—. Venga conmigo a la casa. —Pensé que solo le faltaba añadir que dejara trabajar a Alfie, pero no lo hizo.

Cuando atravesé el porche, me encontré con un salón bastante más acogedor de lo que esperaba. Amere me indicó un sofá tapizado en granate y dos sillones para que nos acomodáramos y me ofreció un té.

—¿De dónde viene? —me preguntó.

No sabía si comenzar mi relato en Londres o en África, así que decidí resumir mi travesía lo máximo posible y hablarle enseguida de la relación que me unía con su cuñado. Por supuesto obvié que estaba casada y todo lo demás.

—Quería traerles noticias de Denys.

Después de darle bastantes detalles sobre lo sucedido en esos meses, ella solo dijo:

—Desertar es muy grave. No dejan de llegar historias sobre lo mal que acaban quienes lo hacen.

—Sí, así es. Con la difusión de estos relatos pretenden atemorizar a la población, no me cabe duda, para que, si a los soldados se les pasa esa idea por la cabeza, sus familiares los hagan desistir —le dije—, pero siempre es más grave morir. —No pude evitar aquellas palabras—. En cuanto llegue al territorio portugués en el que se encuentra la ciudad de Lourenço Marques, espero mandarle una fotografía con él como prueba de... vida. —A continuación le referí mis gestiones con el conde de Gleichen.

Los golpes del hacha contra la madera se oían desde allí, de la misma forma que, desde mi quinta oía cómo Denys esculpía la roca. Amere miró a través del ventanal.

—Le ruego que disculpe a mi esposo. De un tiempo a esta parte le ha cambiado el humor. Está muy disgustado. Las últimas cosechas de trigo y cebada no han ido muy bien. Nuestra familia no es ni la sombra de lo que fue. No ve salida a esta situación; quiere que emigremos a Liverpool, a Mánchester o a América, a cualquier lugar donde haya industria, pero yo prefiero que los niños estudien en Edimburgo, que se labren un porvenir aquí en Escocia. Aún nos quedan algunos ahorros. Si nos marchamos, mis pequeños no tendrán más remedio que ponerse a trabajar muy pronto.

—Le ruego que acepte esto —le dije mientras sacaba de forma inmediata bastantes billetes de mi bolso.

—No, no puedo, Alfie... no lo permitirá. Es muy orgulloso. Además, se trata de una suma...

—No tiene por qué enterarse. Usted guárdelo, podría ayudarlos en algún apuro. Perdone que se lo diga así, pero esta cantidad para mí no es nada. Además, con lo que le debo a su familia... Si necesita más, escríbame a Londres. Dejaré un aviso para hacerle llegar mi dinero a través de un hombre que trabaja en mi casa. —Me refería a James, mi mayordomo.

—Gracias, muchas gracias. Alfie está convencido de que su hermano ha muerto. Eso es lo que más lo entristece, más incluso que nuestra inminente ruina.

—Tiene que decirle que no es así, que hay muchas posibilidades de que siga con vida. Como le he contado, me dispongo a comprobarlo en pocas semanas. Entonces ya podré escribirles con mi nombre para darles noticias de él.

Yo misma necesitaba convencerme de que resultaría así.

Experimenté por Amere una simpatía inmediata y espontánea. Deseé que el destino nos permitiera compartir mucho más tiempo juntas. Se notaba que ella necesitaba hablar con alguien, con quien fuera, exteriorizar sus preocupaciones, compartir sus desvelos, tal vez porque llevaba mucho tiempo sin hacerlo.

Alfie me pareció lo opuesto a Denys: la noche del día, le faltaba brillo, el pesimismo lo oscurecía. Tenía una familia sana que lo quería, una propiedad, salud, y, en cambio, su carácter sombrío parecía que no lo dejaba disfrutar de nada. Por el contrario, Denys, con su vida en peligro, oculto en un antiguo taller medio en ruinas, solo, había mostrado, al menos ante mí, una personalidad radiante.

Los niños jugaban con un rompecabezas y otras piezas de madera sobre una alfombra en un extremo del salón. Mientras los miraba me sucedió algo extraño, por primera vez en mi vida sentí el anhelo de que eclosionara la vida dentro de mí. Imaginé junto a los gemelos, que se llamaban Rob e Iver, a un bebé envuelto en paños que sonreía y me miraba desde el suelo. Me incorporé del sofá con los ojos llenos de lágrimas y salí al porche.

Alfie seguía cortando leña. No podía apartar la vista de él. Imaginé que aquella era nuestra casa, que él era Denys, que en cualquier momento soltaría el hacha y vendría a abrazarme, que me diría «Shayna crisálida» y que yo lo besaría para sentir cómo vibraban dentro de él aquellas palabras. Miré hacia el castillo y sonreí.

Entonces salió Amere, se acercó a mí y me dijo:

—Quédese a cenar. Serviré un poco de vino para que Alfie se muestre más locuaz —bromeó—. Mis hijos agradecerán su compañía, que les cuente algo de... su mundo. No sabe lo que daría por una buena conversación. Como Alfie está tan taciturno últimamente, apenas hablamos.

—Amere, me gustaría mucho, pero no es posible. Mañana mismo zarpa del puerto de Inverness un vapor mixto que lleva además del pasaje una carga de bacalao para Portugal. Después de dejar en Lisboa su mercancía continuará rumbo a Australia. Con esta ruta imaginará que las plazas están muy solicitadas. Si no estoy en el muelle con la suficiente antelación, son capaces de vender mi billete. —No aparecía ningún nombre en él. Lo había tramitado tal como me había recomendado Emily, aunque, como habían cambiado las circunstancias, ya no era necesaria esta prevención—. No puedo perderlo. Dormiré en una de las pensiones de la zona portuaria. Necesito llegar cuanto antes hasta Denys... —Sin importarme que viera que tenía los ojos velados por las lágrimas, la miré y ella me rodeó el cuello con sus brazos y ya no me pude contener.

—Amere. Estoy enamorada de Denys. Lo quiero con toda mi alma. Cuando la guerra acabe, estaremos juntos. Tiene que ser así. Mi hermano murió en el Transvaal, lo alcanzó una bala de cañón, pero Denys está vivo. Dígaselo a Alfie.

—Siento lo de su hermano.

—Así es esta vida dirigida por los hombres: una vida

llena de muerte. Ahora solo me queda mi padre. Al menos cuento con la amistad de una mujer inglesa que conocí en Bloemfontein, Emily Hobhouse se llama. Escribe en la prensa y...

Alfie se acercó hasta nosotras. Estaba segura de que me había visto llorar.

—Señora ¿Orliens, me dijo? —Yo asentí—. Quiero disculparme. Sé que, por mi parte, no era esta la bienvenida que esperaba. No tiene nada que ver con usted, desde que me levanto hasta que me acuesto estoy así. Lo siento. Al menos veo que mi querida Amere ha sabido compensarla con su hospitalidad.

Me estremecí cuando Alfie miró a su mujer de la misma forma que Denys me miraba a mí.

HOWARD ORLIENS

—

Londres, agosto de 1901

Sentí que me agitaba, que me faltaba el aire. No imaginaba semejante ultraje en mi propia casa, pero aun así decidí aparentar toda la entereza de la que fuera capaz:

—Me dice mi amigo, además de que lo disculpe porque no habla inglés, que cree que el señor Reyer tenía pensado viajar a Londres pronto, que es muy probable que en unos días ya esté aquí.

No pude evitar estallar y decirles con mucha vehemencia:

—Y si no habla inglés su amigo, ¿me pueden decir cómo es capaz de seguir nuestra conversación, par de embusteros?

—Verá —dijo Kiran con un leve temblor en la voz—, creo que se debe a que hemos pronunciado el nombre de Fiz varias veces. Además, sabe cuál era el objeto de nuestra visita. Solo quería asegurarse de que yo se lo había transmitido a usted.

Se le notaba mucho que quería tranquilizarme, pero eso ya no era posible. Los desconcerté cuando con una voz muy calmada les pedí perdón y añadí, como si mis palabras anteriores las hubiera dicho otra persona:

—Voy a decirle a Donna que nos prepare algo para cenar. Estoy muy tenso. Les ruego que disculpen mi reacción. Entiendo que su único vínculo con mi yerno es tan solo el que puede existir entre un huésped y el hijo del dueño de un alojamiento, ¿no es así? Me traen esta información y yo me pongo como un energúmeno. Les ruego que me disculpen, pero entiéndanme, el estado en el que ha quedado mi hija... He vivido tiempos difíciles últimamente. Mi hijo ha fallecido —dije buscando la reacción de Fiz.

Sabía que ese dato sería definitivo y así resultó. Me miró con los ojos muy abiertos y noté que un escalofrío lo sacudió. Me dije que, si aquello lo había impactado, era porque aún quedaba en él algún rastro de conmiseración hacia nosotros.

Salí de la habitación, pero no me alejé de la puerta, sino que me detuve junto a ella, sin hacer ningún ruido. Entonces oí cómo Fiz le decía a Kiran:

—Vámonos, aún estamos a tiempo. Creo que está disimulando, que se ha dado cuenta.

—No, Arshad, espera. Estoy seguro de que no, ningún hombre puede ser tan frío.

—Tú no lo conoces. A pesar de su amabilidad, es implacable. Además, todo lo que ha dicho de mí... No sé qué consideración te mereceré ahora.

Entonces entré en el salón de forma intempestiva:

—¡Fiz! ¡Este comportamiento tuyo era lo que me faltaba! ¡Si no lo veo, no lo creo! ¡No tienes vergüenza! Te presentas en mi casa haciéndote pasar por otro, creyendo que no me iba a dar cuenta. ¿Tan tonto me crees? Eso lo dice todo de tu estado mental. ¡Mi pobre hija! ¡No quiero ni pensar lo que habrá sufrido a tu lado! ¡Le has destrozado la vida!

Fiz intentó decir algo, pero de su boca solo salieron balbuceos. Me miraba espantado. Tenía razón en que yo era capaz de todo. Así me sentí entonces: poderoso, con su vida a mi merced.

—Voy a pedirle a mi empleada que se apresure en avisar al inspector de la comisaría del barrio. Ante él tendrás que quitarte tu disfraz.

—Howard, por favor. No es un disfraz. Ahora soy otro —oí que musitaba Fiz.

SHAYNA ORLIENS

—

Portugal - Mozambique, agosto de 1901

A bordo del Ophir, un vapor de la Orient Steam Navigation Company, tardamos menos de una semana en llegar a Lisboa. El desembarco fue tedioso, y los trámites aduaneros me resultaron aún más desesperantes: a pesar de mostrar a los agentes el salvoconducto firmado por el rey, revisaron mi equipaje con una humillante meticulosidad. Pensé que mi nombre debía de aparecer en algún listado, acompañado del delito que se me imputaba, y que ese era el motivo por el cual aquellos funcionarios se comportaban con tanto recelo. A pesar de todo, no tuvieron más remedio que dejarme entrar a regañadientes en el país.

Un día después, cuando concluyeron las labores de carga y descarga, zarpamos nuevamente, esta vez para abandonar Europa rumbo a África. Había pasado esas horas en un hotel de lujo, pues me negaba a recalar en otra pensión infestada de chinches y otras muchas especies de insectos. Me alojé en el Avenida Palace, en la calle Santa María Mayor, un palacio con todo el esplendor de las cortes centroeuropeas, pero a poco más de una milla del océano.

Durante las siguientes jornadas de navegación, con escalas en las islas Canarias y en Cabo Verde, en las que ya no desembarcamos, ocupé mi tiempo en continuar con el estudio del portugués, de la misma forma que había hecho en el primer viaje de ida, más la lectura de las historias de Walter Scott, que tanto me recordaban a Darrell, y dos novelas de Charles Dickens que me llevaron con la mente a la lucha de Emily. También leí una obra de Thomas Hardy, todas ellas tomadas de la biblioteca del barco. Para mí, igual que lo fue en nuestra infancia la de mi padre, las bibliotecas son las farmacias del alma.

En esta también hallé unos volúmenes recién publicados sobre la guerra del Transvaal, escritos por el historiador Louis Creswicke, que leí con avidez para profundizar en todas aquellas cuestiones que Emily enumeraba. Además, dediqué muchas horas, sobre todo por las noches, a preparar mi defensa. Escribí bastantes notas para facilitar la labor de Leonard Hobhouse, o de la persona elegida por su hermana para encargarse de borrar aquella mácula de mi vida. Además, aspiraba a que también consiguiera una indemnización que me resarciera o, en otras palabras, que reparara mi honor y restableciera mi buen nombre, como habían hecho algunos compañeros de juergas de Fiz, pero en mi caso sin motivo de culpabilidad. Le donaría también la indemnización a la señorita Hobhouse para continuar contribuyendo a su causa.

Aproveché bien aquellas jornadas marítimas. Tampoco dejé de escribir mis impresiones, además de bastantes cartas a Emily, a mi mayordomo y a mi padre, para enviarlas nada más llegar a la oficina de correos del puerto.

Durante una travesía de tres semanas pueden suceder muchas cosas. Conocí a comerciantes, diplomáticos, misioneros y varios aventureros europeos en busca de fortuna. Hablé brevemente con algunos, pero me excusaba en cuanto comenzaban a exponer sus ideas coloniales: «Nosotros hemos conquistado esas tierras y, por tanto, nos pertenecen», me vi obligada a escuchar, junto con otros desatinos por el estilo. Prefería tomar el aire fresco o admirar las estrellas desde la cubierta antes que soportar tales compañías.

Me acerqué a un grupo de señoras que tejía, y decidí seguir el consejo de Emily: aprender esta técnica. Recordé su empeño en que las mujeres bóeres comerciaran con textiles. En primera clase también era posible asistir a conciertos. Los domingos asistía a misa en la capilla. Algunas tardes jugaba al *backgammon* y poco más. El vigésimo día nos encontrábamos ya tan cerca de la costa que se percibía la vibración del puerto.

El perfil de la ciudad de Lourenço Marques comenzaba a dibujarse en el horizonte, y la cálida humedad lo envolvía todo. Conforme nos acercábamos, el olor a sal se transformaba en una mezcla más penetrante de aromas: especias, pescado y el vaho mineral del carbón de los barcos atracados.

Los estibadores esperaban ansiosos la llegada de los muebles y demás objetos adquiridos por la élite local. Ese cargamento, tan delicado, solo podía ser manejado por los más veteranos, quienes eran, además, los que más cobraban.

De nuevo tuve que enfrentarme a los celosos aduaneros portugueses, vestidos con impolutos trajes blancos que contrastaban con las coloridas vestiduras de la marabunta que nos rodeaba. La mayoría de los trabajadores del puerto eran negros, árabes o indios.

La luz de la orilla tenía un rotundo tono dorado. Las grúas del puerto descendían sobre las cubiertas de los barcos como brazos que extraían de ellos su contenido. Sentí que llegaba a un tiempo anterior en el que esperaba reencontrarme con Denys, como si los días de Londres no hubieran pasado. Quería aparecer de nuevo dentro del paréntesis de nuestras horas compartidas.

Sabía que en Lourenço Marques no sería prudente dirigirme directamente a la quinta porque no sabía qué me iba a encontrar. Tal vez nuevos inquilinos. Primero pensé en localizar a mi empleada Andiara para que me diera noticias respecto a esta cuestión y sobre el paradero de Denys, pero me conocía tan bien a mí misma que estaba segura de que la impaciencia me impediría demorar nada. Ordené que me llevaran el equipaje a la casa de huéspedes de la que había obtenido mejores referencias entre el pasaje y me dirigí de inmediato a la quinta que seguía siendo mía, pues aún faltaban varios meses para que venciera el periodo de alquiler.

Entré por la puerta trasera del taller de Denys; sabía que el picaporte que había junto al limonero estaba roto. Al instante vi una escultura que me desconcertó: me representaba a mí. La admiré durante un buen rato: las manos de mi amante habían guardado la memoria de mis formas. Lo que más me congratuló de la belleza de aquella obra era que significaba que había vuelto allí. Era una prueba de que seguía con vida. Al menos entonces.

Ascendí por la colina. Dentro de la vivienda que había sido mía todo permanecía detenido como el reloj de cuerda de la entrada. Solo había algo nuevo: unos murmullos que me llegaron de la primera planta.

HOWARD ORLIENS

Londres, agosto de 1901

Cuando fue descubierto, la reacción del que ya no podía considerar mi yerno me dio la medida exacta de su mezquindad: quiso negarlo todo. Aunque había salido del salón, supuestamente para avisar a mi criada, no le dije nada a Donna. No necesitaba a la Policía en mi casa para llevar a cabo mi cometido. Aun así, les mentí: les anuncié que los agentes llegarían en pocos minutos. Quería ponerlo contra las cuerdas.

Fiz se ofreció a declarar que se encontraba con vida y yo pretendía justamente lo contrario: tener un documento de su puño y letra en el que dijera que se quitaba de en medio para que nunca pudiera reclamarnos nada ni a mi hija ni a mí. Le dije que, puesto que había decidido tomar aquel camino junto a sus amigos del hotel Varanasi y convertirse en Arshad Kumar, yo lo ayudaría a que lo consiguiera. Y añadí que había hecho todo lo que me competía debido a su matrimonio con mi hija: encargarme de su economía, de forma que a Fiz le resultara más sencillo comenzar de cero, pero de verdad, sin un solo penique en el bolsillo. Le informé de que unos días antes había inscrito sus propiedades a mi nombre, de modo que aquel cambio ya no pudiera deshacerse. Con amigos como los míos, todo era posible. Le dije que así, abandonada cualquier atadura material, le resultaría más fácil engrandecer su espíritu, flotar...

Él no replicó.

Obligué a Fiz a redactar un texto con una fecha bastante anterior en el que decía que se suicidaría arrojándose al Ganges y que su última voluntad era que Kiran me entregara en mano aquella carta. Quería que ese fuera el final certificado de Fiz. Que llevara su firma muy legible para que su acción eximiera a mi querida Shayna de cualquier sospecha.

—Bien, a partir de ahora, ya puedes ser Arshad o quien quieras. A nosotros ya no nos incumbe. Te doy el pésame por tu muerte y, recuerda, no vuelvas a esta casa porque ya no habitas nuestro mundo.

Aquella misma noche envié una nota a los principales diarios hablándoles de aquella carta y exigiéndoles que se retractasen de lo que habían publicado sobre mi hija. Sabía que lavar su honor me costaría bastante más, cientos de libras en donaciones a estos periódicos, pero las gastaría a cuenta de lo mucho que pronto recibiría de las propiedades de Fiz. He de decir que, para esta maniobra sobre su fábrica, que antes había sido de su padre, quien tuvo el mérito exclusivo de ponerla en pie, conté con la gran ayuda del codicioso abogado Findlay. Esto fue lo que le escribí:

> Estimado Arvel Findlay:
>
> Como sabes de sobra, la desaparición de mi yerno ha puesto en grave riesgo la continuidad de su factoría. Yo nunca me he querido dedicar a la maquinaria, porque lo mío es la madera. Sin mi hijo —a quien Dios tenga en su gloria—, no me queda otro remedio que transmitirte lo que a continuación te propongo:
>
> Sé que conoces mi condición de avalista del negocio de Fiz Reyer. Por ese motivo, por medio de la presente,

te ruego que liquides todos sus bienes y deposites en la cuenta del banco Coutts, que a continuación te detallo, el monto que resulte de la venta de su empresa, así como del terreno que ocupa y de la subasta de los enseres que alberga. No es necesario que encargues un inventario; lo que valga más o menos. Me corre bastante prisa. Mi hija Shayna ha quedado un tanto desasistida. Deshazte de todo lo que pueda rematarse. Si nos quitamos este peso de encima cuanto antes, habremos avanzado algo en toda esta penosa situación.

Como me hago cargo del enorme trabajo que este cometido conlleva, quiero que te dediques en exclusiva a ello durante las semanas que demore la operación. A cambio, te ofrezco una comisión muy inusual: el treinta por ciento de lo que obtengas. ¿Qué te parece? Con ello, tal vez puedas retirarte de pleitear en juicios menores una buena temporada.

Contéstame a la mayor brevedad posible. Sin otro particular,

Howard Orliens

En cuanto estampé mi firma, me quedé muy satisfecho, como si con aquellas líneas hubiera conseguido mover un engranaje gigantesco, tanto como los que salían de la fábrica de Fiz. Los efectos fueron exactamente los deseados.

FIZ REYER

Londres, agosto de 1901

Tras la bochornosa escena en casa de quien había sido mi suegro, sentí la necesidad de volver lo antes posible a mi refugio en las tumultuosas calles de Benarés, pero aún debíamos permanecer unas semanas más en Londres.

Kiran había conseguido una entrevista con el político Leonard Hobhouse y con Stephen Henry. Ambos se comprometieron a ayudarlo con la publicación de sus libros contra el imperialismo británico. Nombraron también a la mujer, hermana del primero y prima del segundo, que luchaba para terminar con la guerra de los bóeres. Hablaron de un escritor ruso pacifista, el conde Lev Tolstói, y del abogado indio con el que nos habíamos encontrado en Benarés: Mohandas Karamchand Gandhi, al que esperábamos también, ya que se hallaba en Londres de camino a África tras regresar de la India. Me acordé de que algunos asistentes al Baile de los Anfibios habían ido a dar con sus huesos en esa guerra. Dudaba de que continuaran con vida.

Yo había corrido mejor suerte. Mi suerte se llamaba Kiran.

SHAYNA ORLIENS

Lourenço Marques, Mozambique, septiembre de 1901

Subí con miedo las escaleras de la quinta muy poco a poco, como si fuera la primera vez que ponía los pies sobre esos peldaños. Recorrí el primer tramo del pasillo y pegué la oreja a la puerta de la habitación de la que salían las voces. Fabulé sobre las distintas escenas que podría hallar al otro lado hasta que abrí sin llamar y vi a los dos hijos de Andiara sentados en el suelo jugando a las cartas. Se incorporaron con unos movimientos tan ágiles que resultaban inverosímiles. Me recordaron a esos muñecos que aparecían, propulsados por un muelle, al levantar la tapa de una caja.

—*A senhora voltou!* —dijo el mayor mientras se llevaba una mano a la boca.

Sí, había vuelto. Se disponían a salir de la habitación, pero les cerré el paso. Había algo que me importaba más que el uso que le dieran a aquella casa en mi ausencia.

—*Um minuto. Calma. Eu quero saber uma coisa.*

—*Não diga à nossa mãe que viemos aqui todos os dias. Gostamos de jogar a que somos ricos.*

No se lo diría a su madre. Les sonreí para que se tranquilizaran.

—*Onde está o meu vizinho, o escultor?*

Los dos movieron las manos muy rápido, aquellos gestos no me hicieron presagiar nada bueno.

—*Saiu com Candil.*

—¿Se fue con el buhonero? —repetí—. *Onde?*

—*Ali. Eu não sei.* —El mayor se encogió de hombros.

—¿Dónde vive Candil? —les pregunté.

—Por ahí —repitieron los dos a la vez en portugués. Después me describieron un campamento parecido a un circo—. Déjele un mensaje en el Estalagem do Horizonte. —Se referían al restaurante donde había comido con Denys—. Eso hace todo el mundo que lo quiere encontrar. Cuando pase por allí le darán el recado.

Dio la casualidad de que cuando al día siguiente fui a ese lugar me encontré a Candil en una de las mesas; bebía un vaso de licor de coco. Lo rodeaba con las manos como si se tratara de un fuego a punto de extinguirse. En cuanto me vio, me hizo un gesto para que me acercara y le pidió al camarero lo mismo para mí.

—¿Cómo está la inglesita? Ya no pensaba tener de nuevo el privilegio de verla.

Me fijé en sus ojos, en sus labios carnosos, en sus gestos de autosuficiencia, y llegué a la conclusión de que debajo de tanto pelo y tanta mugre podía hallarse, con mucha voluntad de higiene, a un hombre bastante atractivo.

—¿Quiere acompañarme mientras ingiero mi condumio? Estoy a la espera de tal advenimiento.

Utilizaba aquel vocabulario anticuado que tanta gracia me había hecho desde el principio, como si el idioma que le había enseñado el vendedor de biblias fuera un inglés de un par de siglos atrás.

—Dicen que usted lo sabe todo, Candil. —No quería que me notara la desesperación en la voz porque estaba segura de que entonces sus servicios me saldrían bastante más caros y prefería destinar esa parte de mi dinero a ayudar a Emily o a la familia de Denys.

—Sí, algo sé —me respondió como la primera vez que hablé con él—. ¿Por qué ha regresado por estos lares?

Pensé en decirle que nunca me había ido, pero sus ojos me traspasaban de tal forma que tenía la certeza de que advertiría que le mentía.

—Muy voluminoso tiene que ser el pez que quiere pescar para haber cruzado el mar de nuevo, teniendo en cuenta que, debido a la guerra, nos envuelven aguas procelosas. ¿Me equivoco, *milady*?

—No se equivoca. —Sonreí.

—Me sufragará esta comida, ¿no?

—Esta y todas las de la próxima semana. Además, le daré unas cuantas libras. ¿Cien le parecen bien?

—Doscientas cincuenta supondrían un buen comienzo, y después le diré mis emolumentos dependiendo de lo que se trate. No quiero pillarme los dedos.

Cuando le trajeron su plato, observé que sus modales no eran tan toscos como había esperado. Se secó las comisuras de los labios pasándose la servilleta con mucha delicadeza y me dijo:

—Le gusta el escultor. Es un hombre afortunado. Que una dama como usted beba los vientos por él...

Estaba admirada por la sagacidad del buhonero. Me sentí igual de transparente que ante Denys.

—¿Sabe que es escocés? Sí, claro que conocerá su procedencia. No sé para qué se lo digo. Bueno, sí, porque me asombra. ¡Qué quiere que le diga! Un escocés aquí.

—También lo era Livingstone y no solo estuvo en Mozambique, sino en muchos otros países de África —repliqué.

—Usted me entiende. Es por lo del Imperio.

—¿Qué sabe de él?

—Pocas cosas y malas —me dijo mientras me hacía un gesto con los dedos de la mano derecha para que le diera el dinero.

—No me asuste.

—La versión oficial dice que lo capturaron y se lo llevaron de vuelta al Ejército.

—¿Puedo confiar en usted?

Candil asintió y los bucles negros de su melena se movieron hacia delante.

—Dígame la verdad entonces. —Decidí arriesgarme.

Candil continuaba alternando sus palabras con sus bocados. Yo me impacientaba cada vez más porque comía muy despacio.

—Nunca salió de aquí. No hable de él con nadie más. Dicen que mató a un hombre, a un inglés. Solo recuerdo su nombre porque era muy corto, su apellido no lo recuerdo. Se llamaba Fiz. El finado, digo.

Al escuchar el nombre de mi marido, estuve a punto de irme desde la silla contra aquel suelo de tablas entre las que se veía el mar. Y entonces me percaté de que me había dejado las cartas de mi marido en Londres, con todo lo que significaban, y se me cayó el alma a los pies. Había viajado sin la única prueba de mi inocencia. Ese olvido daba cuenta de la dimensión de mi trastorno.

—En su país lo habían dado por desaparecido. Parece que lo arrojó al río de allí. Támesis se llama, ¿no? —dijo acentuando la segunda sílaba como si se tratara del nombre de un faraón egipcio.

Estaba a punto de desvanecerme. Me costaba mucho trabajo reunir mis últimas energías para mantenerme erguida, con los codos apoyados en la misma mesa en la que comía Candil.

—A la quinta llegó una orden de detención. Se entregó antes de que la Policía fuera a por él y confesó. Cuentan que incluso tuvo que convencerlos de que era él a quien buscaban. De esta forma parece que todo es más fácil. Eso dicen. —Soltó una carcajada como dándome a entender que la broma consistía en hacer como que no conocía aquellas circunstancias.

No sé por qué tenía la certeza de que Candil había pasado por la prisión, o al menos por un calabozo. Tal vez era por las marcas de sus antebrazos, aunque también podían ser producto de una agresión o por cualquier otro motivo.

Quería saber por qué los hijos de Andiara me habían dicho que Denys se había marchado con Candil. Los niños no tenían ninguna necesidad de mentirme.

—Parece que el tal Fiz era el marido de su amante y el escultor le dio el pasaporte para quedarse con su mujer. Todos tenemos un pasado. Algunos más oscuro que otros.

Cuando abrió la boca para reír a mandíbula batiente, me fijé en que no le faltaba una sola pieza dental, algo muy extraño entre los de su condición. Temblé porque, al desglosar aquel argumento, parte por parte, a Candil solo le quedaba atar el último cabo.

—Usted..., no será viuda, ¿no?

—Soy demasiado joven para haberme casado ya. —Con esta frase, enunciada así, no mentía más que en mi edad.

—Joven y lista, además de otras virtudes que la adornan —me dijo Candil mientras pelaba una manzana haciendo uso del cuchillo y el tenedor—. Pues ya sabe, Irving Calder antes tuvo a otra por la que estuvo dispuesto a todo, imagínese si la quería.

Sus comentarios no eran tan delicados como sus modales. Cada vez me costaba más esfuerzo soportar aquella farsa sin que se me notara lo mucho que me había alterado la respiración y las pulsaciones, así que decidí sonsacarle lo único que me importaba.

—Tengo que hablar con él. ¿Dónde está ahora?

—Pues si ha tenido suerte, seguirá con sus huesos en la cárcel; si no, pues ya lo habrán colgado. Matar a un inglés no es lo mismo que matar a un negro, y menos allí, como parece que él hizo, en la *city*—enfatizó esta última palabra.

—¿Cómo sabía lo de la carta que llegó a la quinta?

—Pues por el cartero, ¿cómo lo voy a saber?

—¿Le paga a él por la información?

—No. Me paga él por... ciertas cosas, pero eso no es de su incumbencia. No hablo de los negocios de unos clientes con otros. Después me lo contó Calder.

En la parte del destinatario de aquel sobre aparecería mi nombre, no el suyo. Me resultaba muy extraño que el cartero no le hubiera referido aquel detalle, a no ser que solo estuviera escrita la dirección, pero normalmente aquellos envíos se hacían con acuse de recibo y había que firmar un resguardo.

—¿Y cómo está tan seguro? —insistí.

—Porque lo acompañé a entregarse.

Iba de un sobresalto a otro, esta respuesta fue la que más me desconcertó, aunque concordaba con lo que me habían contado los niños.

—Calder quería que hubiera un testigo para que no lo hicieran desaparecer sin que nadie lo supiera. A mí no me hace ninguna gracia ir por allí, por si se quedan conmigo, pero me prometió que me haría un monumento funerario digno de un presidente.

—Acompáñeme a la prisión.

—Le acabo de decir que tengo mis reservas para acercarme por semejante lugar.

—Pídame lo que quiera.

—Ya estamos hablando de otro precio muy superior porque, claro, también querrá que le haga de intérprete.

—He aprendido portugués.

—Eso está bien, pero aún le falta aprender unas cuantas cosas más de la vida.

Solamente cuando salí de aquel tugurio y me dio la luz del sol fui del todo consciente de que Denys se había entregado por mí. Hasta ese extremo llegaba su amor, pero yo habría preferido no tener esa prueba tan rotunda.

Candil tenía razón, aún me quedaban muchas cosas por aprender. En aquellos momentos desconocía lo más importante; no entendía cómo era el proceso cuando detenían en las colonias a alguien que supuestamente había cometido un asesinato en la metrópoli, si lo deportaban o lo juzgaban en ese territorio.

Necesitaba hablar con un abogado, pero la urgencia me impedía contactar con uno de los familiares de Emily. Tenía que ser uno local.

Después de entregarle doscientas libras más, Candil se avino a acompañarme a la cárcel central. La gente nos miraba con curiosidad. Sin duda, debíamos de parecerles una extraña pareja.

El tenebroso edificio de la prisión era sobrio e imponente, mostraba con toda su contundencia la férrea autoridad portuguesa, tanto por su estilo como por su nombre: Prisión Central. Los altos muros de piedra estaban estucados en blanco como si pretendieran que destacara más en el entorno.

El guardia apostado en una torre de vigilancia nos apuntó desde arriba con el fusil mientras nos dirigíamos hacia la puerta principal. Candil me puso la mano en el hombro y, después, él se quedó unos pasos atrás.

—Vaya, vaya usted. Sola le harán más caso.

—Quiero visitar a un prisionero —le dije al guardia de la entrada.

Cuando iba a pronunciar su nombre, me contestó:

—Hoy ya no hay más visitas. Venga otro día.

—¿Mañana?

—Es posible.

—Dígame al menos si se encuentra aquí la persona que busco.

—Mañana.

Candil se situó a mi lado y me indicó con un gesto que no insistiera.

Me di la vuelta sin despedirme del guardia. No sabía cómo iba a pasar las próximas horas.

—Acompáñeme a la quinta —le pedí al buhonero porque no quería caminar sola por aquellas calles.

Esperaba que también me quisiera cobrar por esto, pero no dijo nada. Tal vez sintió lástima por mí, como le sucedía al tití de la directora del internado donde estudié.

Estuve toda la noche rezando en medio de sudores fríos. Anticipaba cualquier escenario, pero me consolaba saber que estaba tras la pista de Denys. Si no lo encontraba en la cárcel, al menos sabría cuál era el último lugar en el que había estado. Enseguida rectifiqué este pensamiento. No quería que hubiera un «último lugar».

Bajé hasta su taller y toqué las esculturas quietas, sin hálito, abandonadas. Me acurruqué con una manta en el banco donde nos sentamos la primera vez. Temblaba.

Por fin se hizo de día y apareció el buhonero en el jardín de la quinta. No le sorprendió que saliera del taller de Denys. Era un servidor fiel, pero no a mí, sino que su formalidad se debía a la intercesión del dinero. En cualquier caso, me resultaba útil. Mucho más de lo que tiempo atrás, cuando no lo tomé en serio, hubiera esperado.

Llegamos de nuevo hasta la prisión y Candil me dio

una palmada en la espalda como si yo desconociera la dirección que debían tomar mis pasos. Crucé sola la puerta de hierro con el corazón en un puño. Después de firmar varios documentos, me escoltaron dos guardias hasta una sala oscura que hedía a una humedad antigua y penetrante, y me dejaron allí durante unos minutos que se me hicieron eternos.

Por fin otro guardia abrió una puerta que, debido a la oscuridad, yo no había visto aunque la tenía enfrente.

—Ahí lo tiene —me dijeron.

Al principio no vi nada, y, después, cuando los ojos se me acabaron de acostumbrar a la penumbra, advertí que en aquella celda tan solo había un anciano al que la barba le había crecido hasta el pecho. Estaba en el suelo, encorvado sobre un catre, el único mueble.

—Ha habido un error. El hombre al que yo busco es más joven.

—La prisión envejece a pasos agigantados —me dijo el carcelero mientras soltaba una risotada.

No, no era él. Denys, el hombre al que amaba, no estaba por ningún sitio.

Entonces pensé que era una artimaña de Candil para sacarme varios cientos de libras, que se habría puesto de acuerdo con aquellos guardias para repartirse lo que me había estafado. Me reproché mi ingenuidad. Estaba a punto de salir cuando oí al viejo, que decía:

—Shayna... —murmuró con una voz rota por la enfermedad y el agotamiento—. Shayna... —repitió y, después, añadió con mucho esfuerzo—: Has llegado hasta aquí.

—¡Usted!, ¿sabe quién soy? ¡Usted... conoció a Denys Olgivie! ¿Ha estado él aquí?

—Shayna —dijo de nuevo antes de dejar caer la cabeza contra la tabla del catre.

Tan solo vestía un andrajo atado a la cintura que lo

cubría hasta las rodillas. Tenía la piel pálida, las mejillas hundidas y las costillas se le marcaban como si los huesos quisieran escapar de la carne.

—No tengo todo el día —me dijo el guardia mientras acercaba la lámpara de aceite a aquel hombre.

—Si no es quien le interesa, vámonos ya. Aquí apesta.

Me acerqué con pasos inseguros, y el prisionero hizo el esfuerzo de levantar un poco la cabeza. Entonces vi que sus ojos se iluminaron, pero la fatiga que lo consumía no le permitió moverse.

Me arrodillé a su lado y le tomé una mano. La sentí fría y frágil, como si sus huesos estuvieran a punto de quebrarse. Mis lágrimas comenzaron a caer sin poder detenerlas. Sentí su otra mano sobre mi cabello. Era incapaz de decir nada. Comencé a llorar. El frío de las baldosas me atravesaba. Como si me hablara desde muy lejos, pronunció las palabras que yo más había deseado escuchar en aquellos meses:

—Shayna crisálida —me dijo y después añadió—: Sabía que regresarías. Me he hecho viejo esperándote. Espero que no te importe.

Estaba tan maltratado por la cárcel que parecía que en vez de unas cuantas semanas hubieran pasado años.

Vi que esbozaba una sonrisa. Me incorporé y me abracé a su cuello.

—No hables —le susurré—, no malgastes tus fuerzas. Denys —le prometí con la voz entrecortada—, voy a sacarte de aquí.

—No hay esperanza ya para mí, Shayna —murmuró con el poco aliento que le quedaba—. Ellos ya me han condenado.

Me incorporé y le di unas monedas al carcelero para que me permitiera quedarme un poco más.

Después me acerqué a Denys hasta sentir el escaso calor de su cuerpo. Saqué el papel que siempre llevaba conmigo junto al pecho.

—Mira esto. —Le mostré el documento, y aunque apenas se veía nada y su mirada parecía perdida, alcancé a atisbar un brillo de sorpresa en sus ojos cuando comprendió de qué se trataba. Estaba segura de que había soñado con eso cada noche que pasó en su taller.

—Es una licencia militar —le expliqué—. Fui a Londres, hablé con el conde de Gleichen. Esto te libera, Denys. No van a llevarte a la horca por desertar y seguro que tampoco por haberte declarado culpable de la muerte de Fiz porque está vivo. Eres libre. Somos libres.

Su mano temblaba mientras trataba de tocar el papel, pero no tenía fuerzas. Se dejó caer de nuevo contra el catre, como si el peso de las circunstancias lo aplastara.

—Shayna... —repitió, y entonces, como si todo su ser se rindiera, sus ojos se cerraron—. No voy a sobrevivir..., estoy... Pero se ha cumplido mi deseo de verte una vez más antes de...

Me incliné sobre él apoyando mi frente contra la suya.

—No hables más, tendremos mucho tiempo para ello, porque voy a quedarme a tu lado siempre. Hemos tardado mucho en reencontrarnos, y no me refiero solo a estas semanas, sino a mi vida entera. Ahora por fin todo el dolor que hemos sufrido tendrá sentido.

Le acaricié las manos, que apenas respondieron a mi contacto. Sentí su fragilidad, su delgadez, como si hubiera perdido algo más que fuerza física en el cautiverio. Me estremecí al pensar en lo que habría tenido que soportar. Todo por el maldito Fiz y su fiesta infame.

—Shayna crisálida —susurró de nuevo como si solo quisiera asirse a aquellas dos palabras.

Le sonreí con lágrimas en los ojos.

—Te voy a sacar de aquí. Te lo prometo. Ahora nuestras circunstancias son otras. Todo esto es obra de mi hermano. Darrell murió en la guerra, pero te ha salvado. Sabía que lo haría.

Me recosté contra su pecho sintiendo cómo se me clavaban sus costillas. Pensé en un árbol seco. Me rodeó con sus brazos, tan débiles y rígidos que parecían incapaces de cerrarse en torno a mí.

Pero aún pronunció las frases más largas de nuestro reencuentro, como si llevara mucho tiempo con ellas en la mente:

—La guerra es un abismo de lava que parte en dos el corazón de quienes la sufren —dijo con voz áspera—. Nadie sobrevive a ella, aunque no muera, porque su marca es indeleble.

Parecía su testamento. Enseguida aparté de mí aquella idea fúnebre.

—Lo sé, Denys —le respondí sintiendo el peso de la certeza de cada una de aquellas palabras—. Estuve allí. Vi cosas... aterradoras.

—¿Allí?, ¿dónde? —me preguntó mientras se oprimía el estómago como si necesitara ese alivio para seguir hablando.

—En Durban, en Bloemfontein. Fui a buscarte.

Su mirada se volvió incrédula.

—¿Atravesaste la guerra para buscarme? ¡Shayna! —De nuevo repitió su gesto de apretarse la tripa como si se tratara de un fuelle.

Asentí con lágrimas en los ojos.

—El lugar donde moran los guepardos, eso significa Bloemfontein. Allí fui. Conocí en persona a Emily Hobhouse. Te hablé de sus columnas, de su lucha para que no exterminen a los bóeres. Ella me ayudará también a sacarte de aquí.

—¡Has arriesgado todo lo que tienes! —dijo con la voz quebrada—. ¡Has arriesgado tu vida por mí!

—Tú también lo has hecho. No hables más —insistí. Le acaricié las manos y continué—: El conde al que mi hermano salvó de morir ahogado fue quien me firmó tu licencia. Solo tenemos que añadir tu número de cartilla militar y...

Entonces el carcelero me interrumpió y me obligó a salir. Se me partió el alma por tener que dejarlo en aquel estado: solo y moribundo.

Al día siguiente estaba de nuevo en la celda de Denys. Me pareció un milagro encontrarlo con vida. Los guardias me habían quintuplicado la tarifa para dejarme entrar, pero no podía detenerme a pensar en el dinero. Candil desapareció en cuanto le pagué.

Me permitieron meter la silla de ruedas que había adquirido en un comercio de la avenida central en el que vendían de todo. Se trataba de un artilugio muy historiado, con unas ruedas enormes, pero decidí que estaría mejor sentado sobre ella que tirado en el suelo todo el día. No me resultó nada fácil colocar a Denys en aquel asiento, a pesar de su escaso peso. El guardia no se dignó a ayudarme. Farfulló que no quería contagiarse.

Cuando por fin lo conseguí, coloqué la silla frente al catre y me senté sobre la tabla elevada que le servía de cama.

—Hay algo que quiero que sepas..., también estuve en Inverness —le dije enseguida y, tal como esperaba, noté la sorpresa en sus ojos—. Quería conocer a tu hermano, a Amere y a tus sobrinos.

—Shayna, no lo puedo creer. Eres capaz de todo.

—Soy capaz de todo por ti.

—¿Y cómo está mi familia?

—Tu hermano está muy triste, decaído. —No quise

mentirle—. Les prometí que en cuanto me reuniera contigo les enviaríamos una fotografía. Entonces no creí posible que volviera a verte, lo dije para infundirles ánimo, pero a veces parece que desear algo funciona como un conjuro.

—No quiero que sepan cómo estoy, Shayna. Hazme el favor de escribirles, como hiciste aquella vez, pero con tu nombre, y cuéntales otras cosas. Aunque en tu situación...

—Mi situación se ha solucionado, Denys, y gracias también al conde de Gleichen ahora estoy bajo la protección del rey Eduardo. Además, tengo en mi casa de Inglaterra unas cartas de mi marido que prueban que está en la India. Todo lo malo ha pasado ya. Estamos en una nueva vida. Ya hemos salido de nuestros respectivos laberintos.

Ante su falta de respuesta, añadí:

—Duerme. Vamos a esperar juntos a que llegue el abogado —le dije mientras le acariciaba la frente y la mandíbula—. Cuando te despiertes, aquí estaré. No te voy a dejar solo ni un momento —continué hablándole hasta que noté su respiración más profunda.

Pensé en el informe del que me había hablado Emily Hobhouse en la cantina de las minas sobre la situación de los presos en las cárceles de Gran Bretaña. Todo aquello palidecía comparado con las condiciones en las que se hallaban los que iban a parar a los presidios coloniales. A pesar de eso, intenté mantener un atisbo de optimismo. Denys estaba maltrecho, pero estaba vivo. Estábamos juntos en el mismo tiempo y lugar. Esa era la clave. Lo único.

También me adormilé hasta que oí el chirriar de las bisagras de la puerta y un hombre enjuto apareció en el vano.

—Denys, Denys, despierta. Ha llegado el señor Karamchand.

Ese era el nombre del abogado al que había conseguido contratar. Era indio y me lo había recomendado un funcionario de correos portugués, Natario Chafariz. El letrado solía encargarse de asuntos mercantiles, pero también tenía fama de atender las situaciones de discriminación e injusticia a las que se veía sometida la comunidad india; debían llevar a cabo farragosos trámites para obtener la residencia bastantes años después de su llegada. Karamchand contaba con el mejor aval posible: Emily lo conocía y simpatizaba con su causa. Yo sabía que el dinero que pudiera darle le vendría muy bien para su lucha.

Después de saludarme me preguntó con mucha amabilidad:

—¿Qué ha hecho este hombre?

—Nada, nada en absoluto. Bueno, desertó. Es pacifista. No quiere ninguna guerra, ni contra los bóeres ni contra nadie.

—En eso coincidimos entonces. Yo pienso absolutamente igual. ¿Por qué está aquí?

Le conté todo lo relativo a Fiz, que tenía conmigo el salvoconducto del rey que me protegía a mí y la licencia militar del conde de Gleichen para Denys.

—Necesitamos una fe de vida de su marido —me dijo como si todo se redujera a eso—. Ahora mismo voy a solicitar que lo trasladen a la enfermería. Por lo que veo, está muy grave. Es una cuestión humanitaria.

—¿Usted cree que eso se entenderá aquí?

—Si está dispuesta a pagar su estancia a precio de oro, sí. Ya sabe lo único que les interesa a... todos.

No daba crédito. Me detuve en la sonrisa bondadosa de aquel hombre, en su calma, en su ropa, que parecía confeccionada por el mejor sastre de Londres...

—Gracias, señor Karamchand.

—Voy a preparar todos los documentos. Permanezca a su lado mientras se lo permitan. Volveré lo antes posible.

Denys no había intervenido en ningún momento. Temí que ya no despertara.

SHAYNA ORLIENS

—

Lourenço Marques, Mozambique, octubre de 1901

La libertad de Denys costó varios miles de libras, a pesar de que se demostró que no era posible acusarlo del asesinato de Fiz porque mi padre envió a Mozambique sus cartas después de asegurarse de que fueran copiadas en una notaría londinense. La parte menor fueron los honorarios que le pagué al abogado Karamchand. Eso sí, le prometí que en cuanto me fuera posible rehacerme económicamente le haría llegar una suma bastante mayor con la que esperaba que ayudara a mejorar las condiciones de sus compatriotas. El espíritu de Emily se me había contagiado.

Ya en la quinta, Andiara me ayudaba cada mañana a bañar a Denys. Después desayunábamos los dos en el porche: café, *travesseiros* y algo de fruta. Desde allí veía su taller. Le costaba levantar los brazos aún. No podía ni plantearse volver a esculpir.

Cada noche sucedía el momento con el que más había soñado: me ponía el camisón y dormía a su lado mientras lo abrazaba. Al rodear su cintura sentía dentro de mí su dolor y volvía a imaginarlo ante su escultura, de pie, firme, con las piernas separadas, la espalda erguida y los brazos vigorosos como cuando lo conocí. Esperaba que algún día esta escena volviera a ser posible.

Denys era muy disciplinado con sus ejercicios. Los realizaba de una forma sincopada y muy lenta, le costaba coordinar las articulaciones, pero yo advertía que cada día era capaz de moverse un poco más. Me decía que aquellos baños de sol a primera hora eran una bendición.

A las dos semanas de estar en la quinta, recibí un telegrama de mi padre.

—Recuerdos del señor Natario Chafariz —me dijo el cartero mientras me lo entregaba. Otro ángel en mi camino.

—Hágale llegar todo mi agradecimiento.

Recordé el día en que le dicté a aquel hombre mi primer telegrama y sentí que había pasado un siglo desde entonces. No me cabía duda de que sería la clienta más original a la que había atendido nunca. También me pregunté si aquellos dos funcionarios, el cartero y Natario, eran los informantes de Candil. Ya no había vuelto a saber más del buhonero. Se me pasó por la cabeza que pudiera estar en prisión y me preocupé porque sentía un sincero afecto por él.

Leí la única línea del mensaje en cuanto me quedé sola:

FÁBRICA REYER VENDIDA STOP PRONTO PODRÁS DISPONER DE TU INMENSA FORTUNA STOP

Cuando Emily me visitó en Londres para transmitirme lo que había averiguado sobre Denys, supe por ella que la factoría de Fiz se había dedicado en los últimos tiempos al ensamblaje de fusiles para el Ministerio de la Guerra. Pensé en los miles de balas que se habrían disparado con ellos, en lo que supone segar la vida de alguien en la flor de la edad, en la perversión que entraña que los mejores mueran, mientras que quienes los envían, que en la gran mayoría de los casos ya han alcanzado una edad provecta, se queden con todo lo que, por su naturaleza, los jóvenes muertos les habrían arrebatado.

Decidí que en cuanto pudiera disponer de aquella suma, además de cumplir con la palabra dada a Karamchand, le daría la mitad a Emily. Había un misterio en torno a su situación económica. Me contó que, a la muerte de su padre, subastaron sus bienes y que obtuvo una cifra muy elevada por ellos, pero ese capital se volatilizó en algún lugar de América.

Respecto a Denys, siento escalofríos y se me eriza la piel al pensar en cómo habría discurrido mi existencia si Emily no hubiera aparecido en la casa de mi padre en Londres y me hubiera abierto los ojos. ¡Es tan difícil pensar de forma acertada en determinadas situaciones!

Le encargué a mi padre en el mismo mensaje que me enviara dos pasajes para Londres sin aclarar quién era la persona que me acompañaba. Confiaba en que la travesía no perjudicara a Denys porque podría continuar con su gimnasia de recuperación y el resto de los cuidados en el barco, y que tomar el sol en la cubierta y sentir la brisa marina en el rostro le sentara bien, pero me preocupaba el viaje de más de un mes a través de la ruta por la costa oriental de África, la llegada a los puertos de Dar es Salaam y Mombasa, el golfo de Adén... Atravesaríamos el mar Rojo hasta el canal de Suez y, después, esperaba que el Mediterráneo fuera más plácido. El continuo vaivén del barco, si las aguas estaban agitadas, podía resultar muy doloroso para los maltrechos huesos de Denys. Imaginaba ver juntos Alejandría y la isla de Malta desde el mar. Destinos que algún día esperaba conocer de su mano. Quería vivir tantas cosas a su lado, quería vivirlo todo junto a él.

En cuanto me llegaron los pasajes nos despedimos de

Lourenço Marques y fuimos hasta la isla de los Portugueses. La última tarde vimos muy cerca del faro dos mudas de serpiente. Me deshice de mi abrigo; Denys, el hombre que me había enamorado para siempre con su franqueza y su bondad, dejó allí su chaqueta. Habíamos cambiado de piel.

DENYS OLGIVIE

—

Travesía desde Mozambique hasta Inglaterra, noviembre de 1901

Mientras surcamos el mar, sigo con mis ejercicios gimnásticos. Son muchos los que se quejan del tedio que les producen estas largas travesías, pero con Shayna a mi lado no hay un solo instante de aburrimiento ni de desánimo. Nos sentimos tan afortunados por vivir juntos que, de esa sensación, extraemos nuestra fuerza. Su presencia es luminosa. ¡Cómo la anhelé! Una sola vida no me basta para estar a su lado. Quiero respirarla, tocarla, olerla, verla, eternamente.

Shayna crisálida es tal como yo había imaginado que fuera la persona que me acompañara siempre, tenía asumido que sería tan solo una fantasía, pero ahí estaba esa mujer prodigiosa. Es absolutamente sincera: dice lo que piensa y hace lo que dice. Sin dobleces, sin disimulos, sin perder el tiempo. Quiero que vivamos en plenitud, sin traicionarnos nunca, porque traicionar a quien queremos supone traicionarnos a nosotros mismos, quiero que mi vida tenga todo el sentido, que sea todo lo contrario de un sucedáneo.

Quiero protegerla, hacer que su vida sea más fácil. Atisbar de lejos cualquier peligro que la aceche. Que su felicidad sea mi arte, el resultado de mis desvelos, de mi capacidad de anticipación. Creo que eso es querer a alguien: cuidar, ayudar en todo, ofrecer, dar y evitar que sufra en la medida de lo posible. Y de lo imposible. Tal como ella ha hecho conmigo.

SHAYNA ORLIENS

—

Inglaterra - Escocia, noviembre de 1901

Denys camina cada vez mejor.

Después de hacer noche en Londres y de recorrer por la tarde sus calles más bulliciosas, dejamos la capital para dirigirnos al norte.

El primer lugar al que fuimos juntos en Escocia, como no podía ser de otra forma, fue el acantilado de Moray Firth en la costa nororiental. Allí lo vi tan pletórico mientras observábamos el majestuoso mar del Norte que decidí contarle la noticia. Le cogí la mano y me la llevé al corazón.

Sentía cómo mis latidos se acompasaban con su pulso. Le deslicé la mano desde el esternón hasta mi ombligo.

—Ahora tengo dos corazones. No fui sola a buscarte a África. No hace mucho que lo sé.

Al principio pensé que se trataba de un desarreglo producto de la angustia que había vivido aquellos meses, resultado de mi debilidad, que me había producido incluso que no fuera capaz de menstruar.

Denys me abrazó. Lloraba de felicidad.

—Shayna crisálida, has eclosionado, y además darás a luz una nueva vida, nuestra nueva vida. Os cuidaré, os cuidaré mucho. Viviré para vosotros dos.

FIZ REYER

Londres, noviembre de 1901

Fui consciente de que durante la conversación entre Kiran y el señor Karamchand había permanecido al margen durante casi todo el tiempo; después de lo sucedido con Howard nada más llegar a Londres, no había vuelto a dar en aquellas semanas más explicaciones sobre mí a nadie.

Una tarde, en la cafetería Andaz de Liverpool Street, cuando estábamos a punto de despedirnos de los mismos hombres que nos acompañaban de nuevo, mis ojos se posaron en una pareja a través de la cristalera. La mujer, que sonreía con entusiasmo, me recordó a Shayna. Cuando se recogió un mechón detrás de la oreja, no me quedó ninguna duda de que era ella. Me disculpé de inmediato y salí precipitadamente a la calle.

Los observé a distancia. Shayna caminaba junto a un hombre que cojeaba, apoyado en un bastón. Parecían tan felices, tan enamorados. Sentí una extraña satisfacción, como si yo mismo fuera, en parte, responsable de su dicha. Si no me hubiera apartado de su vida, Shayna aún estaría atrapada en esa atmósfera gris que compartimos, sin horizonte. Ahora ambos habíamos encontrado el amor, aunque en mi caso siempre sería a espaldas de la sociedad, escondido, como si amar a Kiran fuera un crimen.

Regresé al interior de la cafetería en el momento en el que Kiran les entregaba otras copias de sus manuscritos a aquellos hombres. Pensé que si aquellas historias me habían sanado, harían lo mismo con muchos. Resultaban benéficas porque mostraban que tras algunas injusticias es posible que llegue el modo de repararlas. Al menos así sucedía cuando todo estaba en su lugar. Algo mucho más habitual en la literatura que en la vida.

SHAYNA ORLIENS

Escocia, noviembre de 1901

En el balneario del bosque Culbin nos esperaban mi padre, Alfie, su mujer Amere y los gemelos Rob e Iver, frente a la isla Negra. Este lugar contravenía su nombre porque era una península entre las rías de Moray y Cromarty, en el norte de Escocia. Aquel reencuentro fue uno de los mejores momentos de mi vida.

Durante la cena en el salón del balneario de Nairn, les anunciamos mi estado a la familia Olgivie y a mi padre, que solo dijo:

—Será como Darrell.

Recordé los versos que había escrito mi hermano: en ellos hablaba sobre veranos que nunca se marchitarían. Supe que, aunque de una manera incorpórea, mi madre y él estaban también allí junto a nosotros.

Mi padre había hecho muy buenas migas con los Olgivie, hasta tal punto que le ofreció a Alfie un buen trabajo en su empresa maderera. Como mi hermano Darrell y yo supimos siempre, él iba a seguir, y no permitiría de ninguna manera que su compañía acabara en manos de sus competidores. A mí me alegró saberlo porque, gracias a aquella decisión, el hermano de Denys y su familia dejarían atrás sus estrecheces económicas y Rob e Iver podrían continuar con sus estudios. Mi padre seguiría unos años más con la supervisión del comercio de sándalo, pero sin las exigencias de su trabajo a pie de obra. Así sería hasta que Alfie se hiciera cargo de todo. Incluso podrían vivir allí, entre Inverness y Edimburgo, y el hermano de Denys viajaría a la India un par de veces al año. El resto del tiempo dirigiría las importaciones desde los puertos escoceses e ingleses. Alfie sabía reconocer la calidad de la madera y era despierto y fuerte. Si conseguía mejorar su carácter para tratar con amabilidad a los clientes, estaba segura de que no tendría rival.

Denys me había pedido que le hablara a mi padre de su amigo Clive, el que profirió aquel grito gracias al que pudo escapar del campo de internamiento en el sur de África. Sabía que se encontraba en la capital de Escocia. Quería saldar su deuda con él, ya que era muy consciente de que, al utilizar aquella treta para salvarlo, se había puesto en peligro. No tuve ninguna duda de que accedería a contratarlo en su compañía. Entonces aún no sabía que era el mismo Clive al que mi hermano había aludido en una de sus cartas. Con él rescataríamos algo más de Darrell. Se trataba de un regalo que llegaba desde el pasado.

Cuando me quedé a solas con mi padre, le pregunté qué había sido de Fiz. Estaba segura de que él lo sabía y no solo porque se hubiera encargado de liquidar sus asuntos... industriales. Como si hubiera estado esperando mi pregunta desde que nos reunimos, se sacó del bolsillo del chaleco un papel:

—Lee esta carta, querida hija.

Enseguida reconocí la caligrafía y la firma de Fiz. Era una nota de suicidio. Decía que en Benarés se arrojaría al Ganges un atardecer. No me extrañó que consiguiera hacérsela llegar a mi padre. Dentro del Raj, las comunicaciones eran bastante sencillas entre los británicos.

Me entristecí. Una cosa es imaginar algo y otra constatar que ha sucedido, pero después de esa primera reacción, aquellas líneas me llevaron inmediatamente a sentir algo más. Fue una intuición casi tan diáfana como una certeza.

—¿Por qué entonces tengo la sensación de que no está muerto? —le pregunté a mi padre.

—Porque no lo está, querida Shayna, pero a todos los efectos eres viuda y libre de casarte con quien quieras. Eso sí, me gustaría que el elegido fuera el señor Olgivie, habida cuenta de lo mucho que ya lleváis adelantado.

Siempre conseguía hacerme reír.

Cuando al día siguiente abrí los ojos, Denys me entregó un cuaderno en el que me dijo que escribiríamos los dos. Después metió la mano bajo las sábanas y me acarició.

—«Diario de la nueva vida —leí en voz alta—. Shayna crisálida, estas dos palabras lo son todo para mí. Cruzaste por mí una guerra. El amor no se expresa, se demuestra, y sé que el que sientes por mí no tiene límites. También sé que me hizo regresar de la muerte el deseo de estar a tu lado. Gracias por salvarme. Puedo afirmar, por tanto, con toda la exactitud posible del término, que nuestro amor es ahora sobrenatural».

DIARIO DE LA NUEVA VIDA

—

SHAYNA ORLIENS

Escocia, marzo de 1902

Hoy me ha despertado el repiqueteo metálico del cincel contra la piedra. Enseguida me ha venido a la mente una frase que me dijiste cuando nos conocimos: «Algunos acontecimientos de nuestras vidas nos golpean hasta esculpir nuestro carácter, pero otros nos rompen». A mí ya no me persigue Scotland Yard, y tú, gracias al documento que me entregó el conde de Gleichen, te has convertido en alguien que ya ha cumplido con sus obligaciones militares en África y para quien, por tanto, su deber con el Ejército ha terminado.

Cada mañana, nada más despertarme, cruzo mis manos sobre el vientre un buen rato para que nuestro hijo me sienta. Esta es mi ceremonia cotidiana de acción de gracias. ¡Me siento tan feliz de disfrutar de esta segunda oportunidad a tu lado!

Cuando te pregunté qué esculpías me respondiste que una promesa: el monumento funerario de Candil.

Espero que tarde muchos años en ser trasladado al cementerio de Saint Francis Xavier. No puedo olvidarme de lo mucho que nos ayudó este hombre tan pintoresco.

Dos días después llegaron unas enormes cajas de madera con las esculturas que habías dejado en el taller de la quinta de Lourenço Marques. Otro gran aliado: Natario Chafariz se había encargado de ese trámite.

DIARIO DE LA NUEVA VIDA

—

DENYS OLGIVIE

Escocia, marzo de 1902

Saussell es tan pequeña que no he querido tomarla desnuda en mis manos. Temía que se me resbalara. Solo cuando la partera la ha envuelto en unos paños la he cogido para acercártela, Shayna. Los dos la hemos mirado y nos hemos mirado después. Este ha sido el momento más importante de mi vida.

Tu sonrisa, Shayna, y la forma en la que te has incorporado un poco de la almohada para asomarte a su rostro me han hecho sentirme el hombre más afortunado del mundo.

Tengo la sensación de que ya he vivido varias vidas.

Creo que el destino es como una isla de contornos difusos, muy difícil de ver hasta que no estamos cerca; mientras tanto atravesamos tempestades, estamos a punto de zozobrar, nos posee la incertidumbre, pero si nos mantenemos firmes todo llega, como yo he llegado a ti y tú has llegado a mí, Shayna crisálida, para fundirnos en esta nueva vida representada por nuestra hija.

DIARIO DE LA NUEVA VIDA

—

SHAYNA ORLIENS

Escocia, junio de 1902

Apenas escribimos en este cuaderno compartido porque estamos demasiado ocupados en vivir. El solsticio de verano ha coincidido con los primeros tres meses de vida de Saussell. Está tan sana como nuestro amor.

Durante nuestro baño en el río me mostrabas a nuestra hija como si yo la viera por primera vez. Dices que esta ceremonia nos librará de todo mal.

Copio aquí los versos que me has recitado esta tarde de Robert Burns, el poeta más amado de Escocia:

> Hemos descendido por la ladera
> y recogido margaritas,
> hemos errado con los pies doloridos,
> hemos vadeado la corriente
> y anchos mares han rugido entre nosotros.

Es verdad, Denys, así ha sido nuestra vida. El pasado es la barca que nos ha traído hasta aquí, hasta el presente.

Había alguien más que, junto a Emily y a mi hermano, había tenido un papel determinante en nuestra historia:

Fiz. A él nunca podré agradecerle lo suficiente que me traicionara. El escándalo que se derivó del Baile de los Anfibios fue de lo más conveniente, al fin y al cabo.

Durante las primeras semanas me negué a aceptar que se pudiera aplicar el dicho «No hay mal que por bien no venga», pero era una evidencia que, su infidelidad reiterada me abocó a una vida perfecta, maravillosa, con la que ni siquiera me había atrevido a soñar. Él me ultrajó, pero yo había vencido. Su infamia fue providencial porque me mostró que recorría un camino equivocado. Para mí, Fiz ahora no es nadie.

Lo más importante fue que su cuantiosa fortuna sirvió para salvar muchas vidas, constituyó uno de los principales capitales con los que contó Emily. Gracias a este dinero pudo llevar a cabo la culminación de dos de sus más grandes acciones: el plan de hilado y el plan de arado: tejer y sembrar. Qué importantes son ambas cosas siempre, en sentido literal y figurado.

Todo me parecía poco para ella y su causa.

Dicen que tras nuestras mayores decepciones llegan nuestros mejores éxitos. Doy fe de que al menos para mí ha sido así. El amor ha conseguido convertir en algo bueno incluso lo más terrible: la traición. Así que, estimado Fiz, gracias por traicionarme.

SAUSSELL OLGIVIE

Inverness, Escocia, 20 de marzo de 1926

Hoy he cumplido veinticuatro años.

Pertenezco a la Liga Internacional para la Paz y la Libertad y a la organización internacional de Resistentes a la Guerra. Por este motivo, por defender que no hay que matar, ¡he sido amenazada de muerte! ¡Qué gran paradoja!

De momento he tenido que abandonar mis estudios de Derecho y refugiarme en la casa de mis padres en Inverness. La víspera del día que abandoné Londres se me acercaron dos hombres vestidos con un uniforme que desconocía y me arrancaron de la solapa la amapola blanca de tela que nos identifica a quienes formamos parte del Gremio Cooperativo de Mujeres. Se burlaron de mí, me llamaron «solterona histérica». No pude evitar una carcajada al oír aquella expresión con la que hace años pretendieron insultar a Emily. Seguramente ellos no lo sabían, fue una casualidad, pero ¡menuda casualidad! De igual manera y con las mismas dos palabras se referían a mí.

Entonces esperé la misma amenaza contra mi himen, pero no hubo más insultos, sino que pasaron a la acción. El más alto me clavó sus dedos como garfios en la cabeza y me deshizo el peinado. El otro me rasgó el vestido y después se alternaron para abofetearme, con tal armonía que parecía que lo habían ensayado. Yo no podía dejar de reírme. Creo que se debió a la mezcla del nerviosismo, el miedo y el desconcierto que me producía aquella agresión. Después me escupieron, me arrancaron el bolso de las manos y lo pisotearon, pero no consiguieron que soltara una sola lágrima. Mi mirada de desprecio, mi altanería y, sobre todo, que no pudieran acabar con mi risa los sacó de quicio.

Cuando vieron que se acercaban varias personas me gritaron que aprovechara el último día de mi vida ocupándolo con los quehaceres propios de mi oficio de furcia.

¡Qué triste! ¿Es tan difícil entender que lo más valioso es siempre la vida humana, antes que los diamantes, que el oro, que el dinero y las propiedades? Quienes opinan lo contrario, ¿es porque no han leído a Tolstói? ¿O al indio Gandhi? ¿No conocen los hermosos pensamientos que recogen las cartas que ambos se intercambiaron? ¡Qué falta de sensibilidad social! Mi madre siempre se pregunta cómo se le puede disparar a una persona. A mí me sucede lo mismo. No alcanzo a comprender una acción así.

Mis primos Rob e Iver marcharon a la guerra, pero regresaron los dos. Fue un milagro que no formaran parte de los casi diez millones de soldados muertos entre julio de 1914 y noviembre de 1918. ¡Cuántas vidas desperdiciadas, masacradas en las condiciones más terribles!

Dijo Oscar Wilde, quien murió cuando comenzaba un siglo que ya no era el suyo: «Mientras la guerra sea considerada mala, conservará su fascinación. Cuando sea tenida por vulgar, cesará su popularidad».

En cuanto llegué a casa y les conté a mis padres lo sucedido, mi madre sacó del joyero de su cómoda un corazón de hojalata con una cadena oxidada y me lo entregó.

—Si alguna vez sientes que tu voluntad flaquea, oprímelo en tus manos y sentirás la fuerza de Emily Hobhouse. Ella siempre está con nosotros.

EPÍLOGO

SHAYNA ORLIENS CALDER

Cuando terminó la guerra de los bóeres, Emily Hobhouse, además de socorrer a las mujeres y a los hijos de quienes habían luchado en ella, trabajó hombro con hombro con el abogado indio Mohandas Karamchand Gandhi. El mismo que sacó a Denys de la prisión de Lourenço Marques.

La defensa de los ciudadanos indios en el sur de África fue la nueva causa de Emily. Siempre la apoyé todo lo que pude. Mi participación en la sociedad de mi padre, que entonces dirigía Alfie, me permitió enviarle remesas de dinero de forma periódica. Ella me remitía informes sobre la situación y yo escribía, a partir de ellos, artículos para *News of the World* y *The Sunday People.* Nunca podría pagarle a Emily lo que había significado en mi vida: un revulsivo y una bendición.

En 1907 se enamoró de un sambernardo al que llamó Caro. Siempre que los veía juntos me hacían sonreír. Él era muy galante, siempre que Emily iba de compras le llevaba en la boca la cesta o la sombrilla. Nunca tuvo ninguna queja de él.

Al año siguiente decidió que podía dejar de supervisar el plan de hilado porque había veintiséis escuelas en marcha y tras casi ocho años de trabajo, apenas interrumpido por sus breves estancias en Europa, se sentía exhausta.

A mediados de septiembre de 1913, Emily volvió por

última vez al sur de África en el barco Galway Castle para la inauguración del monumento de Bloemfontein, prevista para el 16 de diciembre, pero no estuvo presente, tuvo que parar en Beaufort Oeste debido a una recaída de su enfermedad. Confiaba en que se recuperaría en unas semanas, pero tuvo que quedarse allí porque estaba grave: su corazón se había detenido y habían conseguido reanimarla de milagro. Lo consideró un aviso y decidió obedecer, por primera vez, los consejos médicos.

Después de apartar una cantidad de dinero para su funeral, encargó en una imprenta cuatro mil copias del discurso que había escrito para que se leyera cuando fuera inaugurado aquel obelisco con el grupo escultórico de Anton van Wouw a sus pies.

En la ceremonia de inauguración no hubo hojas con las palabras de Emily más que para una quinta parte de los asistentes, ya que aquel domingo se congregaron en Bloemfontein más de veinte mil personas vestidas de fiesta. Sonaron las marchas fúnebres de Chopin y Beethoven y desfilaron mil seiscientos hombres a caballo y cuatrocientas jóvenes vestidas de blanco, cada una con un velo nupcial que salía de sus coronas de flores, confeccionado en una gasa idéntica a la del velo que Emily nunca llegó a usar. La Union Jack ondeaba a media asta. Tibbie Steyn tiró de la tela que cubría la escultura y unas palomas sobrevolaron la explanada. Tengo que decir con mucho orgullo que leyó su discurso mi hija, Saussell Olgivie.

Durante sus últimos años, Emily mantuvo correspondencia con Mohandas Karamchand Gandhi. Él había pasado bastante más tiempo que Emily en el sur de África. Veintiún años en total. En 1910, el abogado indio fundó una comunidad en las afueras de Johannesburgo y la llamó Tolstoi Farm. Allí predicó su doctrina de la resistencia pasiva.

Mohandas Karamchand Gandhi dijo en 1914 sobre Emily: «Estar con ella es una elevación espiritual para mí». Y la llamaba «la constructora de puentes». Cuando Emily partió definitivamente para Inglaterra en 1914, Gandhi estaba en el muelle de Table Bay de Ciudad del Cabo para despedirla.

Emily pudo comprarse una casa en el pueblo costero de Saint Ives, de nombre tan parecido al suyo: Saint Ive. Nada más instalarse allí, comenzaron a llegarle regalos desde África del Sur, sobre todo cajas de comida y bulbos de lirios del río Orange para que los plantara en su jardín.

Mientras estuvo en Gran Bretaña supo que la monarquía había decidido recompensar a Millicent Fawcett nombrándola Dama de la Gran Cruz de la Excelentísima Orden del Imperio británico por su trabajo. ¡Aquel era el reconocimiento que merecía Emily! Creo que nunca se recuperó de este disgusto. Para transitar por este nuevo luto, decidió trasladarse a la isla de Wight junto a su criada; decía que solo le interesaba escuchar ya el mar. Se sentía condenada al ostracismo, pero aún la mantenía una última esperanza: que una personalidad pública saliera en su defensa y que fuera su valedor ante tanto menosprecio. Nosotros hicimos lo imposible por conseguirlo, pero todos nos dieron de lado. Para alcanzar su objetivo me legó sus memorias.

«Rebelde, antipatriota, mentirosa, traidora, histérica...». En nuestro país solo había recibido insultos por su labor humanitaria. Le había dolido especialmente que algunos amigos suyos no quisieran mostrarse en público en su compañía. No dejaba de escribir su autobiografía; con ella perseguía robarle a la muerte la última palabra.

El 1 de junio de 1926, Emily partió en una ambulancia desde Wight hacia su casa de Kensington, en un trayecto de diez horas. Mi gran amiga murió de pleuresía siete días después en Londres. Como me dijo antes de cerrar definitivamente los ojos: con África en el corazón.

No apareció ningún obituario en los periódicos nacionales. Escribí enseguida a los que habían publicado sus columnas y en los que entonces yo colaboraba. Mi texto adquirió el tono incendiario de Emily. En mi manera de reclamarles que enmendaran aquel error, de hacerles ver el sinsentido que suponía que no reflejaran su muerte en aquellas hojas en las que ella se había reflejado tanto. Advertí que yo tenía, con el transcurrir de los años, mucho de Emily.

Lo que más me dolió fue que en Cornualles, en su condado, la prensa tampoco se hiciera eco de su fallecimiento. Rastreé las páginas varias veces en cuanto recibí esos diarios por correo en Inverness. No daba crédito. ¡Ni una breve nota! ¡Nada! Así intentaron algo peor que silenciar su muerte: borrar a Emily del mapa, hacer como que nunca hubiera existido alguien tan caritativa y entregada a los demás. Pero las personas a las que salvó y sus descendientes son su obra viva. Ellos guardan la memoria de quien fue su Ángel de la Misericordia, ciudadana honoraria del Estado Libre de Orange por su trabajo humanitario.

En cambio, su funeral, en Bloemfontein, fue digno de una princesa. Sus restos llegaron allí a bordo del barco Ciudad de Dunkerque. Transportaron el féretro hasta la iglesia Tweetoring, donde la velaron toda la noche. Sobre el ataúd estaba su velo de novia.

A la mañana siguiente, todo el comercio de la ciudad permaneció cerrado. Todos querían homenajear a Emily, la mujer que tanto los amó.

En la ceremonia de despedida desfilaron las niñas a las que habían bautizado con el nombre de Emily en homenaje a ella y detrás otras muchas con el mismo velo en la cabeza. Igual que el día de la inauguración del monumento. La sepultaron a la sombra del obelisco.

A pesar de todo esto, los periódicos de su condado y los

que tenían sus redacciones en Londres continuaron mudos. No la perdonaban. No perdonaban lo que consideraban que había sido su traición.

Pero en la Oranje-Vrouevereniging (la Sociedad de Mujeres de Orange) todavía ondea en lo alto el velo de novia de Emily. Esta tela de gasa aletea libre en esa ciudad símbolo, el lugar donde moran los guepardos o la fuente de las flores. ¡Bloemfontein! Qué nombre tan hermoso. Para mí, esa prenda que nunca usó simboliza su decisión de casarse con todas las causas por las que se dejó la piel y el alma. Su consigna fue siempre defender a los más débiles. Esa fue su única bandera. Nunca la traicionó; a pesar de que a ella la llamaran tantas veces «traidora», fue, en realidad, la novia de la paz.

EMILY HOBHOUSE
(1860 - 1926)

POST SCRIPTUM

Cuando escribo sobre un personaje concreto, hasta que el libro en el que está se publica, imagino que duerme. Ahora que Emily Hobhouse está a punto de despertar, me gustaría colocarme a su lado y, cuando abra los ojos, contarle mis averiguaciones respecto a John Carr Jackson, Caro. Lamento profundamente que esto ya no sea posible.

He sabido que este hombre no murió en ningún accidente ferroviario, sino que cuando embaucó y sedujo a Emily en Virginia ya estaba casado con una mujer danesa. La vieja historia. De ella, la señorita Hobhouse nunca supo nada. El matrimonio se había celebrado en México D. F. y duró cinco años, pero tras él, Ana Petersen, como se llamaba la esposa, pudo vivir de una forma muy desahogada gracias al dinero de la herencia de Emily Hobhouse, a razón de ochenta dólares al mes, en concepto de pensión alimenticia, cuya nada despreciable cantidad (hablamos de principios del siglo XX) resultó del acuerdo voluntario de divorcio con su marido, el amado Caro de Emily.

Esta información puede encontrarse en el archivo de la capital mexicana bajo el epígrafe «AGN, AHTSJDF, Civil, Divorcios, Ana Petersen contra Juan Carr Jackson, jurisdicción voluntaria por divorcio, Tercero de lo civil, 1908, caja 0751, exp. 132016». El documento digital original es posible obtenerlo a partir del artículo «Divorce in Mexico City at the dawn the twentieth century. The rebellion of men», escrito por Ana Lidia García Peña, de la coordinación de Posgrado, facultad de Humanidades de la Universidad Autónoma del Estado de México.

Emily murió sin saberlo.

Hay mucha verdad en esta novela y también mucho sentimiento, porque trata de algo que todos hemos vivido: una segunda oportunidad para mudar la piel. Que nos atrevamos o no a llevarlo a cabo ya es otro cantar y otro contar.

De la idea de que «todo sucede por algo» surgió la escritura de esta historia. Esa es la idea: hacer que de la oscuridad surja la luz.

Respecto al motivo de la separación de Shayna y Fiz, hubo un suceso muy similar al que aquí se narra, que se conoció como «el escándalo de la calle Cleveland», pero ocurrió en 1889. Las discusiones públicas tuvieron una importante deriva social, se debatió mucho en torno a que la dificultad de ascender en la escala social por otros medios provocaba que muchos jóvenes pobres fueran prostituidos por aristócratas y otros miembros de la clase alta.

A partir de ahí, de tener muy claro que hay que ayudar para ayudarnos, se produjo la intersección prodigiosa con Emily Hobhouse. Me fascinó su carácter, de un optimismo, coraje y valentía ilimitados, además de creatividad, capacidad de organización, perseverancia y trabajo. Valentía moral, en suma. Eso fue lo que supuso su labor. Creo que traerla al presente es un acto de justicia, poética al menos. Nunca dudó en alzar la voz y es fácil imaginarse ahora (a mediados de la segunda década del siglo XXI, casi cien años después de su muerte) lo que sentiría al leer la noticia de que a las mujeres de Afganistán les han prohibido hablar en público.

Sus documentos sobrevivieron a la Segunda Guerra

Mundial en un despacho de abogados de Londres. Estaban en un baúl que después llevó a Canadá su sobrina nieta Jennifer Hobhouse Balme. Entre esos papeles están las memorias de Emily, escritas como una larga carta a su amiga Tibbie Steyn, de ahí la forma de diario y epistolar de esta novela. Fue ella quien le propuso durante un viaje a Venecia que se erigiera el monumento de Bloemfontein.

Actualmente todos sus «papeles» (como ella los llamaba) se han trasladado a la biblioteca Bodleian de Oxford, la universidad a la que ella siempre aspiró y en la que nunca pudo estudiar. En cambio, el padre de Emily, el reverendo Reginald, había sido educado allí y también en Eton. Los hermanos varones de Emily también partieron uno detrás de otro a formarse en los mejores colegios y universidades de la Inglaterra de la época, que ya eran prácticamente los mismos que ahora. Emily *solo* tenía que ser una buena esposa. Sin duda, hubiera sido la mejor esposa para John Carr Jackson si él no hubiera desaparecido y si no hubiera estado ya casado.

Emily decía: «Más vale desgastarse que oxidarse». Fue olvidada porque se adelantó a su tiempo y vivió a contracorriente. Se opuso a los más poderosos. Fue, cuando aún no se enunciaba así, una activista en la lucha por los derechos humanos. Asistió a las familias pobres de la parroquia de su padre, a los mineros de Cornualles emigrados al estado de Virginia, pero tenía el anhelo de hacer más, mucho más.

Y lo que hizo fue intentar parar la guerra, pero no una guerra, sino cualquier guerra. De hecho, hay sucesos posteriores a su estancia en el sur de África nada conocidos tampoco. También podría escribirse una novela sobre lo que voy a contar a continuación: en 1914 comenzó una actividad febril porque no podía soportar que una contienda arrasara Europa. En enero de 1915 Emily publicó su «Carta abierta de Navidad dirigida a las mujeres de Alemania y

Austria» para que fueran ellas, y no los hombres, quienes detuvieran aquella sangría.

En 1916 visitó Berna para entrevistarse con el embajador alemán, el barón Von Romberg. Antes había hablado con su compatriota, el ministro de Relaciones Exteriores. Las autoridades británicas le retiraron el pasaporte para que dejara de moverse por los despachos de los principales mandatarios involucrados en la que ahora llamamos Primera Guerra Mundial. Pero, a pesar de eso, y, como siempre, consiguió algo: que se enviaran desde África del Sur alimentos para las mujeres y los niños europeos. Emily le solicitó esta ayuda a su gran amiga Tibbie Steyn, la misma del monumento de Bloemfontein y a la que escribió su biografía en forma de diario; ella era la esposa del último presidente del Estado Libre de Orange, Martinus Theunis Steyn. El monto total de lo recaudado ascendió a más de diecisiete mil libras. África del Sur tendía su mano a Europa para corresponder al titánico gesto inverso que Emily puso en marcha durante la guerra de los bóeres. Esta mujer era capaz de movilizar o conmover a países enteros. Ella siempre había llamado a aquellos territorios «el lugar que tiende la mano», porque cuando llegaba al rincón más remoto de esa región todas las personas querían saludarla de esa manera.

En la actualidad se pueden visitar las dependencias de la parroquia donde nació, creció y, muy a su pesar, permaneció hasta los treinta y cinco años, y donde fue diagnosticada de introspección mórbida e histeria, por lo que llegó a recibir una terapia de luz para tratarle una profunda depresión.

Toda la información al respecto de este curioso lugar puede leerse en la página web *The story of Emily*; encabezada por una de sus frases filantrópicas, nos muestra los paisajes e interiores del lugar que tanto odió. Se puede acceder a la rectoría y a varias salas transformadas en museos de la guerra anglo-bóer, dependencias todas ellas repletas de instalaciones, animaciones, películas y efectos de realidad virtual entre la decoración con los objetos originales de la familia Hobhouse. Allí, donde nunca quiso estar, Emily permanece muy presente. En el restaurante puede probarse la gastronomía y el vino sudafricanos como si este local fuera un agujero de gusano que conectara con la región más al sur del continente que tanto amó. Ella expresaba ese sentimiento diciendo que llevaba una doble vida porque su cuerpo estaba en Inglaterra, pero su mente, su alma y su corazón estaban en África del Sur.

Cuando se habla de su legado siempre se cita la ciudad más austral del Estado Libre de Orange (hoy, parte de la provincia del Estado Libre, una de las nueve de la República de Sudáfrica), bautizada Hobhouse en su honor, y también el submarino SAS Emily Hobhouse, que se llamó así hasta 1994. En Bloemfontein, la residencia más antigua del campus de la Universidad del Estado Libre recibió también su nombre.

Edmond Rostand, el autor de *Cyrano de Bergerac*, escribió y compuso para Emily en 1913 una balada que se tradujo del francés al inglés, italiano y alemán. Ella le estuvo muy agradecida por este reconocimiento. Esto también da una idea de lo famosa que era, aunque en su país la obviaran. En sus versos dice Rostand: *Ese grito puede hacer que la hoja de la conciencia / salga de su oxidada vaina. [...] La señorita Hobhouse tiene un corazón valiente.* Rostand, en el mismo escrito, recrimina a Europa su indiferencia. Algo tan recurrente a lo largo de los siglos.

En 1976 se imprimió en la República de Sudáfrica un sello para conmemorar el cincuenta aniversario de su muerte. En él se reprodujo una imagen que a ella nunca le gustó (no es la que aparece en estas páginas), se trataba del retrato que le hizo un fotógrafo y en el que, en sus palabras, se veía «miserable y desamparada [...]. Le faltaba fuerza, era mi yo más soñador». Ya no podía esgrimir sus derechos de imagen.

Emily Hobhouse conoció a Mohandas Karamchand Gandhi en África del Sur. No tiene nada de extraño que dos personas así se encontraran. Por su parte, el líder indio mantuvo correspondencia con Lev Tolstói. Estos son unos hechos no demasiado conocidos, por eso mismo considero que deben sacarse a la luz, por lo que suponen de ejemplo en la búsqueda de la paz.

Gandhi luchó hasta dejarse la piel en África del Sur por los derechos de sus compatriotas. Lo relató después en *Satyagraha in South Africa*, cuyo título incluye ese neologismo acuñado por él para referirse al movimiento de la resistencia no violenta: *satyagraha* significa «insistencia en la verdad», «fuerza del alma» o «fuerza de la verdad». En este texto, que pretendía ser una guía para sus seguidores de la India y fue escrito en prisión, menciona a tres mujeres que «nunca perdieron la oportunidad de hacer un bien a los indios»: Emily Hobhouse, Olive Schreiner y Elizabeth Molteno.

Durante 1913 y 1914, ellas le escribieron muchas cartas que aún están en los archivos indios y sudafricanos. Aparecen citadas en las memorias de Prabhudas Gandhi, sobrino nieto de Gandhi, y también en las de Raojibhai Patel, abogado y político indio. No se les puede negar su papel como artífices de la paz.

Respecto a la ingente labor de Gandhi en África del Sur, son ciertos los datos que aparecen referidos aquí. El primer año que llegó ya había ciento cincuenta mil indios en Natal. También es real el incidente en la estación Pietermaritzburgo. Que lo lanzaran de aquel tren supuso el punto de partida de sus protestas contra las leyes discriminatorias contra los indios. En 1894 fundó el Congreso Indio de Natal. No era un partido político en el sentido convencional, sino una organización que tenía como objetivo unir y representar a la comunidad india en la colonia.

Entonces ya le había influido la lectura de algunos textos programáticos de Tolstói, como *El reino de Dios está en vosotros* publicado en 1894. En 1908 el autor ruso escribió *Carta a un indio*, y Gandhi la tradujo. «Hay algo profundamente poderoso en la resistencia sin violencia», pensaba, una variación de la frase del autor ruso: «El empleo de la violencia es incompatible con el amor, que es la más elevada ley de la vida».

En 1906, el Gobierno del Transvaal promulgó la Ley de Registro Asiático, también conocida como la Ley Negra, que obligaba a los indios a portar un pase con sus datos personales y declaraba ilegales los matrimonios no cristianos. Esto humillaba profundamente a la comunidad india, que veía sus libertades restringidas y sus lazos familiares deslegitimados.

En 1910, Gandhi fundó la Tolstoi Farm, un proyecto comunitario cerca de Johannesburgo basado en las enseñanzas del escritor ruso sobre la simplicidad y el trabajo físico, un lugar donde personas de diversas religiones y culturas convivían y trabajaban sin distinción de casta o jerarquía. Gandhi, inspirado por Tolstói, creía que la resistencia pacífica era más poderosa que cualquier arma, y que, desde ese lugar apartado en África, estaban construyendo los cimientos de una nueva forma de vida y lucha que algún día transformaría el mundo.

En cuanto al ámbito privado de la vida de Gandhi, las relaciones con sus hijos fueron muy complicadas, especialmente con el mayor, Harilal. Quería estudiar Derecho en Inglaterra como había hecho su padre, pero este no lo permitió. Adujo que los tiempos habían cambiado y que tener una educación occidental no ayudaría en la lucha contra el dominio británico. Esto supuso que su relación se rompiera. En 1911, Harilal dejó de ver a su familia y se convirtió al islam, pero por un breve periodo, porque al poco tiempo se reconvirtió al hinduismo.

En 1935, Gandhi le escribió una carta que cerró cualquier posibilidad de una reconciliación. Harilal era alcohólico. Murió de una enfermedad hepática el mismo año en que asesinaron a su padre, en 1948. Para entonces llevaban ya treinta y siete años sin hablarse.

Con sus otros tres hijos, Gandhi tampoco tuvo una convivencia fácil.

Sobre Cecil Rhodes, cuesta pensar que fuera una persona real; a través de él aparece el concepto, tan en boga hoy en día aún (¿sorprendentemente?) del «supremacismo», esa creencia según la cual un grupo humano, por ejemplo, el de las personas de piel clara, es superior a otro. De esto se deriva que la *raza superior* debe dominar a la *inferior*. Esta es la base ideológica del imperialismo, junto con algo mucho más claro y directo: los beneficios económicos que produce.

Las aventuras de Denys Olgivie (con su falso nombre de Irving Calder) en el sur de África (el buitre incluido) coinciden en gran medida con las que vivió Winston Churchill, enviado allí como corresponsal del diario *The Morning Post* y quien, por cierto, también pensaba que los blancos eran superiores. Esta ideología no tiene nada que ver con la del personaje de Denys/Irving, que además era escocés, con todo lo que eso implica. Su manera de pensar es bastante más cercana a la de Tolstói y Gandhi.

Respecto a los campos de concentración, ya los hubo

en el sur de África, como los hubo en Cuba. Fue, sin duda, una política de exterminio.

Con una capacidad anticipatoria admirable, Paul Kruger, el presidente de la República de Transvaal desde 1883 hasta 1900 dijo cuando se descubrieron oro y diamantes en su territorio: «Deberían llorar en vez de alegrarse, porque esto hará que nuestra tierra sea empapada en sangre».

Enumero a continuación algunos detalles a modo de aclaración:

En 1899 los camiones ya existían, aunque se trataba de vehículos experimentales impulsados por motores de combustión interna o vapor. El primero fue creado nada menos que en 1896 por la empresa alemana Daimler.

Los giros postales comenzaron a utilizarse en el Reino Unido en 1881. Se introdujeron en el servicio postal como la forma más segura de enviar dinero entonces. También se formalizó por los mismos años el acuse de recibo para certificar la entrega de cartas y paquetes.

El término más habitual en la actualidad en el sur de África es «afrikáner» porque se reserva «bóer» para las primeras generaciones de descendientes de europeos, por tanto, uso el segundo, ya que es el que corresponde a la época.

Respecto a los territorios del sur de África, la división fue la siguiente: la colonia del Cabo formaba parte del dominio británico al igual que la colonia de Natal. La República de Transvaal era un estado bóer que estaba siendo disputado en las guerras bóeres; el Estado Libre de Orange era otra república bóer independiente en conflicto con los británicos. La denominación Territorios británicos en el sur de África era una forma general de referirse a la región bajo influencia colonial.

La historia de Emily Hobhouse es la historia de una chica de pueblo que salió sola al ancho mundo y cosechó el desprecio de la mayoría de quienes habían sido sus amigos y de quienes seguían siendo sus parientes. No le perdonaron su notoriedad, ni su manera de desenvolverse ni de enfrentar las injusticias.

A veces me he preguntado si habría sido distinta esta reacción si Emily hubiera tenido marido, si la historia de amor con John Carr Jackson hubiera seguido adelante y hubiera caminado a su lado convirtiéndose en su aliado, como le sucedió a Shayna con Denys. Estoy casi segura de que su consideración social habría sido otra.

Respecto a lo que se narra de forma más literal sobre Emily Hobhouse, los datos están tomados de distintas biografías, sobre todo la escrita por Elsabé Brits. Creo que esta investigadora y periodista sudafricana, residente en Ciudad del Cabo, es quien mejor la conoce. Además de su obra, leí muchos otros libros antes de escribir esta novela.

Emily Hobhouse rompió las costuras del estrecho corsé de la sociedad victoriana para convertirse en una ciudadana cosmopolita, y eso fue lo que no le perdonaron, precisamente porque demostró que era posible salirse del redil. El precio que pagó por ello, no sé si alto o no, porque hablando desde la posteridad todo se vuelve difuso, fue ser olvidada por la historia.

Mejor que con la palabra «traidora», con la que tanto la insultaron, prefiero quedarme con la siguiente definición del término japonés *kintsugi*: el arte de amar nuestras cicatrices. Qué necesario es esto siempre, porque, como dice el personaje de Denys, «Algunos acontecimientos de nuestras vidas nos golpean hasta esculpir nuestro carácter, pero otros nos rompen». Frente a lo segundo, cuando se trata de una pieza de cerámica fragmentada, con la técnica del *kintsugi* se repara rellenando sus grietas con metales preciosos para que luzca incluso mejor que antes de su rotura: embellecida. Cuando hablamos de seres humanos, no hay mejor manera de restañar las heridas que amándolas, porque, como dicen, las cicatrices en la piel son las costuras de la memoria.

Lo que las cicatrices, en suma, nos cuentan es que el dolor ha terminado.

Gracias por haber llegado hasta aquí.